THE LAST BOOKSHOP IN LONDON

伦敦最后一家书店

[美] 玛德琳·马丁 著 陈晓颖 译

中国出版集团
中 译 出 版 社

图书在版编目（CIP）数据

伦敦最后一家书店 / （美）玛德琳·马丁著 ; 陈晓颖译. -- 北京 : 中译出版社, 2022.3（2023.12重印）
书名原文: The Last Bookshop in London
ISBN 978-7-5001-7012-9

Ⅰ. ①伦… Ⅱ. ①玛… ②陈… Ⅲ. ①长篇小说—美国—现代 Ⅳ. ①I712.45

中国版本图书馆CIP数据核字(2022)第048456号

著作权合同登记号：图字 01-2022-0800

出版发行 / 中译出版社
地　　址 / 北京市西城区新街口外大街 28 号普天德胜科技园主楼4层
电　　话 / （010）68005858，68358224（编辑部）
传　　真 / （010）68357870
邮　　编 / 100044
电子邮箱 / book@ctph.com.cn
网　　址 / http:// www.ctph.com.cn

策划编辑 / 范　伟
责任编辑 / 范　伟
封面设计 / 柒拾叁号工作室
排　　版 / 柒拾叁号工作室
印　　刷 / 山东临沂新华印刷物流集团有限责任公司
经　　销 / 新华书店

规　　格 / 900毫米×1270毫米 1/32
印　　张 / 9
字　　数 / 210千字
版　　次 / 2022年3月第一版
印　　次 / 2023年12月第三次

ISBN 978-7-5001-7012-9　　定价：68.00元

谨以此书献给我拜读过的每一位伟大作家，感谢你们为我打造了丰富的精神世界和宁静的心灵家园。如果没有你们的启迪，我不可能拥有今天的成就。

1

1939年8月

英国·伦敦

格蕾丝·班尼特虽然一直梦想有朝一日能来伦敦生活，却无论如何也想不到，战事在即，伦敦竟成了自己迫不得已的唯一选择。

火车终于抵达菲灵顿车站。窗外墙上的标识非常醒目，红色圆环中的白色站名与深蓝底色形成了鲜明对比。站台上熙熙攘攘，行人步履匆匆。格蕾丝注意到他们个个穿着讲究，衣服剪裁时尚，一看就是城里人，与诺福克郡德雷顿的乡下人有着天壤之别。

格蕾丝内心既兴奋又紧张。“终于到了。”她一边说一边看了一眼旁边的薇芙。

咔嗒，薇芙盖上手中的口红盖子，咧开美艳红唇看向好友。她随后瞥了一眼窗外，对面弧形墙面上挂着一块又一块的广告牌。薇芙抑制不住内心的激动，抓起格蕾丝的手感慨道：“盼了这么多年，我们终于来了！”

薇芙小时候就总跟格蕾丝说，她长大后要离开无聊的德雷顿，去一个热闹的城市生活。那时她的话更像是信口胡说，毕竟，离开熟悉的乡下、放弃慢节奏的生活，跑到喧嚣的伦敦感受大都市紧锣密鼓的脉搏，这一切谈何容易。格蕾丝无论如何也想不到自己有一天真的会来伦敦，而且还是迫于无奈的唯一选择。

离开德雷顿，格蕾丝心中并没有不舍，那里已然没有值得她牵挂的人和事。

两个姑娘从豪华座椅上起身，收拾好各自的行李。她们带的东西不多，每人只提了一个行李箱，但也塞得鼓鼓囊囊。箱子已经褪色，倒不是因为用的次数太多，只是年头太久留下了岁月的痕迹。两人手里拎着笨重的箱子，肩上挎着装有防毒面具的盒子，走起路来磕磕绊绊，那样子别提多滑稽了。按照政府规定，这段时间公民外出必须随身携带防毒面具，以防遭遇毒气袭击。她们第一次来伦敦，自然不能掉以轻心。

好在布里顿大街距离车站并不远，步行只需两三分钟，至少韦瑟福德夫人在信中是这么写的，是否属实格蕾丝还不清楚。

韦瑟福德夫人是格蕾丝母亲的好友，她家里刚好有一间客房可以暂时收留两个姑娘。其实，一年前格蕾丝母亲刚去世时夫人就跟她提过这件事，还给了她非常优厚的条件——她前两个月不用交房租，全力以赴找工作就好，之后的房租，夫人也给了她很大的优惠。可是，那段时间格蕾丝还没有整理好心情，虽然自己也很想来伦敦，薇芙还整天对她软磨硬泡，但她还是在德雷顿多耽搁了一年。

一年前，她还不知道自己从小住到大的房子的产权人竟然是舅舅；一年前，舅舅还没带着强势的舅妈和五个孩子搬来与她同住；一年前，她还没有对自己在乡下的生活彻底绝望。

然而，慢慢地，她发现自己竟成了多余的人，舅妈无时无刻不在提醒她是家里的累赘。在那个曾经温暖而舒适的港湾，她竟然成了不受待见的人，这让她备受煎熬。到最后，舅妈索性直接下了逐客令，她这才意识到，原来除了去伦敦谋生，她已别无选择。

就这样，上个月她给韦瑟福德夫人写了一封信，问她之前答应的事是否还算数。要知道，做到这一点对格蕾丝来说已实属不易，若不是被生活逼到绝境，若不是对舅舅一家彻底寒了心，她无论如何也不会开口求人。

格蕾丝一直算不上是勇敢的人，即使现在已经到了伦敦，她还在犹疑不决：如果没有薇芙的陪伴和坚持，她会不会选择一个人远走他乡？

车门还没开，格蕾丝不安地等在门口，不知道外面迎接她的会是怎样的世界。

“放心吧，格蕾丝，”薇芙低声道，“一切都会好的，相信我！”

电力火车的气动门扑哧一声缓缓打开，她们下了车走上站台，旋即融入了熙来攘往的人群。身后的车门再次关闭，火车重新启动，掀起的气流扬起了她们的裙角，吹乱了她们的头发。

远处的墙壁上挂着契斯特菲尔德的香烟广告，模特是一位抽着烟的帅气救生员，旁边是一则呼吁伦敦男性积极参军的公益海报。

这让她们再次意识到英国即将面临一场战争。若是战争真的爆发，城市可要比乡下危险多了。希特勒如果攻占英国，最先遭殃的自然是伦敦。

“哦，格蕾丝，你快看！”薇芙语气中带着兴奋。

格蕾丝顺着薇芙手指的方向看到一级又一级的金属台阶，台阶下面好像连着一个传送带，人只要站在上面就可以被一路送到地面，出口处有一个穹顶，走出去就是她们朝思暮想的伦敦。

广告什么的早就被抛到了脑后，格蕾丝和薇芙拎着行李奔向扶梯，强忍着内心的兴奋一脚踏了上去。就这样，她们毫不费力地来到了外面的世界。

薇芙按捺不住激动的心情，耸起肩膀对格蕾丝大发感慨："我早就跟你说来伦敦绝对不会后悔，我说对了吧？"

伦敦来势汹汹，让格蕾丝有些招架不住。惦记了这么多年，计划了这么多年，没想到今天她真的来了。

到了伦敦，格蕾丝便再也不用忍受舅舅一家的欺负，薇芙也可以逃离严厉父母的管教。

虽然烦心事一大堆，但格蕾丝和薇芙还是像两只冲出鸟笼的黄莺，张开翅膀飞出了火车站，飞向了伦敦的广阔天地。

伦敦高楼林立，格蕾丝仰起头，伸手挡住强烈的阳光，她想看看伦敦的楼到底有多高。周围几家店铺的招牌非常显眼，三明治店、美发店、药店……卖什么的都有。几辆大货车从街上驶过，把路面轧得嘎吱作响，迎面又轰隆隆开过来一辆双层巴士，红色的车身简直和薇芙的红色指甲一样闪亮。

格蕾丝心潮澎湃，她害怕自己拉着好朋友大呼小叫会露怯，一直强忍着内心的激动。其实薇芙也在慨叹伦敦的高楼大厦，睁着一双亮晶晶的大眼睛打量着眼前的一切。薇芙和格蕾丝一样，也是乡下姑娘，虽然穿着时髦的裙子、留着精致的卷发，但毕竟也是初次见识伦敦的繁华，怎么可能无动于衷。

格蕾丝不像薇芙那样时尚，但因为要来伦敦，所以也穿上了最好看的裙子。裙子非常合身，裙摆刚过膝盖，腰间系着的黑色腰带正好搭配脚上的低跟鞋。她这身淡蓝色的纯棉连衣裙虽然不如薇芙的黑白波点裙时尚，但却很称她，让她那双灰蓝色的眼睛更加楚楚动人，金色的秀发也使她愈加妩媚。

格蕾丝这身漂亮裙子出自薇芙之手。薇芙对两人的未来一直信心满满，坚信两人能闯出一片广阔天地。多年来，两人一直惺惺相惜，一有时间就凑到一起，做做衣裳、弄弄头发、看看《女性生活》杂志，她们想了解最新的时尚和礼仪；为了摆脱德雷顿口音，也着实下了一番苦功。

如今的薇芙，美艳动人，高高的颧骨，毛绒绒的棕色眼睛，即使与时尚杂志的封面美人相比也毫不逊色。

她们走上行人如织的街头，箱子实在太重，两人不时停下来换换手，休息一下。格蕾丝在前面带路，韦瑟福德夫人在最后一封信中把布里顿的地址说得很清楚，找起来应该不难。

只可惜，眼前的伦敦有的不仅是繁华，还有即将开战的各种征兆。

放眼望去，到处都张贴着海报，有呼吁伦敦男性积极参军、保家卫国的，有鼓励民众不要害怕、该度假还要去度假的。街对面的一栋建筑前堆满了沙袋，入口的地方白底黑字写着几个大字：公共防空洞。

韦瑟福德夫人信里说得没错，格蕾丝按照她交代的路线果真不到两分钟就找到了布里顿大街。面前是一栋联排别墅，红色的砖，绿色的门，门上镶着铜质门环，外面的窗台上摆着开满紫色和白色牵牛花的花盆。根据韦瑟福德夫人信中的描述，这里正是她们要找的地方，是夫人的家。

这里也即将成为她们的家。

薇芙快步冲上台阶，头上的卷发随着她的动作上下跳动。她走到门口，拍了拍门环，格蕾丝也跟着爬上了台阶，内心充满了期待。韦瑟福德夫人是她妈妈最好的朋友，在她小时候曾好几次专程去德雷顿看望她们。

夫人本来也是德雷顿人，只是后来搬去了伦敦，但她和格蕾丝母亲的友谊却并未因此而中断。“一战”期间，两人双双失去了丈夫，彼此相互扶持着才走出了伤痛，只可惜格蕾丝的母亲于去年不幸被病魔带走了。

大门开启，开门的正是韦瑟福德夫人。她比格蕾丝记忆中的样子老了许多，夫人一直都很富态，印象中她总是红光满面，一双眼睛炯炯有神。可眼前的夫人却戴着一副圆框眼镜，深色头发中夹杂着缕缕白发，颇显老迈。

夫人第一眼就看到了格蕾丝。她深吸一口气，惊讶地捂着嘴感慨道："格蕾丝，你跟你妈妈简直是一个模子刻出来的。碧翠丝一直就是个大美人，跟你一样，也有着一双蓝灰色的大眼睛。"夫人把门完全敞开，格蕾丝看到她身上穿着一件白色的棉质长裙，绣着蓝色的花朵图案，衣服上的纽扣也是蓝色的，和花朵图案相映成趣。夫人身后的走廊并不宽敞，但打理得十分整洁，没放置什么东西，只有一条通往楼上的台阶。"快进来！快进来！"

格蕾丝低声感谢夫人对她的夸赞，不想让人察觉她内心涌起的对母亲的思念。

她把箱子拎进门，房间里暖暖的，弥漫着肉菜汤的香气，她竟不自觉地咽了咽口水。

自从母亲离世，她一顿像样的饭也没吃过，舅妈做饭很难吃，而她自己又因为要操持舅舅的店，根本没时间好好做顿饭。

脚下的地毯软软的，乳白色的底，淡雅的花朵图案，虽然很干净，但有几处已经明显磨掉了毛。

"你就是薇薇安吧？"韦瑟福德夫人看着格蕾丝身后的姑娘问道。

"嗯，是我，朋友们都叫我薇芙。"她笑盈盈地看着韦瑟福德夫人，浑身上下散发着她独有的魅力。

"你们俩都出落成大美人了，我儿子见到你们肯定害羞得满脸通红。"韦瑟福德夫人示意她俩把箱子放到地上，"柯林，"她冲楼上大喊一声，"我先烧壶水，你下来帮我招呼一下两位客人。"

“柯林最近怎么样？”格蕾丝礼貌地问。

柯林跟她一样，也是家里的独子，父亲“一战”去世后便留下他与母亲相依为命。格蕾丝其实比柯林大两岁，因为小时候两人整天玩在一起，所以很是熟络。回想起来，那真是一段值得珍藏的美好时光。柯林从小就是个温柔的小孩，一双睿智的眼睛难掩他内心的善良。

韦瑟福德夫人突然激动地挥舞起双手，“他啊，恨不得拯救全世界的小动物，接二连三地往家带。”说完又呵呵地笑开去，看得出来并不是真生气，只是在开玩笑。

等着柯林下楼的工夫，格蕾丝仔细看了看进门的过道。楼梯旁边摆着一张条桌，上面放着一部黑色电话，壁纸的质地颇像蓝白相间的锦缎，虽然有些褪色，但与白色大门和门框倒也相得益彰。房子装修得很简单，但却打扫得一尘不染。

楼上传来脚步声，踩得楼梯嘎吱作响。下来的是一位身材高挑的年轻人，上身穿的是衬衫，下身配的是棕色裤子，一头乌黑的头发一丝不苟地背在后头。

他的笑容十分腼腆，这让他五官的棱角柔和了许多，也显得比他二十一岁的实际年龄小了好几岁。“你好啊，格蕾丝。”

“你是柯林？”她感觉有点难以置信。面前的这个小伙子比自己整整高出了一头，要知道，小时候柯林可是成天跟在她身后的小不点儿啊。

柯林一下子涨红了脸。

他这反应实在太可爱了，虽然分开了好几年，但他还像小时候一样招人喜欢，格蕾丝内心觉得无比温暖。

格蕾丝抬头打量着他，“你比我上次见你时长高了好多。”

他耸耸肩，浑身上下一点赘肉也没有。看到格蕾丝身边的薇芙，柯林又是一阵脸红，害羞地朝对方微微点了点头。薇芙他其实也认识，小时候两个女孩儿整天形影不离，他自然也跟薇芙打过交道。“薇芙，欢迎来到伦敦，我和我妈一直盼着你们来呢。”他害羞地扫了格蕾丝一眼，拎起两只行李箱，犹豫片刻开口问道，“我帮你们拿楼上去吧？”

“嗯，好的，”薇芙说，“谢谢你，柯林。”

他点点头，一手提起一个箱子，轻松地拎上了楼。

“你们还记得我以前带着柯林去德雷顿看你们吗？”韦瑟福德夫人问。

“当然记得，”格蕾丝回答道，“他跟以前一样，还是那么懂事。”

“就是长高了好多。”薇芙补充说。

韦瑟福德夫人一脸骄傲地抬头望了望楼上，好像能看到宝贝儿子似的。“他的确是个好孩子。来，咱们先喝点茶，然后我带你们熟悉一下环境。”她推开厨房门，示意两个姑娘跟着自己进来。阳光透过窗子的白色纱帘洒落在水槽上，一直照到房子的后门。厨房的设计跟进门的过道一样，小巧而精致，洁白的操作台反射着温暖的阳光，碗架上整齐摆放着干净的餐盘，搭在架子上的毛巾是淡淡的柠檬色。厨房香气弥漫，虽然不知道夫人做了什么好吃的，但那味道已经勾起了格蕾丝的食欲。

夫人指了指地中间的一张小桌，旁边配了四把椅子。她让格蕾丝和薇芙先坐下，自己则走到炉灶边把水壶拿了下来。“你舅舅可真会挑时候，赶着打仗前霸占了你的家产。”她把水壶拎到水槽上，一边打开水龙头接水一边继续道，“这倒真是贺拉斯一贯的风格，”她一脸鄙夷，“碧翠丝一直担心他惦记你们的房子,可是她这病来得实在太突然——”

韦瑟福德夫人瞥了一眼格蕾丝，又低下头看水壶接满了没有。“唉，我不该跟你说这些的。你们这一路怎么样？你们能来我真是太高兴了，要是时局没这么动荡就更好了。”

格蕾丝咬了咬下唇，不知该作何回应。

“韦瑟福德夫人，您家可真温馨。”薇芙接过话茬。

格蕾丝感激地看了她一眼，薇芙心领神会地朝她眨眨眼。

“谢谢夸奖。”夫人关上水龙头，微笑着环顾了一下自己阳光明媚的厨房。“我们家几代人一直住在这儿，房子虽然不像之前那么新了，但一家人住在一起，舒服方便就够了。”

格蕾丝和薇芙各自找了张椅子坐下，木头椅子上虽然垫着柠檬图案的坐垫，但感觉还是有点硌得慌。“谢谢您收留我们，您太好了。”

“小事一桩，”韦瑟福德夫人一边说一边把水壶坐在炉子上，扭动旋钮把火点着，“我跟你妈妈是一辈子的朋友，她的女儿我怎么可能不管。”

“马上要打仗了，您觉得我们还能找着工作吗？”薇芙问。她虽然语气轻松，但格蕾丝知道薇芙其实很在乎这件事，她一直想在大商场谋个售货员的差事。

格蕾丝也一样，她也想在百货商场找一份体面的工作。最好是像沃尔沃斯那样高档的地方，占据整整一栋大楼，每层都售卖着琳琅满目的商品。

夫人脸上的笑容略带神秘，“我在伦敦还真认识几个开商店的，应该能帮上忙。再说，柯林就在哈罗德上班，应该也能帮你们说得上话。”

薇芙的眼睛一下子亮了，兴奋之情溢于言表，冲格蕾丝做了个夸张的哈罗德的口型。

韦瑟福德夫人摘下一条黄色毛巾，又从碗架上拿起一个餐盘，开始用毛巾擦拭上面残留的水迹。“我想说，你们俩一点口音也没有，根本听不出来是德雷顿人。”

薇芙骄傲地翘起下巴，“谢谢您，我们俩为了这个确实没少练习，就是希望找工作时能容易点。”

“嗯，这很好，”韦瑟福德夫人打开橱柜把盘子放了进去，“你们俩都有推荐信吧？”

来伦敦的前一天，薇芙特意借了一台打字机，为自己精心准备了一封推荐信。她当时就说要帮格蕾丝也弄一份，却被格蕾丝拒绝了。

韦瑟福德夫人继续擦拭碗架上的盘子，薇芙朝格蕾丝挑了挑眉毛，像是在说“你看，当初让我给你也弄一份多好”。

“我们有推荐信。”薇芙替两人回答道，估计已经在心里盘算解决的办法。

“薇芙有推荐信，”格蕾丝改口说，“可我还没有。我虽然在舅舅的店里工作了很久，但他拒绝给我写推荐信。”

这是舅舅对她最后的报复，谁让她为了去伦敦“狠心抛下待了一辈子的商店”。至于妻子对格蕾丝的冷言冷语，他更是视而不见，惦记的就是今后再没人听他差遣了。

水烧开了，壶嘴往外喷着热气，发出刺耳的声响。韦瑟福德夫人可不想听它叫唤，赶紧把它从炉子上拿下来，放到一旁的三脚架上。

她咂吧着嘴舀了一勺茶叶放进茶壶的网格，接着往里面倒了些开水。“简直不可理喻，恬不知耻！”看来她还在琢磨贺拉斯的所作所为。她一边小声嘟囔一边把茶壶连同三个茶杯、糖和牛奶放在一个银质的托盘里，无奈地看了格蕾丝一眼继续道：“如果没有推荐信，百货商场恐怕没办法雇你啊。”

格蕾丝心里顿时凉了半截，或许当初该让薇芙给自己也弄一封推荐信。

“不过，”韦瑟福德夫人把托盘小心地放在桌上继续道，“我已经为你想好了一个地方，你可以先在那儿干六个月，等拿到推荐信咱们再考虑下一步。”说着，她给每个茶杯都倒上了热气腾腾的香茶。

“不管是什么工作，格蕾丝都能胜任。”薇芙从小碗里拿了一块方糖，“扑通”一声扔进自己的茶杯，“读书时她就一直是个好学生，成绩特别好，尤其是数学。她舅舅的商店要不是她打理，生意根本不可能那么好，商店里里外外都是她一个人在忙活。”

“那太好了！”韦瑟福德夫人说罢呷了一口热茶。

格蕾丝突然觉得小腿被什么东西顶了一下，她低头一看，原来是一只小斑猫，正睁着一双圆溜溜的琥珀色眼睛可怜兮兮地望着她。

格蕾丝摸了摸猫咪的脑袋，小猫心满意足地发出咕噜咕噜的动静。“您养了一只猫。”

“临时的，养不了几天，你们不怕猫吧？”韦瑟福德夫人伸手想把猫咪赶走，可是小猫却倔强地靠着格蕾丝的小腿，一动也不动。

“这小猫简直是个无赖，只要闻到我厨房做吃的就赖在这儿不走。”韦瑟福德夫人一副绝望的表情瞥了一眼小猫，小东西倒是一脸坦然。“柯林特别喜欢小动物，如果我同意收留他捡到的所有受伤的小动物，那我这儿早就成动物园了。”她咯咯地笑，茶杯上升腾起来的热气被她的呼吸吹得四处飘散。

小猫翻了个身躺到地上，露出雪白的肚子，格蕾丝爱抚地抓了几下，每抓一下小猫就惬意地发出咕噜声。

“这只猫叫什么名字？”

“斑斑，”韦瑟福德夫人调皮地翻了个白眼，“我儿子虽然擅长救助小动物，但却完全不擅长给它们起名字。”

柯林好像听到大家在讲他，夫人话音未落他人便进了厨房。斑斑跳起来，飞速奔向它的救命恩人。柯林用他的大手将小猫抓起，动作十分轻柔，小家伙开心地在他的手中撒娇地蹭来蹭去。

韦瑟福德夫人又开始了撵人的动作，这次她赶的不是猫咪，而是柯林。“你快把它带出去吧。”

“对不起了，老妈。”柯林向格蕾丝和薇芙投去歉意的微笑，抱着依偎在他胸前的小猫离开了厨房。

看见儿子离开，韦瑟福德夫人打趣地摇摇头，脸上写满了对儿子浓浓的爱。“我回头再去找一趟埃文斯先生，赶紧把你工作的事定下来。”她靠在椅背上，扭头看着窗外的花园叹了一口气。

格蕾丝也把目光转向窗外，花园里的花都已被连根拔起，地上还挖了一个大坑，旁边堆放着几大张铝扣板，是用来建防空洞的材料。

格蕾丝在德雷顿从未见过这样的防空洞，毕竟那里遭遇炸弹袭击的可能性不大，不过她听说很多城市都建起了私家防空洞，如果希特勒真的进攻英国，一家人至少有地方暂时避一避。

格蕾丝泛起一阵心酸，好不容易来了伦敦却赶上要打仗，这仗如果真打起来，伦敦无疑将是德军轰炸的首要目标。

不过，现在说什么都晚了，再怎样她也不可能回去德雷顿，哪怕在这儿面临枪林弹雨，她也不愿回去看舅舅一家的脸色。

薇芙也看了一眼窗外的花园，不过马上把视线移开了。用她自己的话说，她这大半辈子都在跟泥土打交道，什么花呀、草呀，她永远也不想再碰一下。

夫人又叹了口气，紧接着喝了一口茶。“以前，我这花园也是很漂亮的。”

“还会好的。”格蕾丝嘴上虽然安慰着夫人，但心里其实也没底。真要是打起仗来，伦敦城里哪家的花园能幸免？到时候，谁还有心思打理花花草草？

想到这儿，她情绪瞬间低落。“韦瑟福德夫人，”她突然开了口，与其忧虑什么战争、轰炸，还不如关心一下眼前的事，“我能问问埃文斯先生经营的是一家什么店吗？”

“当然了，亲爱的。”韦瑟福德夫人把手中的茶杯放到茶托上，瓷器撞击发出清脆的声响。夫人眼里再次有了光，兴致勃勃地回答道，“他经营的是一家书店。”

格蕾丝一听是书店，心凉了半截，不过她马上克制住，不让自己的真实情感表露出来。她对书知之甚少，以前每每想要坐下来好好读本书的时候，总会被这样那样的事打断。在舅舅的商店工作的那段时间她实在太忙了，为了养活自己和母亲终日操劳，哪能有时间读书？再后来母亲病重，读书就更成了一种奢望……

舅舅贺拉斯的店打理起来并不难，卖的都是家居用品，茶壶、毛巾、花瓶什么的，都是她自己熟悉的东西。可是书店，她对文学可是一窍不通啊！

倒也不能说是一窍不通。

她记得母亲有一本《格林童话》，封面画的是一个美丽的公主。小时候，妈妈每次给她讲书中的奇妙故事时，她都目不转睛地盯着上面五颜六色的插图。不过，除了《格林童话》她再没读过其他文学作品，上学期间没读过，等到了舅舅的商店上班就更是没了时间，再后来母亲病重，她哪还有时间和心情读书。

“太好了。”格蕾丝试图用灿烂的笑容掩饰内心的恐惧。时局紧张，能找到工作就已经很好了，哪里还能挑三拣四？再说了，不管做什么工作，总好过回乡下替舅舅一家卖命吧？

可是话又说回来，她对文学知之甚少，真能打理好一家书店吗？

2

第一次去樱草山书店的经历与格蕾丝预先的设想完全不同。

没错，格蕾丝对这份工作的确没抱什么幻想，但更让她没想到的是，书店那边似乎也没把她当回事。

当天，她很顺利地找到了书店，这再次证明韦瑟福德夫人的方向感很好，每次指路都讲得非常明白。书店门脸很小，根本不在樱草山，而是在霍尔西巷。霍尔西巷两侧排布着很多店铺，午后的云层很厚，天光暗淡，每扇橱窗都显得毫无生气。透过橱窗，格蕾丝看到书店一层和二层的地板被漆成了黑色，外立墙上涂抹着黄色的灰墁，常年风吹日晒已经褪色开裂。书店的白色招牌上用黑色花体写着“樱草山书店”几个大字，设计的初衷应该是为了凸显优雅和庄重，而格蕾丝却只感觉单调与乏味。

橱窗的设计也好不到哪儿去，窗上歪歪斜斜贴着白色布条，丝毫没有设计感，根本无法让人产生进去逛逛的欲望。周围很多商铺和普通住户也都做了类似的防护，目的是防止爆炸时玻璃飞溅对人造成二次伤害，但无论如何还是该考虑一下美观问题。

进门前，格蕾丝再次心生惶恐，万一埃文斯先生问她最近读过什么书，她该怎么回答？唉，现在想这些也没用，于是她深吸一口气，鼓足勇气推开了书店的门。门上的铃铛发出清脆的响声，可在如此沉闷的地方它的欢快似乎并不合时宜。

空气中弥漫着发霉的味道，仔细闻还夹杂着一股膻气。书架上落满了灰，一看就知道已很久无人问津，破旧的木地板上也堆着书，乱七八糟、毫无章法。右手边的柜台更是叫人目不忍视，东倒西歪地摞放着一堆账本，到处散落着铅笔头，还有其他杂七杂八的垃圾。

难怪埃文斯先生需要雇个帮手。

“有什么需要您就喊我一声。”格蕾丝并没看见是谁在讲话，但说话的语气听上去干巴巴的，一点也不热情。

“请问埃文斯先生在吗？”格蕾丝往书店里面走了几步。

两边的书架比她的个子还要高，一排又一排，上面并没标注图书的分类，她边走边想，这让客人如何找到自己想买的书啊。二楼的楼厅围着书店环绕一周，根本不必上去，一抬头就能看到楼上的情形，跟楼下一样杂乱不堪。从外面看书店还挺大的，但走进来却感觉空间狭小而局促。

她听到一串拖沓的脚步声，接着，一位眉毛浓密、身材发福的老先生从狭窄的过道里挤了出来。他满头白发，手里捧着一本摊开的书。那人抬起头，盯着眼前的姑娘半天没吭声。

“您是埃文斯先生吗？”格蕾丝小心翼翼地绕过脚下的一堆书，朝那位男士走了过去。

没想到对方一脸困惑，眉毛挑得老高，问她道：“你是谁啊？”

格蕾丝真想一走了之，但她知道自己不能这么做，想起妈妈一直以来对她的鼓励，她挺直腰杆继续道，“下午好，埃文斯先生，我是格蕾丝·班尼特，是韦瑟福德夫人让我来找您的，说您这儿需要一名店员。”

他戴着眼镜，格蕾丝透过眼镜看到他蓝色的眼睛。格蕾丝万万没想到，对方竟眯起眼睛气愤地说了一句，“我都跟那个爱管闲事的女人说了，我这儿根本不需要人手。”

“您说什么？”格蕾丝不敢相信自己的耳朵。

埃文斯先生低下头继续看他的书，“班尼特小姐，我这儿不需要人。”他一边说一边转过身去。

格蕾丝本能地往门口挪了一步，结结巴巴地应道：“哦，好，好的，我知道了，谢谢您。”

对方没说话，走回到架子后面，看来是要送客了。

格蕾丝惊诧地盯着他的一举一动，心里盘算起来：如果这儿不雇她，她还能从哪儿拿到推荐信？在伦敦，她除了韦瑟福德夫人、柯林和薇芙便不再认识其他人，背井离乡来到这儿，接下来她该何去何从？

格蕾丝顿时产生了强烈的紧迫感，直觉得自己手心发烫。她不能轻易放弃，应该再为自己争取一下，毕竟她真的很需要这份工作。

万一两个月后她交不起房租怎么办？韦瑟福德夫人已经帮了她很多，她怎么可以得寸进尺？靠薇芙帮忙也不是长久之计。

忽然间，店里闷热的空气让她感到呼吸困难，一排排高大的书架也让她感到无比压抑。她知道自己不该急着离开，应该再争取一下，可她已激动得说不出话来。她真希望母亲能在身边，告诉她该怎么做，给她爱的支持和鼓励。

格蕾丝没再说话，绕过书架和地上堆着的书走到门口，推门离开了书店。

她快步回到布里顿大街，只想一个人静静，但一进家门就看到薇芙和韦瑟福德夫人在客厅逗猫。柯林昨晚在哈罗德宠物乐园照顾一头刚出生的小象，忙了整整一夜，此刻正无精打采地坐在地上给猫咪喂食。格蕾丝刚进门，三个人便齐刷刷地抬起头看向她。

她知道大家是出于好意，但她只想跑上楼回自己的房间一个人待会儿，不想让他们知道自己碰壁后的退缩。

“埃文斯先生怎么说？”韦瑟福德夫人坐在一把紫色的扶手椅上关心地问。

格蕾丝的脸腾一下红了，不过她还是强颜欢笑，装出一副无所谓的模样，“嗯，我觉得他根本不想招人。”

“你为什么这么想？”韦瑟福德夫人继续道。

格蕾丝晃了一下身体，挂在肩头的一根细长绳子系着的面具盒子磕了一下她的屁股。“他本人这么说的。”

韦瑟福德夫人哼了一声站起身，“柯林，你帮我烧壶水。”

柯林坐在地上正拿勺子给猫咪喂食，抬头看了一眼母亲，回应说：“您在那儿不是更方便吗？”

“快点，不是给我煮茶，是给格蕾丝，她现在肯定特别想喝点东西静静。你快点，我收拾一下去趟书店，我要亲口问问埃文斯究竟是怎么想的。”

柯林听罢刚要起身，薇芙按住了他的肩膀，说了句“不着急”。

她摸摸斑斑的头，从地上一跃而起，“格蕾丝，咱们别喝茶了，出去逛逛怎么样？”她冲着格蕾丝做了个出门的手势，“反正你已经穿戴整齐，我呢，明天下午才有面试，不如今天咱们出去探索一下神秘的伦敦？”

薇芙面试的是一份哈罗德的工作，她之所以能有这个机会，一方面是因为柯林在那儿工作多年可以帮她说上话，但最主要还是因为她有一封推荐信。格蕾丝很羡慕好友，但也真心替她开心。

格蕾丝并不想出门，待在家里多舒服啊，但看到薇芙一脸兴奋，不忍心扰了她的兴致，把拒绝的话咽了回去。

薇芙很快穿戴整齐，跟韦瑟福德夫人一起下了楼。两人头上都戴着帽子，脚下的高跟鞋踩在刚打过蜡的木头台阶上嗵嗵地响。

“格蕾丝，你记住我的话，”韦瑟福德夫人瞥了一眼挂在门口的镜子，调整了帽子的角度后继续道，“埃文斯这个家伙只要不是老糊涂了，就一定会雇你。”

格蕾丝真想告诉夫人不用去了，可她知道夫人一番好意，她不能不知好歹。她想不明白舅舅为何拒绝给自己写一封推荐信，这么多年她一直尽心尽力地在舅舅店里帮忙，舅舅怎么能如此无情无义？

韦瑟福德夫人没等格蕾丝开口就已经出了门，颇有一股破釜沉舟、不达目的誓不罢休的气势。

薇芙牵起格蕾丝的手，用她“上流社会”的优雅腔调说了句，“走，亲爱的，咱们此刻就去品鉴一下伦敦这块瑰宝。”

格蕾丝被她的语气逗笑了，便不再坚持，跟着好朋友一起出了门。家里只剩下柯林陪着黏人的斑斑。

两个年轻女子很快融入了车水马龙的城市。伦敦高楼林立，到处悬挂着色彩鲜艳的广告牌，人声鼎沸，川流不息。她们在人群和车辆之间穿梭，也像当地人一样加快了脚步，仿佛只有这样才能适应伦敦的节奏。

然而，伦敦跟她们事先想的不太一样。战事临近，整座城市失去了勃勃生气，家家户户窗上粘着的胶带看上去既心酸又恐怖，沙袋堆起的防护墙掩盖了伦敦的光彩，随处可见的壕沟和防空洞挖空了伦敦的灵魂。

眼前的一切让两位姑娘触目惊心。

其实，在相对安全的德雷顿也有人家为战事防御做了准备，不过他们封闭窗户多半是闲来无事为了好玩，毕竟，比起轰炸，那里的人更担心可能出现的粮食限购。伦敦则不同，这里的备战事关生死。

当然，战事并非迫在眉睫，所以两个姑娘还可以享受当下。格蕾丝和薇芙平生第一次走进哈罗德百货公司，她们慨叹精美的穹顶，唏嘘奢华的埃及画柱和扇形楣窗。商场好大啊，像德雷顿的田野一样无边无际，每家店铺都精美绝伦，令人目不暇接。商店里挂着的丝巾细腻丝滑，格蕾丝摸了一下，感觉像是触摸到了和煦的微风，柜台上摆着琳琅满目的香水，空气中弥漫着高贵的麝香味道。

百货公司里最让两个姑娘震撼的还是柯林工作的宠物乐园，昨晚柯林照顾了一夜的小象此刻正围着一堆干草嬉闹，旁边一只小豹子则在用它粉色的舌头舔舐自己的皮毛，两眼放出绿色的光芒。

离开宠物乐园，她们又继续逛其他店铺。格蕾丝无限感慨地开口道，“薇芙，你能想象吗，你马上就要到这儿工作了。”

“是啊，干脆我也给你弄一封推荐信，咱俩一起来这儿上班多好啊。”薇芙压低声音回应道。

是呀，如果韦瑟福德夫人成功说服埃文斯先生，那格蕾丝真的就要去书店上班了。埃文斯先生看上去并不像个绅士，自己对图书又一窍不通，想到这儿，格蕾丝的兴致顿时减了一半。

可她还是觉得自己无论如何不能造假，她根本不会撒谎，每次还没开口脸就红了，紧张得连话都说不利索。要是让她拿着一份作假的推荐信去找工作，她肯定得把事情搞砸。不过格蕾丝了解薇芙，要是不给她回句话，她肯定会磨叽个没完没了。

于是格蕾丝开了口：“如果一直找不到工作，我再考虑让你帮我，好吗？”

薇芙面露喜色，“没问题，包在我身上。”

“如果我一直找不到工作，我们再想这个办法。”格蕾丝重复着自己的话，突然间她又希望韦瑟福德夫人能说服埃文斯先生，这样她就不用冒险造假了。

不知薇芙是否听懂了格蕾丝的意思，反正她云淡风轻地哼了一声便转身跑去研究精美的丝袜了。研究了一会儿又把丝袜放下，伸手摩挲起旁边粉色的褶皱包装纸。

“你知道我们接下来该去哪儿吗？”她兴致勃勃地转过身看着格蕾丝，绿色的裙摆也跟着旋转起来，“我们还没去过海德公园呢。”

格蕾丝咧嘴笑了。以前在乡下，曾有太多个夏日，她们俩躺在晒得暖烘烘的草地上，一边感受青草的芬芳一边假装两人是在海德公园。“海德公园很近，走过去就是。”薇芙挑高眉毛怂恿格蕾丝说。

薇芙瞥了一眼周遭令人眼花缭乱的精美商品，对格蕾丝说：“问题是咱们能不能找到商场出口，成功走出去。”

格蕾丝伸长脖子看了一圈，并没什么发现。虽然两人不愿承认，但是她们确实在床品区迷路了。好在二人最终还是找到了出口，走上了通往海德公园的大路。

她们本以为在海德公园会看到一排排帆布躺椅，上面躺着衣着华丽的伦敦人，公园中心的蛇形湖会像钻石一样闪闪发光，绵延的草坪柔软而清香，她们会禁不住脱掉鞋子光着脚走到上面。可她们万万没想到，海德公园竟被挖出了一道又一道壕沟，像大地开裂的伤口，随处还有架设好的高射炮。那一个个金属的大家伙足有一人多高，下面架着半人高的轮子，炮筒朝向天空，似乎随时准备向空中的敌机发动反攻。

格蕾丝看了看头顶黑压压的乌云，仿佛敌机已经躲在厚厚的云层里。

“不用害怕那些德国鬼子，姑娘们。”一位老者在她们前面停下脚步，“他们还没对我们下手就已经被我们的高射炮炸飞了。”他一边说一边点头，似乎觉得自己的话很有道理，“你们都不会有事的，放心吧。”

格蕾丝心头一紧，不知该如何回应。薇芙跟她一样，也不知该说什么是好，于是两人只能报以勉强的微笑。老人摸了摸自己的帽檐，把报纸夹到腋下，顺着自己来时的路穿过公园离开了。

“看来真要打仗了。”薇芙低声说。

没错，是要打仗了。虽然她们嘴上不愿承认，但对此都心知肚明。

本来还在放暑假的学校老师都被紧急招了回来，学校吩咐他们做好准备，随时组织学生撤离伦敦。等到哪一天孩子们都被安置到乡下，那就说明战争真的不远了。

薇芙的话带着几分无奈，这让格蕾丝感到十分愧疚。

“你本来不用冒险跟我来伦敦的，薇芙，你是为了陪我，都怪我胆子太小，不敢一个人来，要不然你——”

“要不然我什么？回德雷顿？”薇芙笑着抿了抿嘴，“我宁可死在这儿也不愿回去继续过那种面朝黄土背朝天的日子。”

或许我们真的会死在这儿，格蕾丝把这个可怕的想法咽了下去，再次看了一眼那些直指午后天空的阴森森的高射炮。

“再说，战争不是还没开始嘛。”薇芙调整了一下肩上手提包的带子和防毒面具盒的绳子，“走，咱们回家吧，看看韦瑟福德夫人有没有搞定埃文斯先生。”

格蕾丝面露难色，“说实在的，他不愿意雇我，我也一点不想去他那儿上班。他那个书店又老又破，满是灰尘，到处都是书，我连书名都没听过。”

薇芙睁大亮晶晶的眼睛：“鸭宝宝，那不正好吗！”

听到“鸭宝宝”几个字格蕾丝忍不住笑了。母亲在她刚刚长出金色小卷毛、走路还走不利索时叫过她“鸭宝宝”，说她脑袋后面长出的小绒毛让她看上去像小鸭子一样，从此她就有了“鸭宝宝”的乳名。母亲去世后唯一记得这个名字的只有薇芙了，她时不时还会拿出来用一下。

“你舅舅的商店在你打理之前不也是乱七八糟吗？我有一种预感，六个月后如果埃文斯先生胆敢拒绝给你写推荐信，韦瑟福德夫人会把刀架在他脖子上逼他就范。”薇芙叉着腰，语气十分笃定。

韦瑟福德夫人唇枪舌剑逼着埃文斯先生就范的画面令人忍俊不禁。“此时此刻，他们俩正在进行一场意志的较量。”

“那我赌韦瑟福德夫人赢。”薇芙狡黠地眨眨眼，“走，咱们现在就回去了解一下战况。”

她们回到布里顿的家，发现韦瑟福德夫人已经坐在客厅喝茶，空气中弥漫着炖肉的香气，晚上又可以大快朵颐了。韦瑟福德夫人跟格蕾丝的母亲一样，做饭很有一套。

韦瑟福德夫人抬起头，用手扇了扇眼镜上的雾气，“啊，你们回来了。我已经跟埃文斯先生说好了，他会给你开一份不错的薪水，你明天就去他那儿上班，早上八点到那儿就行。”

格蕾丝脱下低跟鞋，嫌换拖鞋麻烦，索性光着脚踩上了客厅厚实的地毯。“您是说……”

韦瑟福德夫人说这话时嘴角难掩胜利的喜悦，“没错，亲爱的，从明天开始你就是樱草山书店的正式店员了。”

格蕾丝百感交集，不知该高兴还是该难过。不过，她终于找到了一份正经差事，解决了在伦敦的生计问题，德雷顿和舅舅一家也可以永远成为过去。

“韦瑟福德夫人，谢谢您帮我去找他，”格蕾丝心存感激，“谢谢您什么都帮我想好了。”

“没关系，亲爱的，我不帮你谁帮你。”夫人挺了挺胸脯，表示自己是打心眼里愿意给她帮忙。

格蕾丝迟疑片刻开口问道：“樱草山书店根本不在樱草山，为什么叫樱草山书店呢？”

韦瑟福德夫人意味深长地笑了笑，格蕾丝知道这其中必有缘故。“那是因为埃文斯先生和他已故的妻子最初邂逅的地方就在樱草山。当时他们俩背对背靠着同一棵大树看书，注意到对方后发现两人看的竟是同一本书，你能想象吗？”夫人从托盘里拿起一块茶点，捏在指间，“后来，他们俩就一起开了那家书店，给书店起名字时想到了樱草山。这个故事特别浪漫，是吧？”

谁能想到那个胖老头年轻时竟然有过如此浪漫的爱情，这样看来，书店的名字确实很唯美，跟它背后的爱情故事一样，让人充满了遐想。在那样的地方工作或许也不会太糟。

去就去吧，反正也就六个月。

3

第二天一早格蕾丝提前十分钟来到樱草山书店，虽然一头卷发打理得一丝不苟，但依旧难掩她慌张的心情。前一天晚上，薇芙细心地帮她做了头发，今天又特意起了个大早给她打气，祝福她第一天上班一切顺利。薇芙本来不需要早起的，下午才要去哈罗德面试。

格蕾丝出门前还在琢磨：自己对书店一窍不通，去那儿上班或许真需要好朋友的祝福才能挺得过去。

格蕾丝走进书店，看到埃文斯先生已经站到了堆得乱七八糟的柜台后面。他今天穿了一件花呢上衣，里面是一件衬衫，听到门口铃响，他头也没抬，拖着尾音干巴巴地说了一句，“班尼特小姐，早上好。”

格蕾丝面带微笑，希望能以最好的状态开始新的工作，又或者她已经想好接下来这六个月要如何委曲求全、忍辱负重。“埃文斯先生，早上好，感谢您给我这个工作机会，我很荣幸能帮您打理书店。”

埃文斯先生抬起头，透过厚厚的眼镜片打量着眼前的姑娘。格蕾丝也看着他，跟昨天相比，埃文斯先生的满头白发和一双浓眉似乎服帖了许多。“我根本不需要什么店员，可是那个女人……我要是不答应她，她就不肯善罢甘休。”他一边说一边冲格蕾丝摆了摆手，而后继续道，“班尼特小姐，这里的工作你不用太上心，反正你就在这儿干六个月。”

听到这话，格蕾丝倒也松了口气，看来埃文斯先生并没有指望她在这儿干一辈子。

“到时候，我一定不会赖着不走。”她倒也很坦诚。是啊，她怎么可能在这样一个破烂不堪、满是灰尘的地方赖着不走，怎么可能对它有任何留恋？

她环顾四周，虽然昨天已经来过一次，但此刻再看，还是无法不被它的局促震撼到。书架上的书摆放得毫无章法，犬牙交错，东一堆西一堆，让人目不忍视。

格蕾丝想起自己刚接手舅舅的店的时候，商店虽然也有各种问题，但表面上还说得过去。面对眼前的混乱，格蕾丝真是束手无策。

该从哪儿下手呢？格蕾丝欲哭无泪。恐怕埃文斯先生自己也不知道想让格蕾丝把书店收拾成什么样子。

格蕾丝局促不安地站在原地，挎包和防毒面具盒还背在肩上，连头上的帽子也没摘下。埃文斯先生的心思完全不在格蕾丝身上，还在埋头记录账目。格蕾丝看到他手里捏着一根短得不能再短的小铅笔头儿，歪七扭八地写下一串数字，那小铅笔头恐怕再削一次就彻底牺牲了。

格蕾丝清了清嗓子：“我自己的东西可以放在哪儿？”

“后面房间里。”埃文斯先生一边唰唰地记账一边嘟囔了一句。

格蕾丝朝书店最里面看了一眼，嗯，那里确实有一道门，应该就是埃文斯先生所说的后面房间了。“我主要负责什么工作？”

埃文斯先生手中的铅笔芯突然断了，他沮丧地“啧”了一声。埃文斯先生抬头看着格蕾丝，“我都跟你说了，我这儿根本就不需要人，你可以到后面房间待着，做做针线活，或是找本书看看，就算你在那儿修指甲，我也无所谓。”

格蕾丝点点头，顺着曲里拐弯的书架过道朝那道门走去。到了门口，她看到门上挂着一个已经发黑的铜质招牌，刻着“樱草山书店”几个字，落款处还有一行小字，仔细看，上面写的是“愿你在这里找到真爱”。格蕾丝真希望上面的话能够灵验，至少可以保佑她平稳度过接下来的六个月。

里面的房间面积很小，中间歪斜放着一套桌椅，头顶垂下来一个灯泡，光线昏暗。四面墙边都堆满了箱子，有的甚至堆了两三层。这狭小的房间竟然比外面书店还要乱，这完全超出了格蕾丝的想象。她在墙上找到几个挂钩，把自己的物件挂上去后就又回到了外面。

她天生不擅长针线活——那是薇芙的专长——至于说找本书来看，她着实也不知道从何看起，当然，更不知道如何把它们有序地摆上书架。她看了一眼自己的指甲，倒真是可以修修了，只可惜没带指甲锉。

总还是要找点事情做的。看到架子上厚厚的灰尘，格蕾丝心中有了主意。虽然埃文斯先生没让她清理灰尘，但在她看来，书店再不打扫就进不来人了。

收拾了将近三个小时，格蕾丝开始后悔自己的决定。她被粉尘呛得半死，身上的白色衬衫裙本来是她最喜欢的一件衣服，上面绣着粉色的小花，可这会儿裙子已经脏得没法看了。关键是，埃文斯先生对她的努力不仅不满意，似乎还非常反感，他也被呛得直咳嗽，每咳一下就会狠狠瞪她一眼，格蕾丝已经数不清自己被瞪了几眼。

这些都不算什么，更糟的是在她清扫的这段时间，书店还真来了几个客人，结果都被这灰土暴尘的场面劝退了。格蕾丝其实已经很小心了，扫灰时都尽量避开客人，但她又觉得不能离客人太远，万一人家有什么想问她的，她也好随时应对。

话虽如此，其实格蕾丝并不知道该如何应对。好在几个小时过去了，并没人问她任何问题。可谁能想到，就在埃文斯先生出去喝个咖啡的工夫，她担心的事情终于还是来了。

一位穿着围裙式家居服的老妇人朝她走过来，一路上目不转睛地盯着格蕾丝，走到她的面前然后开口道："打扰一下，你们这儿有《黑色眼镜》吗？"

格蕾丝脸上的笑容轻松了起来，这个问题她完全可以应对："非常抱歉，我们这里不卖眼镜。"

老妇人眨了眨她那双蓝色的大眼睛，解释说："我说的《黑色眼镜》是一本书，作者是约翰·狄克森·卡尔，昨天晚上我刚读完他的《变形的门轴》，想再买一本他《勇士落寞》系列里的《黑色眼镜》。"

格蕾丝听到这话真恨不得找个地缝钻进去。

她倒是记住了妇人提到的三个名字，可究竟该去哪儿找呢？她打扫灰尘时想过顺便了解一下书架的摆放规律，结果发现毫无规律可循。

"哦，有的有的。"格蕾丝示意老妇人跟着自己，她希望自己能误打误撞找到那本《黑色眼镜》。若是真的一直找不到，不如当场被雷劈死算了，省得丢人现眼。

"您说您喜欢《变形的门轴》？"格蕾丝想试探出对方喜欢的书属于哪一门类，至少能缩小寻找的范围。

老妇人捂着胸口感慨道："哦，我太喜欢了，我感觉自己像是跟着作者探秘，读最后一章时我索性把自己锁在卧室，生怕孩子们进来捣乱。"

哦，明白了，是悬疑类的。格蕾丝希望自己能在最里面的几个架子上找到《黑色眼镜》，因为她已经在带着老妇人往里面走了。"应该就在这儿附近。"格蕾丝的目光快速扫过书架上的书，唉，真是哪儿跟哪儿都不挨着，所有书都胡乱摆放着，作者、题目，甚至书封的颜色，一丁点儿规律也没有。

“或许我可以帮忙……”格蕾丝身后传来一个阳刚的声音。

她吓了一跳，回头发现身后站着一位高个儿男子，灰色上衣剪裁讲究，一头乌黑的头发向两侧梳得整整齐齐。他之前就在店里了，格蕾丝也注意到了他，毕竟他那么帅气，哪个女人会视而不见？只是距离他进门已有一段时间，格蕾丝还以为他早就走了。

“您要的那本书应该在那边的架子上。”他瞅了瞅门口。

“哦，对啊，谢谢您。”格蕾丝再次红了脸，不，这次不仅是脸红，来自那位先生的凝视简直让她不知所措，只觉得浑身发烫。她再次示意那位老妇人跟着自己，十分抱歉地道了句，“您跟我这边来。”

“小姐，您别介意……”那妇人开了口，“不过，我想让这位先生帮我找。”她一边说一边目光坚定地看着那位大帅哥，也不好意思地红了脸。

帅哥听到这话惊讶地挑高了眉毛，呵呵地笑出了声。“愿意效劳。”他伸出胳膊让老妇人挽着他，微笑着带着妇人朝门口的架子走去。

格蕾丝饶有兴致地看着两人的一举一动，只见那位男士从架子上拿下一本黑色的书，封面上印着几个红色大字，那妇人非常开心，谢过男子后来到已经在收银台就位的格蕾丝跟前。

“多绅士的小伙子啊。”老妇人摸了摸自己泛红的脸颊，伸手从包里掏出钱来准备付账，“我要是像你这么年轻漂亮，绝不允许自己错过这么好的人，不问出他姓甚名谁、家住何处，我绝不让他出门。”

格蕾丝紧张地瞄了一眼那位先生，他站的地方距离收银台有点远，而且正认真地从架子上找书，应该没听见妇人的话，谢天谢地！

格蕾丝紧张的心终于放下了，她给妇人找了钱，把书递到她手上，并感谢她的光顾。老妇人临走前朝她挤了挤眼，身后留下清脆的铃铛声响。

铃声过后局促的书店再次陷入沉寂。之前格蕾丝不知道那位青年还在店里，因此可以轻松自处，可现在不同了。如果是在德雷顿舅舅的日杂店，她或许会走上前询问两句，没准还可以给他点建议；但现在她是在书店，对方对这儿明显比她熟悉得多。

她仔细掸掉裙子上的尘土，发誓书店收拾好以前绝不再穿白色衣服来这儿。掸完身上的灰，她开始收拾收银台，反正那位先生要来付账，不如先清理这里。格蕾丝留意到柜子下面有一个破杯子，于是便把小铅笔头统统扔到了里面。接下来是清理柜面的各种垃圾，格蕾丝非常小心，逐一确认不是收据后才把它们扔掉。

柜台收拾得差不多了，格蕾丝抬起头，发现那位绅士正站在她面前面带微笑地看着她，一双绿色的眼睛深邃而迷人，棱角分明的脸上有一对可爱的梨涡。总而言之，他浑身散发着无穷的魅力，简直跟电影明星一样光彩照人。

格蕾丝心里琢磨着自己该如何开口，但大脑却一片空白，最后只憋出了一句“有什么能帮您”。

他早已把一摞书放在了柜台上，听到格蕾丝的话便把书推到她面前。格蕾丝已经被他英俊的外表彻底俘获，竟然没看到柜台上的书。

“这些我都要了，谢谢您。”他十分自然地把手揣进口袋，叉着腿站在那儿，似乎并不想马上离开，倒像是要跟格蕾丝攀谈几句，“我没留意埃文斯先生的书店还有其他店员。”

格蕾丝按了一下那台老旧收银机上的按钮，下面装钱的小盒子砰地一下弹开，在安静的书店里这声音显得格外突兀。“这是我第一天在这儿上班。”她一边拿起面前的书，一边羞涩地瞥了对方一眼，“刚才谢谢您帮我。”

他咧开嘴，一副笑容可掬的模样，眼角挤出了几道细纹。“这点小事不值一提。我从小就来这家书店，刚看到您把这里打扫了一下，这活儿可不轻松啊。”

“我盼着能把这里收拾好。”格蕾丝意识到这是她的真实想法，如果接下来的六个月没有别的事情可做，至少可以把书店整理得井然有序。

“这可不容易，”那年轻人回头看了一眼，做出了一副夸张的表情，“如果您也喜欢看书就会发现，想给书归类其实很难：一本书，既可以是悬疑小说也可以是惊悚小说，既可能是经典巨著也可能是爱情佳作，诸如此类。”

“我……我读的书并不多，”她十分坦诚，“我没有多少时间可以用来看书。”

他突然间不知该如何回应，大概没想到眼前的姑娘竟然如此坦诚，不过他脸上依然挂着灿烂的笑容。“嗯，如果您近来有看书的打算，我建议您一定要看看《基督山伯爵》，这是我最喜欢的一部经典。”他歪了一下脑袋继续道，“既是经典巨著，也是爱情佳作。”

“好的，我记住了。”格蕾丝拿起最后一本书，一边录入收款，一边继续道：“谢谢您的推荐。”

他找出钱包付了账，又开口道：“我能冒昧问一下您的名字吗？”

“我叫格蕾丝·班尼特。”她回答说。

“哦，班尼特小姐，”他礼貌地点点头，“我叫乔治·安德森，真想早日看到您能把这家书店打理成什么样子。”

格蕾丝没说话，只是点点头。安德森先生后退着走向书店门口，出门前又向她投来了一个致命微笑。

天啊！

她捂住胸口，好像这样就可以让飞快的心跳慢下来似的。就在这时，门上的铃铛又响了，是埃文斯先生喝完咖啡回来了，书店的氛围再次紧张起来。

他扫了一眼刚刚收拾好的收银台，不敢相信自己的眼睛，两条浓密的眉毛几乎拧到了一起。“什么情况？咱们这儿是被打劫了吗？”

“我刚刚收拾了一下。”格蕾丝回答道。

埃文斯先生愤愤地环顾四周，“你看你把这里搞得乌烟瘴气的。”他用手里的报纸扇了两下，好像连空气都惹着他了似的。

她紧张到不行，等着埃文斯先生说出更难听的话来。以前在舅舅的日杂店帮忙时她经常挨骂，从毕业后在店里工作的第一天到准备来伦敦前的最后一天，舅舅对她的表现从来没有满意过，总能挑出各种各样的毛病：不敬业、浪费东西、笨手笨脚、不够聪明、出工不出力，等等。

她紧张地握紧拳头，等着埃文斯先生劈头盖脸地骂她一顿。

“不过，这里确实该好好打扫一下了。”埃文斯先生嘟囔了一句，虽然不太高兴，但似乎也无话可说。

她松开攥紧的拳头问了句：“您说什么？”

“这儿是有点脏，我一直也没时间收拾。”他把报纸啪地一声扔到收银台上，从上面拿起一沓收据，有几张掉在台子上他也没管，“你没翻我的账本吧？”

“没有。”格蕾丝把掉下来的几张收据敛到一起递给埃文斯先生，尽量不去看单据上的数字。

埃文斯先生把收据塞进报纸里，转身钻进了后面的房间。他在里面待了好一会儿才出来，出来后也只是猫在靠里面的书架后面看书，感觉他根本不是书店的主人，倒像是一个喜欢在这儿打发时间的顾客。

整个下午格蕾丝都在打扫书架、收拾柜台。仔细看看，那台子其实很精美，擦除了沉积多年的污渍后，柜台露出了原本的栗棕色，十分漂亮，四角还雕着精美的花纹。谢天谢地，下午再没有客人让她帮忙找书，面对顾客，她要做的事就是收钱，这对她来说可谓驾轻就熟。

终于到了下班时间，她跟埃文斯先生道别时对方还是一副苦大仇深的模样，嘟囔着回应了一句。不过这对于格蕾丝来说已经很好了，要知道在德雷顿给舅舅帮忙时，格蕾丝永远有做不完的工作，从来不能按时下班。

虽然感觉还有很多事要做，但格蕾丝还是带着一身的尘土和疲惫迫不及待地跑回了家。薇芙下午面试，她得问问情况。

她推开房门，开口第一句就是“薇芙，你——”

客厅的无线电被调到了最大音量，传来刺刺啦啦的讲话声，讲话在告知听众英国已经调集了队伍。

什么队伍？

韦瑟福德夫人和薇芙正坐在无线电前认真地收听里面播放的内容。薇芙瞥了格蕾丝一眼，招手让她过来一起听。

格蕾丝跟好朋友一起挤在蓝色马海毛沙发上，低声问她说：“怎么了？这会儿怎么听起广播来了？还没到六点啊。”

薇芙面色紧张：“今天下午传来消息，伦敦已经开始调集预备役，虽然政府之前一直说不一定会打仗，但现在队伍都调集好了，所有海军预备役和空军预备役都要前去报到并接受派遣，如果还说不一定会打仗，谁还会相信？”

格蕾丝不敢相信自己的耳朵，虚弱地靠在沙发靠背上，为什么她一点消息也没听到？整整一天她都生活在自己的世界里，忙着打扫卫生，一心要把书店整理出个样子，偶尔还要应付一下顾客，对于外面的世界，她竟然一无所知。

空气中的紧张气氛渗入了格蕾丝的血脉，她知道战争真的来了。

韦瑟福德夫人坐在那里一言不发，脸上也没有任何表情。突然，她站起身，关掉无线电收音机。“咱们别听了，听了也没用。”她深吸一口气，把脸转向格蕾丝，“你今天都还顺利吧？”

“嗯，顺利，谢谢您。”格蕾丝语气温柔。

“那就好，”韦瑟福德夫人敷衍地点点头，“那我去厨房做饭了，要不咱们一家人都得饿肚子。”

没等格蕾丝回话，夫人已经走出了客厅，格蕾丝注意到她好像有意挺直了后背。

薇芙压低声音对格蕾丝说：“政府明天就要疏散儿童了，要把小孩都送到乡下，经得孩子父母同意后所有的孩子都会被送走。”

这消息让格蕾丝心头一紧，薇芙说的没错，政府的所有举动怎么让老白姓相信不会打仗？

格蕾丝想到白天在书店的那位老妇人，她选书时应该还不知道明天自己的孩子就要被送走了吧？伦敦城里所有母亲都要暂时与孩子天各一方，可能还不止如此，有些女人的丈夫也要走上前线，只留她们孤苦伶仃地守着自己的家园。

如果志愿参军的人数不够，政府还可能强制征兵，格蕾丝胃里翻腾了一下，心里很是难过。

柯林不会也要上前线吧？

怪不得韦瑟福德夫人关掉广播不愿继续听下去呢。

薇芙低头看着脚下的地毯，表情十分严肃。格蕾丝也感觉胸口像压了一块石头，她努力喘了口气，不想跟好朋友一起陷入绝望。“孩子们只要不被送到我舅舅那样的人家，应该还不算太惨。”

薇芙听了格蕾丝的话苦笑着回应道："就好像你舅舅能好心接收这些孩子似的。"

格蕾丝注意到薇芙还穿着那身漂亮的西服："对了，你今天的面试怎么样？"

薇芙点点头，"嗯，搞定了，他们招我做了店员。我明天就去上班，但不知道能做多久。"

"一定能做很久，"格蕾丝抓过好朋友的手，"即使战争来了，人们还是需要买衣服啊，买衣服什么的总能让人心情变好。"

"嗯，或者还可以买点别的什么，比方说买头小象？"薇芙歪着头补充道。

"嗯，对，还有树袋熊什么的？"格蕾丝耸了耸肩。

薇芙咧嘴笑着继续道："还可以买只猎豹？"

"嗯，不过它要是跑了可不好追啊。"格蕾丝提醒说。

薇芙脸上的表情再次严肃起来："我们一定能挺过去的，格蕾丝·班尼特，相信我，我们一起拭目以待。"

她抓起格蕾丝的手。从小到大，这个动作已经成了她们友谊的见证。要不是有彼此作后盾，她们或许挺不过生活的各种磨难，包括格蕾丝母亲的去世、德雷顿艰苦的劳作、薇芙控制欲极强的父母以及那个傻子杰弗里·西蒙斯对她们无休无止的纠缠。

只要她们两个在一起，无论多大的困难都能应付过去——不论是书店脾气古怪的小老头儿还是即将打响的战争，她们都将患难与共，并化险为夷。

4

排队的孩子一眼望不到头，看着让人揪心。

说实话，格蕾丝昨晚并没有怎么想疏散儿童的事，政府第二天将实施灯火管制，当晚有很多准备工作要做。柯林也一直在韦瑟福德夫人的花园里忙活，希望尽早完成防空洞的收尾工作。

韦瑟福德夫人虽然嘴上不承认，但她很舍不得那些被毁的花坛，一晚上就提到了好几次。

昨晚忙了一整夜，格蕾丝确实把疏散儿童的事给忘了，可今天早上走在前往樱草山书店的路上，当她看到城市半空悬浮着的那些房子大小的银色气球时，伦敦的孩子们就成了她内心挥之不去的痛。天上飘着的那些奇怪的大家伙无疑是备战的防御措施。

路过阿尔比恩大厦时，格蕾丝抬头仔细研究了一下其中一个大气球，并没有看出什么名堂，还差点迎面撞上一位身着蓝色军装的皇家空军军官，看样子对方已整装待发。

“抱歉，”格蕾丝说，“我不是有意——”

剩下的话她没说完，因为她一眼就看到了排着长队等待统一疏散的孩子们，队伍延续了一整条街，正朝着菲灵顿车站的方向前进。

皇家空军军官回复了她一句什么话，但她走得太快并未听清楚。现在，她除了那些排队的孩子什么也看不到，什么也听不见。队伍浩浩荡荡，每个孩子都背着自己的小防毒面具，衣服和行李上缝着个人的信息。他们小小的行李能不能满足他们离家在外的所有需求？他们究竟何时才能重返伦敦，重新回到父母身边？没有人知道这些问题的答案。

有些孩子看上去一脸兴奋，似乎非常期待这次离家的冒险，有些则一看就是刚刚哭过，紧紧抱着身边的母亲不愿撒手。每个赶来送孩子的母亲都面色苍白，内心必定痛苦万分，但在孩子面前还得咬着牙表现出坚强。

这世上，任何母亲都不该面临这样两难的选择：要么忍痛把孩子送到乡下陌生的人家，要么把他们留在身边让他们小小年纪就见证战争的残酷。

骨肉分离自然令人心痛，但如果身边所有人都如此大费周章地把孩子送去乡下，那就足以说明伦敦局势的严峻。既然如此，为了孩子的安全，将他们送走才是明智之举，至少不用让他们面对枪林弹雨的生活。

格蕾丝虽然还未结婚生子，但有朝一日她也会成为一名母亲，她能体会眼前这些女人为了孩子安危所做出的巨大牺牲。

格蕾丝魂不守舍地继续往前走，在菲灵顿车站入口附近见到对面又走过来一队孩子，正排着队等着进站，队伍就算没有几千人，好几百人肯定是有的。

今夜，有多少母亲无法再搂着自己的孩子安心入眠？

格蕾丝为这些女人感到难过，为这些即将背井离乡的孩子感到伤悲，她心情沉重，眼前的一切令她目不忍视，于是她加快脚步朝书店走去。

她简直是逃进了书店，一进门就遭遇到埃文斯先生严厉的目光。“难道战争已经开始了？”他语气平淡，说完低下头继续看自己手里的书。

“跟开始没什么两样。”格蕾丝回头看了一眼街上，刚好看到一位母亲带着两个年幼的孩子往车站方向赶。

“孩子们都被送走了。”

埃文斯先生心不在焉地附和了一句。

她抬头看看外面的天空，目光寻找着那些银色的大家伙。“还有那些大气球——”

“你是说那些阻塞气球。”

她转过头看着埃文斯先生问：“那些气球究竟是干什么用的？”

埃文斯不耐烦地叹了口气，放下手中的书解释道：“那些气球都被固定在了钢丝上，可以放慢飞机的飞行速度，对我们能起到一定的保护作用。”

“就是说，有了这些气球德国人就没办法轰炸我们了？”格蕾丝真希望得到肯定的答案。

埃文斯先生哼了一声：“那可不是，他们照样可以轰炸我们。“一战”时这些气球确实发挥了重要作用，但那时候飞机本来就飞不太高，现在可不一样了。不过，这些气球至少可以把轰炸机往上赶，把它们控制在高射炮的射程区域。”

格蕾丝听到这话后背一阵发凉，她本来还有问题想问，但看到埃文斯先生已经拿起书继续读了起来于是便作罢。整整一天，书店一共也没进来几个客人，其中的原因不用想也知道：孩子们都被送走了，男人也都去了前线，留守的女人应该还沉浸在骨肉分离的痛苦中无法自拔，哪有心情逛书店。

格蕾丝本来计划把图书做下分类，但孩子们的身影却在她脑海中挥之不去，让她无心工作。她没想到会有这么多孩子被送去乡下，没想到会有这么多母亲为了孩子的安危被迫选择坚强。

她想起自己小时候，有一次母亲离家看望韦瑟福德夫人，于是她那个星期搬去与薇芙同住，虽然有自己的小伙伴陪着，但她还是饱受思念之苦，生怕母亲一去不返把她一个人丢下。要知道，那不过一个星期而已。

可怜的孩子们，谁知道他们多久以后才能重新回到母亲的怀抱呢。

格蕾丝最终决定处理一下橱窗上的胶带。她先是把胶带扯下来，而后又把残留在玻璃上的黏胶一点一点清理干净。这是一项完全不用动脑子的工作，很适合现在的她，被疏散的孩子已经占据了她全部心思。

还剩两条胶带整个橱窗就清理好了，她琢磨着今天还有没有时间贴上新的胶带，她可得贴得漂亮点。正在这时埃文斯先生走了过来，“班尼特小姐，你可以回家了。今天不会有什么客人，咱们早点关门吧。再说马上要施行灯火管制，我得找点东西把窗户封上。”他抱着肩膀看看四周，呼吸沉重地继续道，“战争马上就要来了，应该不会有什么人出门买书。”

格蕾丝把扯下来的胶带拢在一起捧在手上，站起身回应道：“虽然要打仗了，但人们还是会看书打发时间啊。”

他朝窗子努努嘴：“明天我拿点报纸来。”

埃文斯先生竟然想用旧报纸把橱窗封上，格蕾丝只是想想都觉得难看，于是她主动提出说：“我可以做一副窗帘，韦瑟福德夫人买了不少布料，应该用不完，我可以拿剩下的给店里做一副窗帘。”

韦瑟福德夫人老早以前就用一码两先令的便宜价格买了很多黑色重磅棉缎，她对自己这一明智之举一直十分得意。

格蕾丝不知道自己为什么要主动提出帮埃文斯先生做窗帘，埃文斯先生刚刚不还有意暗示她书店的生意不好，可能没办法继续雇用她了吗？不过，反正家里有多余的布料，如果她能帮上店里的忙，埃文斯先生或许将来会在给她的推荐信里写些好话。

格蕾丝很快收拾好自己的手拎包、帽子和防毒面具，能提早下班让她很开心。

她走到门口刚好撞到埃文斯先生。埃文斯先生把店门口的牌子从“营业中”翻到“休息中”，跟格蕾丝道了句“再见”。

他关上书店的门，从里面把门锁好。街上的孩子都不见了，好像集体撤离这件事根本没有发生过一样。格蕾丝走在回家的路上，告诉自己不要去想那些痛苦的回忆，于是盘算起为书店招揽顾客的点子。

她帮舅舅打理日杂店时也做过类似的事，其实并不难：在橱窗里多贴几张宣传海报，让利顾客给商品打点折……动作不用太大，但效果却很显著，记得当时舅舅的日杂店很快就积累了一批固定客户。

樱草山书店的顾客确实比之前少了，战争闹得人神经紧绷，很多人不再有心思逛书店。但书籍总是有着无法替代的作用，越是发生战争，人们越是需要排解，这也是事实。

既然当初她能让舅舅的日杂店起死回生，这次挽救一家书店也不是没可能。到时候，埃文斯先生必定会给她出具一封漂亮的推荐信。

格蕾丝刚走到家门口就碰到了刚从外面回来的韦瑟福德夫人，夫人手里捧着好几个大袋子。

夫人腾不出手，朝格蕾丝勾了勾手指。“格蕾丝，你回来得太是时候了，孩子，快过来帮我一下。”

格蕾丝快步冲上前，从夫人手里接过几个购物袋，可她没想到袋子那么沉，差点把其中一个掉在地上。“您这里都是什么呀？这么沉？是沙袋吗？”

韦瑟福德夫人先是警觉地瞄了瞄四周，看到四下没人才凑到格蕾丝耳边低声道：“茶叶。”她抬了抬一侧的肩膀，生怕搭在肩上的购物袋滑下来，“还有糖。快，咱俩赶紧把它们弄进去。”

二人忙不迭地把所有袋子弄进了门，然后又一样不落地搬到厨房。格蕾丝非常喜欢夫人家的厨房，感觉舒服又自在，可是这会儿厨房的窗子上挂上了黑黢黢的窗帘，她这才突然意识到就要实施灯火管制了。上个月政府试行过几次，但从今晚开始，灯火管制将正式实施。

韦瑟福德夫人把所有的东西小心翼翼地放下，长舒一口气道：“老天，实在太沉了。”

“都是茶叶和糖吗？”格蕾丝看了一眼所有的袋子，每一个都塞得鼓鼓囊囊。

“还有一些面粉。”韦瑟福德夫人指着其中的一个袋子回答道，“你不要用那种眼神看我，格蕾丝·班尼特小姐，战争马上就来了，你记住我说的话，政府马上就会限制粮食供应，所以我得在大家都开始囤货之前把这些东西备齐。”

格蕾丝看了一眼夫人的战利品，问了句：“您说的囤货是什么意思？”

韦瑟福德夫人把东西一样一样地往外拿，一边收拾一边解释说：“内斯比特夫人买的更多，至少是我的两倍，她还是一个人过日子呢。”夫人俯下身打开橱柜门，把里面的东西重新摆了摆，腾出空间好把新买的东西放进去，“你认识她吧？内斯比特阅享书屋的老板娘，她的书店很有名，就在帕特诺斯特·罗大街上。”她看了一眼格蕾丝。

格蕾丝摇摇头。

韦瑟福德夫人眉头紧锁：“啊，埃文斯先生没跟你提过帕特诺斯特·罗大街？”

“他没说过。”格蕾丝一边说一边把几袋糖放进橱柜。

韦瑟福德夫人从柜子里把一些空盒子拿出来，把几罐茶叶摆了进去。“嗯，那条街是喜欢看书的有钱人经常光顾的地方，我跟埃文斯先生说过十几次了，让他把书店也搬到那儿去，可他就是不听。”夫人往后站了站，欣赏着摆得满满的橱柜，心满意足地点了点头，“你有时间应该去那儿逛逛，看看正经的书店是什么样，你去的时候跟我讲一下，我告诉你具体该怎么走。”

正经的书店，这正是格蕾丝需要了解的，她确实想去看看，看过以后才能知道如何改造樱草山书店。“那太好了，”格蕾丝继续道，“刚好您说到书店，我可不可以跟您要一些黑色棉缎，给我们书店做一副窗帘？”

韦瑟福德夫人面带笑容欣慰地望着她，这样的笑容她曾在母亲的脸上见到过。这无疑触碰到了她心底的痛处，但没想到却并未让她难过，反而感觉到些许宽慰。“当然可以了，亲爱的。记住了，你得做至少三层，否则根本挡不住光。我想埃文斯先生一定能看到你的努力，他会感谢你的。”夫人给水壶接满自来水，继续道，“他这个人只是不太善言辞。”

就在这工夫柯林走进了厨房，后面跟着斑斑，喵喵喵地叫个没完。“嗨，格蕾丝。”他脸颊又有点泛红，好像每次见到薇芙或格蕾丝他都会害羞，“今天我们店里新来了一只小猎豹，看上去没什么特别，毛茸茸的，只是有点凶。”他用手比画了一下小家伙的个头。

“肯定特别可爱吧。”

“下次你去哈罗德一定要去看看。”他看了一眼母亲，问她说，“妈，您能帮我拿一盒金枪鱼罐头吗？”

韦瑟福德夫人撇撇嘴，虽不情愿但还是拿了一罐递给儿子。“斑斑已经长大了，你可以给它找户人家。再过些日子，我们养活自己都费劲，哪还管得了它。”

柯林苦笑着接过罐头。

“你们都觉得我疯了,但我跟你们讲,政府马上就会限制食品供应。”韦瑟福德夫人把空购物袋全部收好，把茶壶放到炉子上，柯林则忙着在一边给斑斑开启金枪鱼罐头。

鱼腥味即刻充满了整个厨房，斑斑兴奋地喵喵直叫。韦瑟福德夫人抬手在鼻子前扇了扇，对格蕾丝说：“咱俩离这儿远点，我去准备茶，你去把无线电打开。”

格蕾丝根本不用夫人多说，第一时间逃离了难闻的厨房。可等她打开广播听到里面关于战争的消息时，她宁可待在厨房继续闻鱼的腥味。

广播喇叭传出的是莱昂内尔·马森充满磁性的声音：“德军已经攻占波兰，炸毁了波兰的许多城市……”

格蕾丝一动不动地站在原地，手还一直搭在收音机的旋钮上。播报员接下来详细介绍了德国对波兰的进攻情况，描述了其主要城市遭遇炸弹袭击后的惨状，还说法国军队已经做好了随时出征的准备。就在几天前，英、法与波兰签署了互助条约，事到如今两国已别无选择，只能出手相助。

睡前大家都待在客厅，每播一条新闻就会都凑到无线电跟前仔细聆听，都想对战争局势多一些了解。虽然大部分消息他们都已经听过，但每次播报还是没人松懈。

格蕾丝一边听广播一边在薇芙的帮助下做好了给书店的窗帘。今天是薇芙在哈罗德上班的第一天，一天下来一切顺利。晚餐韦瑟福德夫人做了猪肉馅饼，吃饭时所有人都神经紧张，天还没黑透，等天黑了政府的灯火管制就要开始了。

希特勒会把他在波兰的所作所为如法炮制到英国，任何窗子透出的光亮都会成为指引德军投掷炸弹的灯塔。

想到这些，格蕾丝后背一阵发凉，她之前一直畏惧灯火管制的严格规定，现在终于明白了政府的良苦用心。这么做最终还是为老百姓着想，只有这样才能避免伦敦百姓沦为炮弹袭击的靶子。

她也不再抱怨防空洞破坏了花园的美，防护设施就近在咫尺，这让她安心了不少。

第一夜的灯火管制就这样开始了，整个伦敦城陷入了一片漆黑。格蕾丝却怎么也睡不着，耳边一直回响那些关于战争的报道，眼前挥之不去的是早上排队等着疏散的孩子们的身影。

厚重的黑色窗帘的确起到了遮光的效果，格蕾丝第二天醒来发现比平时晚起了半个小时。她手忙脚乱地赶到书店，发现还是迟到了几分钟。

埃文斯先生抬头看了她一眼，脸色阴沉，格蕾丝心想自己肯定要挨骂了。

她手臂下夹着背包，里面是她昨晚缝好的三层窗帘。

“我还以为你不来了呢，”埃文斯先生在店里转了一圈，嘴角流露出一丝坏笑，“我可没有责备你的意思啊。”

“抱歉我迟到了，”格蕾丝看着埃文斯先生的后背，缓缓呼了一口气，“我把窗帘做好了。”

他扭头看了一眼她手中的袋子，点了点头。

这或许就是他表达感谢的方式，格蕾丝事先已经想到了。那就开始工作吧——格蕾丝先是把书店打扫了一下，清理了柜台上的收据和垃圾，而后又重新布置了橱窗。她虽然不太懂书，但挑些封面漂亮的书放在橱窗展示总是没错的。

这也标志着书店全新的开始。

她找来一把小梯子，想爬上去把窗帘挂上。正在这时，门上的铃铛响了，进来的是一位老者，目光犀利地盯着她问了一句：“你是谁？”

“我是班尼特，”她从梯子上爬下来，“是这里刚招的店员。”

从格蕾丝的角度看，这位客人太像一只在寒风中瑟瑟发抖的大鸟了，一头细绒似的白发，缩着脖子、端着肩膀，厚重的深色外套下伸出两条细长的腿。对方看了一眼格蕾丝手中还没挂好的窗帘，开口道：“挂什么窗帘啊，刷层沥青不就得了。”

格蕾丝想想都觉得可怕，怎么可以往橱窗上刷沥青？“有什么能帮您？”

“埃文斯呢？”

“普里查德，是你吗？”埃文斯先生不知从哪个架子后面钻了出来，挺着大肚子，手里照例捧着一本书。他把书合上，推了推架在鼻子上的眼镜。

“你招了个店员？”那人一边说一边环顾四周，坚挺的鹰钩鼻子让他看上去越发像只大鸟，“这说明你这儿生意不错呀？”

“打仗了，谁知道情况会怎么样？”埃文斯先生挖苦道，“普里查德，你这又是来我这儿偷师了？”

那人咂吧咂吧嘴：“这不还没宣战吗！如果真像波兰那样，德国真向我们开火，我们就给希特勒和他的纳粹一点颜色看看，让他们夹着尾巴滚回老家去。你记住我的话，这场仗不到圣诞就会结束。”

“我还是用窗帘吧。”埃文斯先生朝格蕾丝点点头，示意她不用在这儿应付，可以继续挂她的窗帘，“窗帘虽说防不了炸弹，但至少能阻止督察员天天敲我的门，三令五申地跟我交代灯火管制的相关规定。”

格蕾丝把窗帘搭在胳膊上，爬上梯子认真地挂窗帘，两个老头儿则在一旁继续讨论书店的生意和时事政治。

“你他妈是怎么保证你的店里不进老鼠的？”看到格蕾丝挂完窗帘，普里查德突然问了这么一句，“我那个店，从刚开张那会儿就一直有这个困扰。”

“我这儿没有啊。”埃文斯先生的回答有点心不在焉，明显不想跟对方继续聊下去，可普里查德先生显然没看出对方的用意。

来人缩起脖子，不满地看着埃文斯先生：“那估计是因为你这儿比较偏，距离泰晤士河比较远，不像我的店，就在帕特诺斯特·罗大街。”

“您可以养只猫，”格蕾丝从梯子上爬下来，仔细打量着自己窗帘的做工，“韦瑟福德夫人的儿子有只斑猫，正好想要给它找个人家。”

普里查德先生哼了一声问：“你说的是那个爱管闲事的女人？”

格蕾丝赶紧收起梯子，生怕对方看到自己脸上不满的表情，他怎么可以这么评价夫人？夫人为人多好啊，为她做了那么多事。“猫能帮您解决老鼠的问题，我知道韦瑟福德夫人今天上午不出门，如果需要的话，您可以随时过去找她。”

格蕾丝心想，这样至少可以为斑斑找个新家。

普里查德先生若有所思地点点头：“嗯，我知道了，我可能真得弄只猫。埃文斯，那我走了。”

埃文斯先生嘴里嘟囔了一句道别的话，普里查德先生推门出了书店。窗帘挂好了，橱窗也重新做了布置，格蕾丝又开始计划下一步工作——她要为堆在地上的书找个合适的位置。

没想到这是个大工程。格蕾丝不知道书店刚开业时遵循的是什么分类原则，总之现在书架上的书摆放得毫无章法，这也就是说，格蕾丝需要为它们重新建立一个体系。而眼下她能做的是先给地上这些弃物找个合适的地方。

她全神贯注地忙着手里的活儿，每次到了休息时间都是埃文斯先生提醒她歇会儿，不过她每次都跟埃文斯说还不急着休息，非要把手里的活儿弄完才肯罢休。可每次忙完这堆书，她又发现还有更多的书在等着她。

突然，外面传来一声闷雷，埃文斯先生拿着一把雨伞走到她面前："班尼特小姐，你快回家吧，外面下雨了，我这就把书店关了。"

她抬头看了一眼书架，上面整整齐齐塞满了书，地上还有二十来本没地方放。其实，给书上架的工作根本没完成，现在她只是将所有书摆在了架子上面，但摆得根本没有规律，不过至少比堆在地上顺眼多了。

她又看看窗子，窗帘已经放下，遮光效果非常好。

天已经这么晚了吗？

"明天你不用来了，在家休息一天，"埃文斯先生说，"今天一天，你把好几天的活儿都干了。"

"可是昨天我——"

"你本来下午就该下班的，现在已经晚上了。"埃文斯先生再次把伞递到她面前。"如果韦瑟福德夫人再打电话来催你回家，我恐怕就人头不保了。"

哦，是啊，那好吧，今天就到这儿。这么晚不回家，韦瑟福德夫人肯定很担心。

格蕾丝接过雨伞，匆忙收拾好自己的东西，埃文斯先生把她送到门口，为她推开门。

天已经彻底黑了，再加上外面没有一点灯光，像极了深邃而空洞的虚无世界。

格蕾丝使劲眨眨眼，想尽快适应外面的黑暗，却一点效果也没有，眼前依旧是漆黑一片。她没想到灯火管制的效果这么好，竟然真的什么也看不见了。

"天太黑了，我送你回去。"埃文斯先生声音很低，好像不是在跟格蕾丝说话，倒像是在自言自语。

“不用，真的不用。”格蕾丝抬了抬下巴。这个动作让她想起了薇芙，每次薇芙想要表现自信时就是一副这样的神情。只不过，此时格蕾丝说这话完全是在给自己壮胆，“我十分钟就到家了，您送我，您还得淋雨，完全没必要。”

他皱皱眉，刚要开口说什么，突然传来一声刺耳的哨音。

“赶紧把灯熄了！”有人从远处朝书店方向大喊，听对方强硬的语气，应该是空袭防御督察员。空袭防御督察办是社区居民自发的一个组织，主要负责监督并协助灯火管制的实施。

“再见，埃文斯先生。”格蕾丝赶紧走出书店，砰的一声撑开了雨伞。

埃文斯并没有马上回去店里，而是继续开着门为她照亮。

“快熄灯，埃文斯先生！”督察员朝着书店的方向快走了几步。

没办法，埃文斯先生只得关上门，格蕾丝的世界一下子变成了极致的黑暗，她好像被什么东西蒙住了双眼，尽管她瞪圆了眼睛想分辨出眼前的世界，可惜还是什么也看不见。

平常这个时间大街上会有行人走动，会有汽车驶过，车灯会把黑暗撕开一道裂缝，最关键的是街上还有路灯，会散漫出一道又一道光晕。可是现在灯火管制，路上一点光也没有。

她站在原地一动不动，努力想分辨出东南西北，却发现着实不易。雨水拍打在雨伞上，她不知道该往哪儿走。

失去了视觉的帮助，她只能凭借记忆往家走。到伦敦虽然才一个星期，她却可以轻松勾勒出返回布里顿大街的路线。可那也有一个前提，就是能看清周围的建筑物，可现在她什么依靠也没有，只能两眼一抹黑地往前走。

她小心翼翼地向前迈了一步，脚步声在空旷的街道上显得特别刺耳。

她以为自己第一步就会碰到什么障碍物，然而并没有，第二步也没有，第三步也很顺利。就这样，她听着自己的脚步声试探着在人行道上往前摸索，那种感觉真是太奇怪了。

自己一共走了多少步？距离布里顿还有多远？她不知道。她开始犹豫，脚步也不再坚定，并开始不由自主地朝前伸出了胳膊，生怕撞到什么障碍物。

或许她该原路返回，接受埃文斯先生的好意，让他送自己回家。但送完她，埃文斯先生一个人怎么回店里呢？

她提高了警惕，每走一步神经就向外扩张一分。突然，路上传来汽车轮子碾压路面的声音，车子来得突然，她赶紧向后撤了几步，差点摔个跟头。驶过来的车虽然没开车灯，车速却一点不慢，带起来的风掀起了她的裙摆，还溅了她一身水。

格蕾丝的裙子被冰冷污浊的雨水彻底打湿了，贴在她身上，冷风中她抱住自己的肩膀，右手紧紧攥着雨伞的伞柄。“浑身已经湿透，真的还有必要打伞吗？”格蕾丝不禁问自己。

突然，头顶闪过一道闪电，瞬间照亮了整个世界。虽然只是一瞬间，但足以帮助格蕾丝辨认出方向，帮她确定周围有没有其他车辆。

格蕾丝黑灯瞎火地继续往前走，浑身湿透，冻得直打冷战，但她不能停，还得小心前行。每一次闪电都为她照亮了回家的路，平时十分钟的路程，今天她怎么走也走不完，谁知道她是不是已经绕着韦瑟福德夫人家的联排别墅走了好几圈，只是茫茫然找不到回家的大门。

终于到了夫人家门口，没错，就是她家的大门。她小心翼翼爬上门口的台阶，鞋子已经湿透，脚掌的位置已经注水，估计有好几磅重，每走一步就会挤出一股水来。她拍了拍冰冷的金属门环，太凉了，她赶紧攥紧拳头。门开了！其实门根本就没锁，她轻轻一推，门就朝里面打开了。

屋子里的光亮在她眼前爆炸开来，她一下子又什么也看不见了。她跌跌撞撞进了门，险些晕倒。

“格蕾丝，”客厅传来韦瑟福德夫人的声音，“老天啊，这孩子，你是怎么搞的？我们都担心死了。”

在这样的极端时刻，韦瑟福德夫人的强硬态度不仅不让人反感，反倒让人感觉十分温暖。不到一个小时，格蕾丝又恢复了精神，洗了澡，换了干净的衣裳，夫人还给她煮了一杯热茶。喝完茶，她就爬上床准备睡觉了。

干爽温暖的被窝可真舒服啊！格蕾丝把自己裹得严严实实，又一次把自己交给黑夜，很快进入了梦乡。不过，临睡着前她还是抽空盘算了一下第二天的计划，埃文斯先生说了她明天不用上班，她要趁这个机会去帕特诺斯特·罗大街的书店转转，她想看看人家是如何设计橱窗、如何整理书架的，这样她才能知道自己下一步该怎么做。

可是谁能想到计划赶不上变化，第二天一大早她就听到了一个不幸的消息。

5

英国正式宣战。

第二天上午十一点十五分，格蕾丝还没出门就听到收音机里首相张伯伦发表了一次特殊讲话。

她跟薇芙坐在客厅的马海毛沙发上，柯林坐在母亲旁边的安乐椅上，全家人紧张地听着广播里传来的最新消息。因为斑斑已经被送到普里查德先生家，柯林终于不用再坐在地上陪它了。

小餐桌的正中间摆着一个茶盘，旁边花瓶里插着新鲜的大丽花。

首相表示，德国无视国际社会要求其从波兰撤军的呼声，听到这儿格蕾丝屏住呼吸，默默祈祷首相不要宣布那个可怕的消息。

但是，即使全体伦敦公民都屏住呼吸也无法改变首相大人接下来要说的话。“……鉴于此，英国正式与德宣战。”

尽管早料到会有今天，但听到宣战的那一刻格蕾丝还是有种晴天霹雳的感觉。不是都已经想到了吗？为什么还是无法接受？

有这种疑问的不止她一人。

薇芙不停地用她之前自己缝制的蕾丝手帕擦眼泪，韦瑟福德夫人更是倒吸了一口凉气，柯林赶紧抓过母亲的手，希望能给她一丝安慰。

英国宣战了。

这对她们来说究竟意味着什么？她们会遭遇炸弹袭击吗？男人们会应征入伍吗？政府会限制食品供应吗？

格蕾丝想起母亲曾给她讲过的“一战”期间的艰难生活，当时格蕾丝还不以为然，像是在听一个遥远的故事。是啊，不身临其境，就不可能有切实的感受。脑海中残留的那些“一战”画面真的会重现吗？

外面突然传来刺耳的声响，伦敦市拉响了空袭警报，一声高一声低，无休无止，没完没了。格蕾丝感觉自己浑身的血液都凝固了，她无法呼吸，也动弹不了。

空袭开始了，波兰的惨剧即将在他们身上重演，德国这么快就对他们下手了。

“格蕾丝，”韦瑟福德夫人压抑着内心的恐惧，语气坚定地喊了一声格蕾丝的名字，而后继续道，“你去把浴缸和水盆都接满水，薇芙，你去把所有窗户都打开，我去把咱们的防毒面具拿来，柯林，你去把煤气阀关上。”

“可……可是，轰……轰炸了。”薇芙吓得连话都说不利索，格蕾丝从来没见过她这个样子。

“他们才刚刚看见飞机，”韦瑟福德夫人站起身关掉无线电，“也就是说，只要五分钟之内我们能转移至防空洞就没问题。”

她说话时语气坚定而强硬，听话的人除了照做似乎没有别的选择。格蕾丝虽然不知道夫人为什么要让她把浴缸和水盆接满水，但还是决定照做，哗哗的流水声伴着空袭警报不绝于耳，让人心乱如麻。

格蕾丝从来没觉得水龙头的水流速度竟然如此之慢。

最后一个水盆终于也接满了，她快速朝花园里的防空洞跑去，感觉自己的腿有点软，可再软也得逃命啊。防空洞非常简陋，顶部是一个凸起的钢板，为了固定在上面又培了一层土。如果真的轰炸，这么一个地方真能保住他们的小命吗？格蕾丝不知道，在此之前她从来没有考虑过这个问题。

她从狭小的洞口侧着身子蹭进防空洞，迎面袭来一股泥土和潮湿金属的味道，因为照不到阳光，里面黑乎乎的。薇芙已经在里面坐下了，之前柯林在洞里放了两排长凳，格蕾丝看到薇芙正缩成一团警觉地抬头看着外面，一双毛绒绒的大眼睛里写满了担心。

警报终于停了，世界又安静了下来。

格蕾丝挨着薇芙坐着，拉着她的手，不知道能说什么安慰的话，毕竟她自己也紧张得要命，好像外面只要稍有异动，自己首先就会爆炸一样。

一切就这样开始了，她们将和波兰面临同样的命运，德国人既然没放过华沙，也不可能放过伦敦。

格蕾丝不知道炸弹爆炸会发出多大声音，会带来什么严重后果，更不知道困在这个狭小的防空洞里她还能做点什么。

柯林终于也来了，他个子太高，只能委屈地蜷在她们对面，连脖子都伸不直。最后进来的是韦瑟福德夫人，她肩上挎着四个防毒面具，手里还捧着一个大盒子，每走一步都叮叮当当地响，那声音在他们耳畔挥之不去。

柯林看到母亲进来，赶紧起身接过她手中的盒子，她欣慰地看了一眼自己的儿子，把每个人的防毒面具交到各自的手上。

格蕾丝双手接过自己的防毒面具，双手控制不住地发抖。“现在就戴上吗？”

“现在不用，什么时候你听到外面木头摇铃响了再戴就行。”韦瑟福德夫人在儿子身边坐下，继续道，“那些空袭防御督察员每个人都配发了一个木头摇铃，我也特意从药店买了一些防毒药膏，只需要一分钟就能抹在裸露的皮肤上，所以大家不用太担心。”

她打开盒盖，里面放着各种补给，黄色盖子的二号防毒膏、史密斯牌的薯片、几瓶像是柠檬水的饮料，还有一些针头线脑什么的。

“柯林，煤气关好了吧？”韦瑟福德夫人声音和缓、语气平静，好像并非身处千钧一发的生死关头。

柯林点点头。

“浴缸和水盆都接满了？”她看了看格蕾丝。

格蕾丝点点头，薇芙还没等韦瑟福德夫人发问就主动点头，表示已经完成她交给自己的任务。

“那就好，”韦瑟福德夫人把盒子推到格蕾丝那边，“你俩要不要吃点薯片？”

格蕾丝紧张得口干舌燥，连吞咽自己的唾沫都感到困难，哪还吃得下薯片。再说了，她的胃早已经揪到了一起，什么东西也吃不下。她看着薯片那蓝绿色的罐子，摇了摇头。

“我们是不是得把洞门关好？”薇芙指了指防空洞依旧敞着的入口。

韦瑟福德连头也没回就答道：“等听到头顶有飞机飞过时我们再关门就可以，否则这里面太黑了。”

“您怎么能如此冷静，您就一点不害怕吗？”格蕾丝忍不住问夫人。

“这已经不是伦敦第一次遭遇轰炸了，亲爱的。”韦瑟福德夫人把薯片递给薇芙，薇芙显然也没有心思吃东西，“战胜恐惧的最好方法就是知己知彼，我认真学习了斯托克斯先生教给我们的各种防护手段。”

“斯托克斯先生是我们社区的空袭防御督察员。”柯林打开一瓶柠檬水递给格蕾丝，格蕾丝没想自己要不要喝就机械地把水接了过去。他随后又分别递了一瓶给薇芙和母亲，最后才拿起一瓶给自己。

韦瑟福德夫人把盒盖儿盖了回去，呷了一口柠檬水开口说：“我之所以让你们把浴缸和水盆都接满水是因为万一水管裂了，我们还有存水可以灭火；让你们打开窗户是因为万一家里着火了，外面的人可以第一时间发现，相关部门或许能及时出手把火扑灭；至于说为什么要关煤气，我不说你们也知道原因吧。”

格蕾丝看到韦瑟福德夫人如此泰然自若，自己紧张的神经也放松了一些。格蕾丝不知道自己何时才能像妈妈的朋友一样，面对轰炸也能如此从容，夫人有条不紊的对策确实让她心安了不少。

格蕾丝手中的柠檬水冰冰凉凉的，应该刚从冰箱里拿出来。她把瓶口放到嘴边，仰头喝了一口，酸酸甜甜的汁液立即充满口腔，打开了她所有味蕾，在喉头之间留下了一股清凉。没喝水之前她并没有意识到自己有多渴，现在好像才终于恢复意识。

“‘一战’时候什么样？”薇芙问夫人。

所有人都把目光转向了韦瑟福德夫人，包括柯林。格蕾丝从母亲口中听过她当时在乡下的一些经历，可身处伦敦的夫人肯定有着完全不同的感受。

“嗯，”韦瑟福德夫人挨个儿看了几个孩子一遍，“那可不是什么愉快的经历，你们确定想听我讲吗？我们可能马上就要遭遇类似的境遇。”

“克服恐惧的最好方法就是知己知彼，不是吗？”薇芙微笑着看着夫人。

“你既然这么说，我就没办法拒绝了。”韦瑟福德夫人摩挲着自己的裙子深吸了一口气，开始给他们讲述几十年前的可怕遭遇。她说政府当时严格限制食品供给，若有人胆敢在公园喂鸽子，当即就会被处以罚款；她还提到德军的齐柏林飞艇，描述了那种轻型飞机如何可以像气球一样飘过天空，如何在躲避皇家空军的反击后扔下炸弹涂炭生灵。

不过，她也讲述了英国宝贵的胜利，齐柏林飞艇最终遭到了可以飞得更高的新型飞机的反击。最后，她还谈到女性如何走向职场、如何获得投票权以及伦敦人民如何互帮互助度过了那段艰难岁月。

“您觉得“一战”最可怕的是什么？”薇芙紧张地看了一眼格蕾丝，“知道这些，我们也可以提前做好准备。”

韦瑟福德夫人先是凝重地看了一眼柯林，而后茫然地看向别处。“最可怕的就是上前线打仗的男人再也回不来了。”她的声音忽然变得很轻很轻。

空袭警报再次拉响，声音划过沉闷的空气又把他们吓了一跳。

不过这次的警报声与之前的明显不同，就连慌张的格蕾丝都能听出区别，这次的警报一直保持着同一音调，拉着长声，不像之前那样一声高、一声低，像人发出的哀号。

“危险暂时解除。”韦瑟福德夫人一口气把手中的柠檬水喝光，又把空瓶子放回盒子，“第一次空袭警报大家都平安度过，希望这样的空袭仅此一次。”她收拾好所有人的防毒面具，柯林搬起盒子，大家一个跟着一个走出了局促而又阴暗的防空洞。

当晚无线电通知大家，此次空袭警报不过是虚惊一场。

可下一次呢？还会是虚惊一场吗？

格蕾丝久久无法入睡，一直想着轰炸的事，万籁俱寂的夜加上无尽的黑暗，直让人不寒而栗。

第二天一早，广播依旧是没完没了地播报新闻，但出门之前格蕾丝并没听到什么新的内容。

格蕾丝走进书店，埃文斯先生照例连头也没抬，对此格蕾丝已经习以为常。收银台上堆满了垃圾，厚重的黑色窗帘还没有拉开，地上又堆了好几本书，像从脏兮兮的地板上凭空长出来的野草。

“老天，咱们书店也开战了吗？”格蕾丝低声道。

埃文斯先生扬起眉毛，抬起头：“照普里查德的说法，这场战争圣诞节前就会结束。”

“那您怎么看？”格蕾丝问。

“战争这事可很难说，班尼特小姐。”埃文斯先生把一小张纸条夹在账本中间将其合上，格蕾丝看到柜台上还落下一张纸。

她把它捡起来，想要还给埃文斯先生。

埃文斯先生举手示意她自己留着，“上面是咱们这儿卖的一些书，我还写了依照主题进行图书分类的方法。”

格蕾丝激动得不知如何是好，仔细看着埃文斯先生留给她的单子，上面记着一行又一行书名，旁边还标注了每本书应该归属的类别。“可是这些书我该在哪儿找啊？”

埃文斯先生耸了下肩膀，“你自己慢慢找吧，要想分拣图书，这可是第一步，明白吗？”他一边说一边朝后面的房间走去，“别忘了，到了两点你就走，”他头也没回地继续道，“我可不能再让你干到晚上黑灯瞎火地一个人回家了，韦瑟福德夫人再打电话过来我就彻底疯了。”

格蕾丝咧咧嘴，她能想象韦瑟福德夫人气急败坏地声讨埃文斯先生的样子。不过她没时间多琢磨这事，也没时间替埃文斯先生委屈，她今天的任务是图书分拣，于是很快便把心思放在了埃文斯先生留给她的书单上。

单子最上面列的是经典小说，一共二十五本，接下来的是历史、哲学和悬疑类。格蕾丝立即开工，可是忙到下午才找出四本经典小说，她心里正琢磨这工作也太难了，这时门上的铃铛响了，有客人进来，于是她离开所在的架子，走去门口的架子继续找，心想这样既可以找书也可以顺便关照一下顾客。

来的不是别人，正是乔治·安德森先生。他一见到格蕾丝就给了她一个大大的微笑，“下午好，班尼特小姐。”

格蕾丝心跳加速：“您好，安德森先生，有什么我能帮您的？”想到上次与对方见面的尴尬，格蕾丝觉得自己的话简直让人笑掉大牙，“我得一直在这儿找书，所以有什么需要您尽管开口。”

“您是要找书吗？”他瞄了一眼格蕾丝手里的书单。

格蕾丝把手背到身后，估计对方是想帮忙，她摇摇头说：“哦，不是的。”

安德森先生那双绿色的眼睛狡黠地眯成了一条缝，嘴角流露出调侃的笑容：“真的不是吗？”

她本来想开口反驳，但想到对方确实比自己更了解书店，于是便作罢，并慢慢从身后把书单拿了出来。“我想把书店好好整理一下，埃文斯先生让我先从分拣这些书目开始。”

他接过书单认真地研究起来。格蕾丝打量着对方，他穿着一身剪裁讲究的灰色三件套西装，深色的头发梳得一丝不苟，认真研究书单的样子完全不像要帮店员分拣图书的一位普通顾客，倒像极了研究重大案子的律师。

格蕾丝心里琢磨，他到底是做什么工作的呢？却努力克制向对方发问的冲动。

“目前我只找到了《呼啸山庄》《理智与情感》《双城记》和《科学怪人》。”她决定言归正传，一边说一边转到他身后，指了指单子上的这几本书。他身上的味道特别好闻，像是剃须皂的味道，不过还夹杂着一种她不太喜欢又说却不出的淡淡的辣味。

“您已经做得很好了，”他朝她挤挤眼，“接下来看看咱们俩一起能找到多少本。”

于是，他们俩开始一排架子、一排架子地搜索，她一边找一边想，要是能去帕特诺斯特·罗大街看看，借鉴一下人家的宣传手段，从而好好推广一下樱草山书店该有多好。

“帕特诺斯特·罗大街是重要的出版中心。”他一边说一边低头看着低处的架子，长长的睫毛低垂，很是迷人，“那里汇集了出版社、装印公司以及其他各种与出版业相关的企业，其中几家因为历史原因还具有一定的宗教性质。”

“那是什么样的历史原因？”她问。

“圣保罗大教堂就在那边，”他用食指滑过书架上各种颜色的书脊继续道，“据说，很多年前牧师们就是在那儿沿街传布上帝的福音。”他的手指停在一本书栗色的书脊上，顶端印着烫金的书名，“哦，对了，恕我多嘴，我觉得《理智与情感》是一部非常优秀的作品，绝对的经典巨著。”

“而且还是一部爱情佳作？”格蕾丝接过对方递过来的最新发现，让它加入自己少得可怜的战果。

他呵呵地笑出了声，笑声既真诚又温暖，是她特别喜欢的那种。“您不会也学别人把这里搞成一个附庸风雅的书屋吧？”他做了个鬼脸。

“我还没见过附庸风雅的店是什么样呢。”格蕾丝回答得倒是坦诚，“不过，我觉得这家店也很难附庸风雅，只要能让进来的客人有种宾至如归的感觉，我就心满意足了。”

“这里有种怀旧风，我觉得特别难得。”他端了端肩膀继续道，“你可千万不要把它搞成内斯比特阅享书屋那样，千篇一律，一点味道和特色都没有。”

“我还没见过别的书店，姑且选择相信你吧。不过，我也想把我们樱草山书店弄得漂亮点，这样可以吸引更多的顾客。”

“您肯为这个书店花心思真是太好了。”

“我并非一点私心也没有。”她说，继而还跟他解释了自己为何需要一封推荐信，如何在舅舅的日杂店帮忙数年最终却被赶出家门来到伦敦。她很少跟人提起自己的家事，可是面对安德森先生她似乎有一种非常强烈的表达欲望，觉得对方是个非常靠谱的听众。

他一边听一边皱起眉头，还时不时点头表示认同她的话。“听了你的经历我很难过，我愿意帮你一起改造这家书店，一定让你得到一封有史以来最漂亮的推荐信。”

格蕾丝的脸一下红了，突然觉得自己的境遇也似乎并没有之前想的那么可怜，“嗯，你一定能帮上我的忙。”

他举起书单，挑高眉毛洒脱地问她：“你是说我能帮你找到这些书吗？”

“我觉得这是一项无法完成的任务。”她看了一眼门口，确定没有别的客人进来。她跟他聊得实在太投入，真担心连门上的铃铛响自己都没听见。“我可不可以问你几个关于阅读的问题？我想好好宣传一下我们书店。”

“哦，你希望了解读者的想法，对吗？”他伸出食指非常笃定地说，“这么做很对！”

她脸上又是一阵发热：“你为什么喜欢读书？”

他下意识地捏了捏拇指和食指，思忖了一会儿：“这个问题可不太好回答，就像让我数出万花筒里的所有颜色，太难了，我一时真不知道该怎么说。”

"真有那么复杂吗？"

"嗯，我试试吧。"他歪着头目视远方，对自己的答案似乎极为慎重，"阅读对于我来说……"他先是眉头紧锁，而后又马上舒展开，看来是找到了合适的措辞，于是继续道，"就像出发去一个全新的奇妙世界，之所以能去到那里，我凭借的不是火车或轮船，而是书上的文字。读书可以让你体会他人的人生，了解他人的视角，读书本身就是学习，有了书上学来的经验，你就可以少走弯路，就可以成就更好的自己。"他稍加思考后又补充道，"我觉得，每个人多多少少都会有种空虚感，总希望能有什么东西将其填满，对我而言，能填补空虚的就是阅读。"

格蕾丝被他诗情画意的表述彻底打动了，她嫉妒他读过那么多书，但同时又崇拜他的宝贵感悟。多少年了，格蕾丝从未像现在这样心潮澎湃。

"我现在明白为什么你刚才说回答这个问题像要数出万花筒中的所有颜色那么困难了，"她感慨道，"你口中的阅读实在是太美妙的体验了。"

他看到她炽热的目光，腼腆地笑了。"我也不知道我说这些能不能帮你更好地宣传书店。"他清清嗓子回应道。

"当然能了，"格蕾丝在脑子里快速整理出思路，"比方说，'灯火管制期间让阅读点亮你的生活'，或者'阅读让你远离战争，探索未知的世界'。"

他伸出双手，好像捧着一本巨著，"这个点子真是太棒了，你绝对能让这家书店焕然一新。"

"谢谢你。"她面色潮红，一股暖流涌上心头。

他看了一眼手表："哦，抱歉，我还有事得走了，我一定会再来跟你讨论改良这家书店的点子，你有空的话愿意跟我一起喝杯茶吗？"

她的脸红得发烫，真想把自己冰凉的手捂在脸上给它降降温。她点点头，“我很荣幸。”

“那下周三中午你有空吗？”他问。

格蕾丝想到那是她的工作时间，不过如果她只是离开喝杯茶的工夫，埃文斯先生应该不会反对，于是便回应说，“嗯，没问题。”

“街角的咖啡店可以吗？就是P&V那家。”

她点点头：“我一直想去那家看看，可是一直没时间。”

他咧嘴笑了：“那咱们周三见。”他往前探了探身子，鞠了个躬，临走前说了句“再见，班尼特小姐”。

她简直心花怒放，一直努力克制着自己内心的兴奋，故作冷静地目送对方离开。终于对方出了门，她立即捂住自己的胸口，似乎这样才能让自己小鹿乱撞的心平静下来，而后又用冰凉的手按住自己灼热的双颊。

“周三没问题，你去吧。”埃文斯先生不知从哪儿冒出这么一句。

格蕾丝当时就傻了，迅速把手从脸上拿下来，两只眼睛睁得老大。“您……您说什么？”她结结巴巴地问。

“我可不是有意偷听啊，你们俩说话声太大了，我不想听也不行啊。”埃文斯先生从书店最里面抱着肩膀走了出来，格蕾丝这才注意到他今天穿了一件褐色的套头衫。

她挺直后背，将手垂到身体两侧。

埃文斯先生看了一眼他们二人找出来的书，随口说道，“你最好不要跟乔治·安德森这样的家伙走到一起，他是一位工程师，应该不会被送到前线，但他偏偏是那种会主动出征的家伙。”

是啊，战争，格蕾丝内心幸福的小火苗当即就被扑灭了。刚才，有那么一刹那，她甚至忘记了眼下的局势，好像世界已经恢复了太平。

然而现实并非如此。外面天空中还飘着阻塞轰炸机低空飞行的气球，孩子们都被送到乡下过着寄人篱下的生活，男人们要么即将启程上前线，要么已经在沙场征战，希特勒随时可能下令轰炸伦敦。

她如梦初醒，真正的噩梦原来是眼前的真实。

窗外，一片乌云飘过，遮住了太阳，书店里的光线也一下子暗了下来。

“我希望你不要愚蠢地相信安德森的话。”埃文斯先生非常严肃地看了她一眼，眼神像父亲般严厉，“好多姑娘都急吼吼地赶在男人出征前完成婚姻大事，”他撇撇嘴，似乎是在表达对这种做法的不满，“你可不要头脑发热，要多为自己着想才是。”

格蕾丝真想立刻逃走，埃文斯先生这是在给她人生建议吗？“我近期根本没有结婚的打算。”她慢悠悠地回答。

他哼了一声，格蕾丝不知道那代表什么意思，不知道埃文斯先生到底相不相信她的话。不过，埃文斯先生没再说话，转身回了自己的小屋。接下来这个下午，格蕾丝只找到了两本单子上的书，没有了安德森先生的陪伴，找书的乐趣绝对大打折扣。

终于到了下班时间，格蕾丝离开书店后并没有回家，而是径直朝帕特诺斯特·罗大街走去，她想好好看看伦敦其他书店的样子。

6

帕特诺斯特·罗大街排满了大大小小的书店，宽敞的橱窗里展示着各种精美图书，玻璃上用烫金的大字写着书店的名字，五颜六色的海报宣传着各种打折信息。橱窗陈列各不相同，有的一看就经过精心的选择和设计，有的则明显是随意堆放，甚至把橱窗挡得严严实实。如果说第二种陈列还有一点点好处的话，那就是灯火管制时根本不用拉上厚重的窗帘，有这堆书遮挡就够了。

帕特诺斯特·罗大街并不宽，两边高楼林立。格蕾丝悠闲地走在人行道上，小心翼翼地绕过黑色的路桩。

店铺与店铺之间是推车沿街叫卖的小贩，卖的东西五花八门，柠檬水、三明治之类的，空气中还弥漫着炸鱼薯条的油腻味道。

她用心研究着 F.G. 朗文书店精心布置的橱窗，真心被其散发的艺术气息所折服。忽然间，她看到一张熟悉的面孔，那人站在街对面一家店的门口，肩膀挺阔，鹰钩鼻子，两条小细腿戳在地上，后面紧跟着一只斑猫。

啊，是普里查德先生。

她好担心自己被对方认出来，没想到普里查德先生转身开门回到了店内，关门前没忘把斑斑放进去。她往街对面看了一眼，他的店名为普里查德－波茨书店，名字就画在橱窗玻璃上，玻璃内侧被涂得一团漆黑，店里布置成什么样根本看不见。

这就是他之前提到的沥青。

看过沥青涂刷的橱窗后格蕾丝越发感谢韦瑟福德夫人给了她黑色的棉缎，要不是夫人的慷慨，她根本没办法给樱草山书店做一副精致的窗帘。

普里查德－波茨书店门口摆着几个大箱子，里面胡乱堆了一些书，格蕾丝不用看就知道他店里的布置应该也好不到哪儿去。

估计比埃文斯先生的书店还要糟。

想到这儿，她不禁打了个寒战。沿着帕特诺斯特·罗大街继续往前走，格蕾丝注意到一个设计别致的门脸，底色是醒目的大红色，玻璃橱窗里简洁地摆着几本书，橱窗上用闪亮的金色和光洁的黑色写着花体的店名——内斯比特阅享书屋。

格蕾丝心想，樱草山书店永远也不可能做到如此雅致，不过她还是想好好借鉴一下。当然，她内心也没忘记安德森先生对内斯比特阅享书屋的评价。

她毫不费力地推开书店的门，看来这门轴经常上油，推起来一点也不执拗。进门的同时，她听到头顶响起了清脆的铃声。

阅享书屋也有好几排书架，但空间却一点不显局促，每排书架上都明确标注了图书门类。整个书屋外围摆着高高的书架，中间是几张桌子，桌上的小架子上摆满了各色吸引眼球的图书，书店二层是白色嵌入式书架，图书的门类非常齐全。

格蕾丝四处打量，书店里窗明几净，看不到一丝灰尘，木质桌椅、书架都棱角分明、光泽亮丽。总之一句话，书店里亮亮堂堂、干干净净，就连书的护封都崭新无损，像是刚刚发来的新书一般。

内斯比特阅享书屋真是精致典雅，格蕾丝心里琢磨。

“有什么能帮您？”

格蕾丝转过身，看到一位女士站在自己身后，那人鼻子高挑，蓝灰色的头发拢在后面挽了一个发髻。

“谢谢您，我就是随便看看。”格蕾丝回答道。

那位女士站在原地没有动，一身炭灰色的西服让她显得格外清瘦，一双深色眼睛不怀好意地打量着格蕾丝。

“你就是韦瑟福德那套破房子的新租客吧？”她说话时拿腔作调，语气很不友好。

格蕾丝本想跟她辩驳，告诉她韦瑟福德夫人多么慷慨，在她无家可归时收留了她，可话到嘴边她又咽了回去。虽然与内斯比特夫人才第一次见面，但格蕾丝对这种人十分了解，不论是大城市还是小地方，像她这样的人很多，跟她这种人废话毫无意义，因为不管你说什么，到最后都会沦落为她们继续评判你的谈资。

格蕾丝虽然嘴上没有为韦瑟福德夫人据理力争，但却有意识地仰起下巴，挺直了腰杆，并回应对方道：“对，就是我，有什么问题吗？”

对方听到她带有些许挑衅的回答后把眼睛眯成了一条缝，开口质问说：“你是来我这儿打探的吧？我知道你在珀西瓦尔·埃文斯那家小破书店上班。”

“既然您说那是一家小破店，为什么还这么介意我到您这儿来看看，您是害怕吗？”格蕾丝没想到自己竟然如此大胆，被自己吓了一跳，她从来没为别人出过头，但这次内斯比特夫人的无礼已经到了让她忍无可忍的地步。

内斯比特夫人火冒三丈，夸张地甩了甩头说道，“想到我店里偷师，别做梦了！”

“您想多了，”格蕾丝愤愤不平地回道，“您这里算什么啊，我以后会把我们店打理得比您这儿好上一百倍。”她一边说一边扫了一眼整间书店。

格蕾丝觉得自己占了上风，心里十分痛快，再加上她已经有了一些改造樱草山书店的想法，想赶紧记下来省得回头忘了，所以便匆匆离开赶回了韦瑟福德夫人家。今天在帕特诺斯特·罗大街她见识了不少宽敞漂亮的橱窗，也了解了内斯比特阅享书屋的布局，再加上安德森先生之前跟他分享过读者的心理，格蕾丝心里已经有了比较明确的想法。

想到乔治·安德森，格蕾丝内心又是一阵兴奋，薇芙要是知道我周三要跟安德森约会，她肯定羡慕死了。正当她静下心来想为樱草山书店设计图书目录时，薇芙推开了房门。好朋友一闪身进了属于她们两个人的房间，随身带进来一股花香。

薇芙一直就是个时尚姑娘，这刚来伦敦才几天，她的品味迅速提升，都可以用高雅形容了。她上身穿了一件从哈罗德新买的蓝色套头衫，下身配了一条花呢直筒裙，是她前几天自己手工缝制的，再加上一头精致的卷发，看上去俨然是个漂亮的封面女郎。

“格蕾丝，亲爱的，我就知道你在这儿。”格蕾丝注意到她胳膊上挎着一个小包。

格蕾丝从座位上站起身：“我知道你快回来了，所以在这儿等你呢，我想要告诉你一件事。”她笑着看着自己的好朋友。

薇芙迫不及待地搓起手来：“是吗？快说！快说！”

格蕾丝害羞地扭动着肩膀：“今天有人约我了。”

薇芙激动地高声尖叫："啊！是之前去你们书店的那个人吗？"

格蕾丝之前跟薇芙说起过安德森先生，但也只是随口一提。两人同住一室，晚上临睡前躺在各自的小床上总会聊些什么，没想到薇芙竟一下子就想到了他。

格蕾丝兴奋地点点头，告诉薇芙说安德森先生约她一边喝茶一边探讨宣传书店的法子。

"你答应他了？"薇芙抱起肩膀，跨在胳膊上的小包随即打了个转儿。

"当然。"

薇芙拍手叫好，漂亮的脸上写满了开心。没错，格蕾丝的确盼着和乔治的约会，但更盼着得到好朋友的祝福。

"我也有事跟你说。"薇芙拿过挎在胳膊上的小包，从里面拿出一个小盒子。

格蕾丝接过盒子打开，看到里面是一条手环，设计很简单，就是一条金属链，链子一头是一个白色圆环，另一头是一个小吊坠，用作空袭防御的身份认证。

"这个是你的，我还有一个。"薇芙伸出手，骄傲地展示着手腕上那条一模一样的手链，上面已经写好了名字和住址，"我在沃尔沃斯超市看到，就买了两条。"

格蕾丝低头仔细研究着自己的手链，整个人再次被恐惧笼罩。"身份认证手链？"

"万一我们被炸了，别人至少还能知道我们是谁。"薇芙向一侧咧了咧嘴，格蕾丝知道她在咬嘴唇里面的肉，她从小就有这个习惯，"这个小东西不容易被炸，至少比身份证结实。"

去年，国家人口注册中心给每个英国公民都发放了身份证，并要求大家随身携带。薇芙说得对，身份证不过是一张纸，做得再厚又能有多结实？

“薇芙……”格蕾丝卡住了，不知道该说什么。

“如果真的发生不幸，活着的人应该想要知道真相。”薇芙把自己的小包放在小桌上，桌上还团着一条她昨天刚买的淡黄色纱巾，“如果你没回家，我无法接受对你出了什么事一无所知。前两天灯火管制你迷路了……”薇芙皱着眉头继续道，“我简直担心得要命。”

格蕾丝走到好朋友身边，想要抱住她，结果薇芙却高高举起两手：“不，不要这样，你会把我弄哭的，妆花了我就不好看了。”她用食指背面小心翼翼地抹掉眼边的泪，“我知道，你觉得我买这个手环有点变态。”

格蕾丝抿抿嘴，本来想反驳对方，但又觉得没必要便算了。做了这么多年的朋友，她们都太了解彼此了。

“这上面是圣克里斯托弗[①]，他是旅行者的守护神。”薇芙敲了敲手环的吊坠，继续道，“你不用天天戴，但我想戴着，希望它能保护我不被炸弹击中。今天下午，大街上一辆公交车启动的声音大了点，结果把半条街的人都吓破了胆，大家还以为是炸弹袭击。”她自我解嘲地笑着说，“我也是其中一个。”

“谢谢你给我买这个。”格蕾丝把它戴到手腕上，感觉沉甸甸的。是啊，想想它的功能，怎么可能感觉不到沉重——万一被炸弹炸得不成人形，只能靠它来帮助甄别死者的身份。

格蕾丝想想都觉得脊背发凉：“我过些日子再戴吧。”

薇芙善解人意地点点头：“嗯，再过些日子。”

---

① 西方民间传说中最为人熟知的圣徒之一，职责是保护人们旅途平安，被尊为旅行者的守护神。

格蕾丝摘下手环，将其放进自己床头柜的抽屉里。

薇芙使劲儿闻了闻外面传来的香味，还特意跑到门口确认。“我听说韦瑟福德夫人正在做布丁香肠，用的就是你妈妈的配方，也不知道这会儿她做好了没？”

格蕾丝小时候她妈妈常做布丁香肠给她吃，格蕾丝甚至有点吃腻了。谁能想到，这么多年过去了，此刻的她竟迫不及待地想再吃上一口，那是妈妈的味道。

“我下楼看看。”格蕾丝也有点馋，“谢谢你买给我的手链，谢谢你一直惦记着我。”

薇芙搂紧格蕾丝，“你永远是我的最爱啊。”突然，她的肚子叫了一声，她一边用手拍了拍肚子一边咯咯地笑。

她们俩一起下了楼，感受着空气中弥漫的约克布丁和烤香肠的香气。刚走到一半就听到韦瑟福德夫人低声说了句“晚上好，西蒙斯先生，我是韦瑟福德夫人”。

薇芙停住脚步，转头用口型告诉格蕾丝西蒙斯先生是柯林的上司。

“我想跟您确认一下，您是否已经把柯林的身份转为核心员工了？”韦瑟福德夫人的声音压得很低，显然不想让柯林听到这个对话。

这也就是说她们两个也不该偷听。

格蕾丝冲薇芙摇摇头，示意她们俩应该上楼回避，但薇芙根本无视格蕾丝的顾虑，继续站在原地不肯回去。

“那您觉得还得多久才能有明确的答复？”问完这个问题，韦瑟福德夫人半天没说话，过了一会儿才继续道，“嗯，我知道了，那我明天再给您打电话，看看您那边有没有消息。”过了片刻，夫人再次开口道，“好的，那明天。”她语气坚定：“晚安，西蒙斯先生。”

听筒被放回到电话机上，发出咔嗒一声。薇芙非常自然地下了楼，好像刚刚根本没有偷听过这通私密电话似的。

“布丁香肠太香了，”薇芙大声地感慨，“能吃了吗？”

“你看到七点了没？”韦瑟福德夫人在围裙上蹭了蹭手，像薇芙一样沉着冷静，不过说话的语气有点生硬，眉间掠过一丝愁云。很明显，她有很多烦心事。

“刚好七点。”薇芙开心地回答。

“那正好，咱们开饭！”韦瑟福德夫人招招手，让她们都过来。

“妈，您刚才跟谁打电话？”柯林一边摆盘一边问。他语气非常自然，格蕾丝觉得他只是出于关心问一下，并没有任何怀疑。

柯林看了一眼薇芙和格蕾丝，又是腼腆的笑容和羞红的脸。柯林非常文静，不太爱说话，让你不禁想知道他那双凌厉的蓝色眼睛后面隐藏着一个怎样的世界。

但认识柯林的人都知道，他大多数时间都在研究有没有更好的办法喂食狮子或修复小鸟折断的翅膀。

“没谁，是吉本斯小姐，她打电话来跟我抱怨前面的那个食杂店。”韦瑟福德夫人拿起一把长餐刀，认真将摞在一起的布丁和香肠切开来，“说是买不到糖了，我跟她说，那帮人早就把食杂店买空了。”她咂了咂嘴继续道，“这都什么事啊。”

夫人把餐刀放在一旁，笑盈盈地看着三个年轻人，开口问道：“谁要洋葱肉酱汁？”

吃饭时，格蕾丝又想到柯林，他为人善良，无论对谁，总是彬彬有礼。

家里的大事小情都离不开他，换个灯泡啊、修修补补啊，他都手到擒来。他关心的似乎只有两件事，一个是在哈罗德他负责照看的那些动物，还有一个更重要，就是保障这一家人的安全。

如果形势所迫，他会去前线打仗吗？

大部分人好像都会去。

为什么大家都要冒着生命危险奔赴前线呢？格蕾丝有点不理解，不过，她知道自己一直就不是个勇敢的人，跟那些为了保家卫国宁愿牺牲生命的英雄没办法相提并论。

当晚临睡前格蕾丝还在思考勇气这件事。黑暗中，她爬上自己铜质框架的小床，盖好被子。唉，跟那些英勇的人比起来，自己简直是个懦夫。

她应该正视自己的这一弱点，母亲活着时经常鼓励她，告诉她要勇敢表达自我，告诉她不要逆来顺受。她必须学会面对自己的缺点，她相信有朝一日自己能变成一个勇敢的人。

那一天应该不会太远，跟她帮助樱草山书店走上正轨的日子一样，应该很快就会到来。

第二天，她提前十分钟到了书店，手里拿着她记下的关于改造书店的一些想法。她用力推开书店的门，头顶的铃铛被撞得叮当乱响。

埃文斯先生抬起头，不满地瞥了她一眼。

她不好意思地眨眨眼："对不起，我不是故意的。"

他的脸色依然没有变好。

"我真的不是故意的，"她解释说，"我就是太兴奋了，我想了好几个点子……"

"这是给你的。"他一脸严肃，说完把面前一个棕色包裹推到格蕾丝这边，格蕾丝看到包裹上夹着一封信。

格蕾丝看到乳白色的信封上用花体写着"班尼特小姐亲启"几个字。

"我很抱歉。"埃文斯转身离开收银台，照例在台面上留下了几张废纸和一根铅笔头。

抱歉？埃文斯先生为什么要抱歉？

格蕾丝打开信封，抽出里面的信。书店里寂静无声，打开信纸的声音异常清晰，她先是看了一眼落款处，写信的人是乔治，他用的不是安德森先生，而是乔治。

他已经把我当成朋友了，所以才会用乔治称呼自己，想到这儿，她再次心跳加速。不过，她的心马上就凉了，信中乔治说他志愿加入了英国皇家空军。原来他不仅是一个工程师，还有过丰富的飞行经验，他说没想到局势突变，登记注册才两天就收到了上前线的通知。

他说，周三的约会他无法赴约了，也没办法继续帮她改造书店，对此他感到十分抱歉，不过，他在信中帮她想了几句宣传语，说仅供格蕾丝参考。除此之外，他还给格蕾丝留了几个问题，希望下次见面时可以好好探讨。

格蕾丝的心瞬间紧绷起来，既难过又担心。战争中飞机被敌军击中是常有的事，如果他真的做了飞行员，那岂不是九死一生。

她闭上眼睛，不，她不能这么想，他一定会平安归来。

可是，要多久才会回来呢？

她把信轻轻放到一边，拿起乔治送给她的礼物，从份量和形状上判断，棕色包装纸里裹着的是一本书，包装纸上乔治的留言写得非常工整。

“经典巨著，同时也是一部爱情佳作。”

她撕开外包装，里面是一本皮革封皮的旧书，真的很旧，页角都卷了边儿。她把书立起来，看了一眼书脊上的书名。

就连书脊也已磨损得非常严重，只留着几个淡淡的烫金字迹——《基督山伯爵》，作者：大仲马。

他送她的不仅是一部她会喜欢的作品，更是他儿时爱不释手的回忆。这本书确实很旧，他肯定读了很多遍，那一定是他的最爱吧。

她摩挲着书的封面，想象着年少的乔治，想象着他一边看书一边任自己的思绪信马由缰。如今，他把这本书送给了自己，想让自己也开启阅读的全新人生。她希望自己读这本书时能和乔治有一样的感受，她更希望乔治平安归来，到时候她要跟他一起探讨里面的内容。

他走了，没有了他的灿烂笑容，整个书店都不一样了。

“我跟你说过了，他很有可能会去前线。”埃文斯先生从书架后面走了出来。

格蕾丝闭起眼睛，强迫自己摆脱不好的想法，她要让自己忙起来，忙起来就没有时间难过、没有时间担心了。之前母亲病重到最后不幸离世，她都是靠忙碌战胜了内心的痛苦。她有很多事情要做，根本没有时间伤心，她眨眨眼，咧开嘴巴。她要微笑，要笑对一切。

格蕾丝好似戏精上身，大声地说了句：“我真该跟他把婚结了再让他走啊。”说完，耐心地等着看埃文斯先生的反应。

果真，埃文斯先生从两个书架中间探出头来，两条眉毛拧到了一起：“你不是认真的吧？”

“我要是不这么说，您恐怕不会理我吧。”格蕾丝举起写着自己想法的那张纸，“我有几个改造书店的想法，想跟您讨论一下。”

“不用了。”他又缩回到书架后面，像一只不想面对外面世界的乌龟。

她把乔治留给她的信仔细折好，塞进手提包，那本书则留在收银台上。“先生，咱们一步一步来，先从最小的地方做起。”她甚至用上了哄小孩的语气。

“你不是已经做过大扫除了吗？还把我堆在地上的书都摆上了书架？”

她循着埃文斯先生干巴巴的声音走过去，一边走一边说：“您就看一眼嘛！”她绕过书架，看到他像个郁闷的孩子一样等着自己。

格蕾丝不由分说地把单子塞给他，然后径直走进后面的房间，把自己的东西放到里面。等她再次出来，埃文斯先是警觉地看了她一眼。

然后，他把单子放到一排书上："你可以给书店重新布局，但所谓的广告宣传，我劝你还是慎重。我可不会像福伊尔一样回购或出售二手书。"

"当然不用。"格蕾丝快速答应对方。

他小声嘟囔了一句，算是答应了格蕾丝的计划。

"您说什么？我没听清。"她或许真没听清，"您这是同意我改造咱们书店了？"

他叹了口气，无奈地道了声："对！"

她收起单子，心里已经盘算好从何开始。"我保证您不会后悔今天的决定。"

"希望你不会让我后悔。"他嘟囔着从书架上拿下一本书。

格蕾丝知道，埃文斯先生尽管现在有顾虑，最终一定会对改造结果满意。接下来的几个月，她有很多事情要做，希望六个月就能忙完。六个月后，她要开启自己全新的人生。

7

接下来的两个月，伦敦并未真的遭遇战事，所有的备战、所有的紧张都成了杞人忧天，没有空袭警报，没有限制食品供应，也没有毒气战。就连无线电每天都在循环播放相同的新闻。

格蕾丝一直没有收到乔治的来信，因为不知道他身在何处，所以没办法写信给他，只能寄希望他写信寄到书店。

不过，格蕾丝有很多工作要做，除了要分拣图书、整理书架，还有永远干不完的大扫除，每天都忙得不可开交。直到有一天她突然意识到时间竟然来到了十一月。

樱草山书店虽然还有很多地方有待改进，但显然已经大有改观。每次走进书店，格蕾丝都忍不住骄傲地挺直腰杆，在她的改造下，书店的阅读空间更加宽敞，中间加了几张桌子，上面的书的书脊都统一朝着门口的方向，这样顾客一进门就能看到书名，图书类别也白纸黑字标注地非常清楚。

老实讲，目前摆出来的不过是书店四分之一的藏书，因为格蕾丝只整理出来这么多。虽说只有四分之一，但考虑到埃文斯先生确实收购了太多图书，四分之一的数目也已经很可观了。至于剩下的四分之三，有些被格蕾丝堆在了后面房间，让本就狭小的空间更加局促，有些实在放不下，只好堆在了二楼。改造后，书店二楼不再对外开放，变成了存放图书的小仓库。

一个寒冷的冬日上午，格蕾丝正搬着箱子从旋转楼梯往一楼走，突然听到门口的铃铛响了一声。有客人来了，她立刻把箱子放到楼梯角一个不太碍事的地方，将“非请莫入”的牌子在通往二楼的楼梯口挂好，然后径直走到店门口迎接来客。

来的人是普里查德先生，他一进门便鬼鬼祟祟地东张西望，跟之前每次见他时一样，依旧缩着脖子，身后也依旧跟着斑斑。

“早上好，普里查德先生，”格蕾丝微笑着跟他打招呼，“您是来找埃文斯先生的吧，他在历史古籍区那边看书呢。”

老人看到各类图书的标识，噤着鼻子问道：“这些都是新弄的？”

“这些我是几个星期前挂上去的。”

普里查德先生愠愠地说：“弄这些有用吗？希望能比你给我的这只猫有用。”他瞥了一眼正在专心致志舔爪子的斑斑，继续道：“这只猫，我从不见它逮过一只耗子，倒是一逮着工夫就呼呼大睡。”

斑斑对新主人的抱怨不以为然，正举着毛茸茸的小爪子在小脑袋上一通胡噜。

“是吗？”格蕾丝回应道，“不过它好像特别喜欢黏着您。”

“那倒是，就是一只老鼠也没逮着。”普里查德先生咂吧咂吧嘴，继续道，“班塞特小姐，您可真没少干活啊。”

格蕾丝并未纠正对方记错了自己的名字，这会儿普里查德先生又开始研究收银台上贴着的一则宣传语，那是格蕾丝跟乔治讨论如何宣传书店时提到过的一句话——灯火管制期间，用一本好书点亮你的生活。

格蕾丝时常想起乔治，常常还带着一丝歉疚，因为她一直没时间读他送的那本《基督山伯爵》，每次拿出来，不是心里有事无法集中精力，就是累得连眼睛都睁不开，就这样，那本书一直放在她的床头柜上，她只看了第一章的前几页。

她总想等忙完手头的工作再好好看这本书，结果却从来没有忙完的时候，不是在书店忙里忙外，就是在家琢磨改造书店的点子，等到终于有时间喘口气，却发现已经到了睡觉时间，第二天又是新一轮的循环。

“我听说你们这儿的生意比原来好了？”普里查德先生直了直腰，回头打量着格蕾丝，“你觉得是这些广告的作用吗？”

她不太确定该如何作答，无奈地耸耸肩，埃文斯先生应该不想让她泄露书店的商业机密吧。

普里查德先生走到她跟前，带过来一股薄荷和樟脑球的味道：“要不你来我店里帮忙吧？我每小时多付你一先令。”

“普里查德先生！”埃文斯先生终于现身了。

没等格蕾丝拒绝，埃文斯先生便语气平和地开了口。“如果你只是来我店里转转，我们绝对欢迎，你可以发泄对世界的不满情绪，可以发表对战争的极端言论，我都无所谓。”他厚厚的眼镜片后面那一双蓝色眼睛眯成了一条缝，继续道，“但是，如果你到我这儿是想挖走班尼特小姐，那我恐怕要送客了。”

格蕾丝内心一阵狂喜，以前她给舅舅的日杂店帮忙时，每次遇到不平的事舅舅从来都不会帮她出头。

普里查德先生挺挺胸，愤愤地咂了咂舌，头顶一缕白发也跟着抖了一下。“她本来就应该去帕特诺斯特·罗大街上班，在那儿才能更好地发挥她的聪明才智，在你们霍希尔巷，她的才华都被埋没了。”说完，他撇撇嘴，迈开两条小细腿走出了书店，斑斑则跟在他身后。

“我不会接受他的邀约。”格蕾丝对埃文斯先生说。

“我知道你不会，”埃文斯先生低下头，从镜框外打量着眼前的姑娘，“你在我这儿已经干了两个多月，按照我们事先说好的快过去一半了。”

几个月相处下来，格蕾丝已经理解了埃文斯先生的冷幽默，于是笑着回应道：“您确定到时候不会再留我了？”

他云淡风轻地摆摆手，走到收银台前继续整理他的账目。格蕾丝几周前帮她录入了一些新条目，可以有效追踪图书的销售情况及受欢迎程度，现在，他一有时间就看看账本，也会跟她说说当天销售额的变化。

周末发工资了，格蕾丝发现埃文斯先生每个小时都多付给了她一先令，埃文斯先生就是这样，总是默默地对人好，从不会大肆声张。格蕾丝意识到过不了多久自己就得离开书店了，到时候，埃文斯先生应该也会给她出具一份漂亮的推荐信吧。

薇芙在哈罗德的表现也是可圈可点，上司说她总能帮女顾客找到适合的衣服。两人的生活已经步入正轨，每天的日子也都过得差不多，早上上班，下午四点左右下班，回家后凑到厨房喝杯茶，说说彼此一天的感受，韦瑟福德夫人如果有空也会加入她们。

这天下午，两人照例坐在厨房喝茶，外面下着雨，雨水拍打着窗子，两人半天没说话，即便如此气氛也不显尴尬。突然，薇芙长叹了一口气：“格蕾丝，难道你不烦吗？”

格蕾丝本来一直盯着窗外的雨，看着雨水一滴接着一滴打在玻璃上，然后汇成一股流淌下来，留下一道长长的痕迹。“烦什么？”

薇芙凝视窗外：“烦这无聊的生活。”

格蕾丝差点笑出声来，她每天忙得要命，根本没时间无聊。

薇芙转了转眼珠继续道：“我知道，你不觉得无聊。可是这场战争不知道要打到什么时候。”

“现在不也没怎么样吗？”格蕾丝回应说。已经几个月了，伦敦上空再没拉响空袭的警报，敌军没有进攻，政府也没有限制食品供应。虽然谣言满天飞，但这世上哪曾断过谣言？既然毫无根据，听听也就罢了，根本不必太上心。

“对，就是因为没怎么样才无聊啊。”薇芙激动地睁大眼睛，“我本来以为伦敦的生活是夜夜笙歌，现在的日子与我想的完全不一样。”

“要不咱们什么时候再去看场电影吧？”格蕾丝说这话时语气有点犹豫。

薇芙郁闷地看着格蕾丝，无疑是想起了上次两人看电影的惨痛经历。电影院里乌漆嘛黑，通往售票处的路上两人磕绊了好几次。电影院里实在太暗了，她们甚至不确定买票时到底给了里面多少钱。这还不算什么，更惨的是回家路上她们险些被超速驾驶的汽车撞到。

之后去剧院看戏的体验也好不到哪儿去。两人出门时忘了带防毒面具，最近已经忘了好几次，所以只能折返回家去取，结果被韦瑟福德夫人一通教训，说防毒面具何等重要怎么可以忘记，如此云云。

格蕾丝再也不想摸黑走夜路了，灯火管制的第一天她就迷了路，跟薇芙看电影那次又差点被车撞，后来她又听说了几起发生在灯火管制期间的抢劫袭击事件，于是二人一致决定以后夜里再也不出门了。

不过，格蕾丝也不想薇芙每天忍受无聊的生活。

“听说政府把人行道的路边石都漆成了白色。”薇芙一边说一边抚了抚自己的衣领。那是她给自己做的一条新裙子，她几乎每隔一周就会做一件新衣裳，不全是给她自己，格蕾丝和韦瑟福德夫人也都有份。“我还听说空袭防御督察员现在穿的都是夜明衣服。”

格蕾丝搅了搅茶杯，杯底的茶叶打着转儿浮了上来。“不过，即便如此，还是发生了一千多起车祸，码头工人坠河溺亡的事件也是频频发生。”

突然，窗外打了一道闪电。若是放在两个月前，她俩肯定会误当场炸弹袭击而吓得哇哇乱叫，但现在却可以平静地坐在原地不动，甚至连眼睛都没有多眨一下。

薇芙说的没错，战事的确没有任何进展——怪不得有人称其为一成无聊的战争。

“我觉得……”薇芙用她闪亮的红指甲敲打了一下杯口，“我想加入后备军。”

格蕾丝手中的茶匙滑落，当的一声磕在杯壁上。后备军的全称是义勇军后备役，是隶属英国军队的一支女子部队，薇芙如果加入，很可能要参加训练，也可能被派到伦敦以外的地区。“为什么？”

“为什么不？”薇芙抬抬肩膀继续道，“到了部队，女性照样可以做职员、店员，跟我现在做的工作也差不多，但我却可以为早日结束这场战争做点贡献。”她挥挥手，像是在比画当下的局势。“我希望战争能尽早结束，这样我们就可以放心地去看电影、去跳舞，不用担心回家路上发生交通事故。战争结束，男人们就会从战场回来，或许我还能找到我的白马王子。我可不想整天担惊受怕地过日子，怕有炸弹袭击，怕食品限供，我想过正常的日子。”

“你不是很喜欢哈罗德的工作吗？”格蕾丝问她。

“那儿的工作是挺好，”薇芙两手垂放在膝上，“尤其刚开始的时候，但是现在战事难料，在乎时尚的人越来越少，就算还有人来逛街，跟我们聊的也都是她们多担心自己远在前线的丈夫和寄人篱下的孩子，还说每次收到来信，她们都更加难过，小孩子在信里说想回家，说回家后一定听话，求妈妈不要再把自己送走。”她低头看看自己的手继续道，“我就是希望这一切尽早结束。”

寂静的雨夜被突如其来的一声啜泣打破。

薇芙和格蕾丝吓了一跳，交换了一下眼神，双双从椅子上站起来寻找哭泣的人。韦瑟福德夫人捂着嘴站在门口，脚前散落了好几封信。柯林站在她面前，白色衬衣的袖子卷到肘部，手里拿着一封拆开的信。

“信上写什么？”薇芙问。

“您没事吧？”格蕾丝担心地跑到韦瑟福德夫人跟前。

夫人没有答话，眼睛睁得大大的，透过镜片盯着自己的儿子。

格蕾丝看了一眼柯林，他这次竟然没有脸红，表情异常严肃，一直盯着手里的信。他咽了一口唾沫，喉结一上一下的动作在他细长的脖子上显得格外明显。“该来的总会来的。”

他把信递给格蕾丝和薇芙，信头处用加粗字体写着“国家兵役法，1939”几个字，这是劳工及兵役部发来的函，蓝色印章显示的时间是11月11日，星期六，也就是说柯林要在这个时间去医务委员会做体检，为应征入伍做好准备。

“我一直以为你的工作属于重要岗位，所以不用上前线。”韦瑟福德夫人的手无力地垂在身体两侧，不停地摇头，眼睛一直盯着军令，表情错愕。

“妈，现在也只是先看看情况，还不一定呢。”柯林安慰说，“再说了，别人都在前线打仗，我怎么能心安理得地在这儿过日子。”

韦瑟福德夫人目光犀利，情绪激动地问他说：“是你主动提出去前线的吗？”

“不是，”柯林说着把信拿了回去，咬咬牙继续道，“我知道你不想让我去，还一直想办法把我留在身边，但别人都去打仗了，我也不能无动于衷啊。”

格蕾丝看着柯林，看着他挺起胸膛跟母亲据理力争；不过，她也看到柯林攥着信的手在微微颤抖，这一幕着实令她心碎。

柯林生性温柔，他这样的人根本不适合上战场。

“他们让你去体检的那天刚好是休战纪念日。”韦瑟福德夫人一边说一边摩挲身上那件薇芙刚给她做好的蓝花裙子。格蕾丝之前就发现了，韦瑟福德夫人每次想克制情绪都会做这个动作。

“休战纪念日是当初你爸爸那批人用生命换来的，”她继续道，“他们怎么可以挑那天让你出征？”恐惧和痛苦让她不自觉地提高了音调。

格蕾丝想扶一下韦瑟福德夫人，却被夫人轻轻推开了。“我要给西蒙斯先生打电话，他说他已经把你作为核心员工上报给了相关部门，他应该能——”

柯林走到母亲跟前，伸手示意她不要再打电话了。韦瑟福德夫人也终于冷静下来，泪眼婆娑地看着儿子。

“妈，你就让我去吧，这是我应该做的。”他挺起胸膛继续道，“国家正是用人的时候。”

格蕾丝哽咽着说不出话来，眼前这个年轻人生性善良温和，还带着青春期的稚嫩，但却可以表现得如此坚强。

如果柯林走了，这个家会变成什么样子？韦瑟福德夫人的日子该如何继续？什么时候她才能再次宠溺地照顾儿子的生活，再次骄傲而欣慰地注视儿子的一举一动。

韦瑟福德夫人的下巴一直在抖，她努力抿着嘴，但下巴还是不停地抽搐，眼睛也眨得停不下来。“抱歉，”她哽咽着说，“我……”话没说完就快步上了楼。

夫人卧室的门咔嗒一声关上，随后的一声哀号打破了雨夜的沉寂，那是撕心裂肺的痛。

柯林低下头，不想让人看到自己的表情。

格蕾丝扶了一下他的胳膊：“你快去陪夫人，我去烧壶水。”

他没敢抬头看格蕾丝，只是机械地点点头，然后步履沉重地走上了楼梯。格蕾丝和薇芙回到厨房，格蕾丝捂着胸口，她的心也在隐隐作痛。

柯林要去前线了。

先是乔治，现在又是柯林。

是不是到最后伦敦所有的男人都要去打仗？

她看着薇芙，心痛不已。薇芙难道也要离开吗？

薇芙仿佛听到了格蕾丝心里的问话，笃定地摇摇头，一头红色的小卷卷也跟着晃来晃去。“格蕾丝，我之前不该说那样的话，”她深吸了一口气，“这个家已经少了柯林，我不走了，我不会加入后备军，你放心吧。”

薇芙把她搂在怀里，格蕾丝闻到她身上“为你心动”的香水味道。

“我不走了，”薇芙跟她保证，“我们俩一起陪着韦瑟福德夫人。”

格蕾丝趴在好朋友的肩上点点头，感谢她为了自己选择留下来。乔治和柯林相继离开，如果薇芙再走，她真不知道要怎样活下去。

接下来的几天，柯林一直里里外外地忙活，临走之前他想把家里好好收拾一下。收到出征通知那天，他当即辞去了宠物乐园的工作，全心全意留在家修修补补，到最后，一切收拾妥当，他便开始交代格蕾丝和薇芙，告诉她们如果家里水龙头漏水或冰箱有杂音应该如何处理。

一天，格蕾丝回到家，发现柯林正蹲在客厅窗边往玻璃上粘胶带，虽然当下空袭的可能性不大，但万一发生爆炸，粘了胶带的玻璃不至于四处迸溅造成二次伤害。柯林粘得很认真，想尽量做到美观。

薇芙之前跟格蕾丝说了，她当天下班后有点事得晚点回家，于是格蕾丝便把书店宣传的事先放在一边，决定跟柯林一起把窗子粘好。她蹲下来跪在柯林旁边，并未开口问需不需要帮忙，知道问了就会遭到拒绝。她剪下一截胶带，按照柯林精心设计的图案把胶带认真地粘到玻璃上。

柯林看了她一眼，他那双蓝色的眼睛深邃而温存，脸上流露出感激的笑容。

“我以为夫人无法接受往窗户上粘胶带呢。”格蕾丝一边说一边又剪下一截胶带。

“到了这时候，你们的安全才是最重要的，”柯林用他的大手把格蕾丝刚贴上去的胶带抹平，中间的气泡都被赶了出去，“你还没看见我把她那些花怎么样了呢。”

格蕾丝张大了嘴：“你不会……你不会把她的花坛刨了吧？”

十月份以来，政府一直号召市民把花园改成菜园，以自给自足的方式迎接最后的胜利。虽然韦瑟福德夫人担心的食品限供迟迟未到，但既然政府开始号召市民在自家园子种菜，估计离靠配给过活的日子也不会太远了。

韦瑟福德夫人虽然对配给政策早有预判，但始终下不了决心把花园里的玫瑰和风信子连根拔掉。

柯林点点头，审视着自己粘胶带的手艺。“我没种过菜，但已经尽力了，我还参考了相关手册。”他无奈地耸耸肩。

“你应该问问薇芙，”格蕾丝回应道，“我们来伦敦之前她一直在农场干农活。”

“我就是因为知道这个，才特意趁她不在的时候把菜种了。”柯林站起身，开始处理高处的玻璃。“她每天把自己打扮得那么精致，我可不想让她灰头土脸地在园子里教我种菜。”

格蕾丝站起身，跟柯林站成一排。她发现自己刚到柯林的肩膀，根本够不着窗子上面的部分。

“你是想说她性格倔强，一定会执意帮忙，所以才特意避开她，是吧。”格蕾丝发现自己够不着高处，索性专门负责剪胶带，剪好后就递给柯林。

柯林笑着接过胶带，打趣地说：“这是你说的，我可没说。”

“夫人见到你改造后的花园了吗？”格蕾丝一边问一边又撕下一段胶带。

柯林摇摇头，“还没。她加入了地方妇女志愿服务队，今晚第一次开会。再说，她要是看见了我们怎么可能不知道？”

他看着窗外的街道，脸色阴沉下来：“格蕾丝，等我走了，你能帮我照顾我妈吗？”

“有我在，放心吧。”她信誓旦旦地承诺道。

柯林低下头：“我也不想离开她，万一德军真的轰炸伦敦怎么办？家里只有你们三个女人，我怎么能放心得下？”

格蕾丝心里琢磨：“即使你在，也没办法阻止德军轰炸啊。”不过，她把这话咽了下去。“你不是已经在园子里帮我们挖了防空洞，还粘好了窗玻璃、改造了菜园。你也知道，夫人一直都是一个懂得未雨绸缪的人，你不用替我们担心。”

他抬起头，流露出淡淡的笑意。“也是，她的确没少囤货，还说别人囤积居奇。”柯林一边说一边朝格蕾丝使了个眼色。

“是啊，”格蕾丝注视着柯林，“我们不会有事的，柯林，你放心吧。倒是你自己，你一定要照顾好自己，等你回来我们一定要为你办一个最盛大的接风宴。”

他笑得那么美，美得让格蕾丝喘不过气来。

“这个我倒是喜欢。”他回答说。

房门开了又关，传来换鞋子、放挎包和挂毒气面罩的一连串动静。

柯林神情紧张，看了一眼门口。

是夫人吗？格蕾丝用口型问柯林。

柯林点点头，眉头紧锁。

“我们要不要告诉她花园的事？”格蕾丝问。

他用足浑身力气，使劲儿摇摇头，格蕾丝若不是捂着嘴，恐怕已经笑出了声。

又是一声门响，他们俩当即意识到根本不用向韦瑟福德夫人主动交代，她刺耳的尖叫声说明她已经知道了一切。

其实，花园被毁、窗子被粘得乱七八糟，这些根本不算什么，柯林的离开才是韦瑟福德夫人心里最大的痛。

休战纪念日那天上午，柯林去医务委员会做了体检，两天后便收到了报到的通知。

一切都来得那么突然，不知不觉中她们便迎来了柯林离家的日子。

先是薇芙给了柯林一个拥抱，她甚至没法做到强颜欢笑。

接下来是格蕾丝，柯林低声嘱咐她说：“请帮我照顾我妈。”

格蕾丝趴在他的肩头用力点点头，说了句“放心吧”。

最后轮到韦瑟福德夫人。柯林看着自己的母亲，不禁泪眼婆娑，他使劲眨眨眼，吸了一下鼻子，挺直腰杆头也不回地出了家门。夫人本想送他一程，但他坚持要自己走。

柯林关上房门走了，房间里鸦雀无声，像是在用这种方式感怀他的离去。韦瑟福德夫人走到客厅窗前，看着街上儿子渐渐远去的背影。

接下来的一整天夫人都守在窗前，好像一直在目送儿子离开。

几天前，战争还只是一场无聊的等待，没想到此时此刻却给她们带来了生离死别的真实痛苦。

然而，一切才刚刚开始，真正的苦难还在后面。

8

虽然伦敦街头的年轻人越来越少，但造访樱草山书店的顾客却仍旧络绎不绝：家庭主妇翻看着最新的小说以排解孤独；年迈老者驻足在政治书前目光犀利；还有一些半大孩子，虽然不到参军的年纪，但送去农村寄养又有些超龄，他们也喜欢猫在书店里打发时间，格蕾丝也总是乐此不疲地为客人提供各种选书建议。总而言之，经过她的改造，书店聚集了更多人气，顾客逗留书店的时间比以前增加了一倍，实际的购买量更是比之前上涨了两倍。

归根结底，书店之所以大有改观，主要是因为做了明确的图书分类。然而，一位退休老教授似乎对书店的改造不太满意，抱怨说书架现在太干净，失去了之前杂乱无章所拥有的独特趣味。格蕾丝听了他的话并没有任何不快，心里反倒产生一丝欣慰，她想起之前乔治也说过喜欢书店落满灰尘的老样子。

格蕾丝成功说服埃文斯先生推出了全国图书礼券活动，这是对书店最好的宣传，顾客购买礼券送给朋友，收到礼券的人再用它兑换自己心仪的图书，提供的不仅是书店的知名度，还有销售业绩。格蕾丝的这个灵感来自福伊尔书店，福伊尔是一家大型书店，一共六层，除了新书还出售二手书，甚至还向社会名流兜售精品茶叶。格蕾丝看到福伊尔推出的礼券，意识到其背后网罗着一个庞大的市场，再这样下去早晚会将埃文斯先生的书店挤垮。

不过，书店现在迎来了转机。

圣诞将近，礼券推出的第一天就卖了好几十张。

“接下来你处理吧，班尼特小姐，”埃文斯先生接待完第一位顾客就不情愿地让出了柜台，“礼票这个点子还真挺有效。”

格蕾丝忍住笑，埃文斯先生总爱把礼券说成礼票。

“是啊，我也很开心。”她用一根细绳把一沓银色纸巾在中间位置扎起来，缠紧后，再把两侧纸巾一层层拆开，一沓纸巾瞬间就变成了漂亮的装饰球，挂在店里非常呼应橱窗的冬日设计。

“十二月快过完了。”埃文斯先生一边说一边在新账本上做记录。除了原来的登记簿，格蕾丝又弄了一个新账本，专门记录自己任职以来的销售情况。埃文斯先生记好账，把铅笔——终于不再是短得不能再短的铅笔头了——规规矩矩地放在一边，又把几张撕碎了的废弃收据顺手扔进柜台边的垃圾桶。

“是啊，真希望1940年战争可以结束。”格蕾丝用银色纸巾又做了一个装饰球，数了数，再做一个就够了。

“按照咱们事先说好的六个月，你已经在这儿干了三分之二了。”埃文斯先生在合上账本前又检查了几眼。

“是啊。”格蕾丝看了一眼埃文斯先生，发现对方脸上毫无表情。

他张张嘴，好像要说什么，可门上的铃铛突然发出清脆的声响，有客人来了。格蕾丝看到来人是一位瘦高的男士，留着两撇浓密的小胡子。

埃文斯先生长舒了一口气说："下午好，斯托克斯先生，您怎么来了，我们是做了什么违法的事吗？"

来人的名字听上去有点耳熟，但格蕾丝好像并未见过他。

"哦，今天我不当班。"对方话语间透着一种权威感，这倒是触发了格蕾丝的记忆，她马上想起了对方的身份。

斯托克斯先生就是他们这里的空袭防御督察员。

"唉，最近简直无聊透了。"斯托克斯先生一边说一边打量着一排排的书架，眉头紧锁。估计他平时就爱皱眉，额头上的川字纹特别重。"我想买本书，值夜班时可以打发一下时间。我的搭档就是个半大小子，我跟他也没什么话说。马上就圣诞了，本以为有的人家会张灯结彩，搞点节日气氛，然而……并没有。"他撇了撇嘴，似乎对自己没有机会发号施令感到无比失望。

"您想看什么书，悬疑的怎么样？"埃文斯先生一边问一边跟后面新进来的一位顾客招了招手。

埃文斯先生对书的了解非常人所及，格蕾丝对此甘拜下风。过去几个月她一直忙着改造书店，根本没时间静下心来好好读书，所以还不能自如地向客人推荐读物。埃文斯刚才提起她继续留在书店的时间已经不多了，他是想提醒自己对书店里的书还不够了解吗？

她不知道埃文斯先生究竟是何用意，也没有机会当面问他。当天下午店里来了太多客人，埃文斯先生忙得连跟她说句话的时间都没有。新的一年即将到来，她下定决心要在接下来的日子认真读读店里的书，或许过不了多久她也可以针对每位顾客不同的特点为其提供专业的选书建议，而不是一味地推荐眼下流行的畅销书。

柯林不在家，家里的圣诞气氛变得异常严肃。韦瑟福德夫人做了一大桌子菜，有肥美的火鸡、萝卜、土豆，还有小甘蓝。传说政府一月份会开始限制食品供应，所以这可能是一家人大快朵颐的最后机会了。为了化解沉重的氛围，她们互相交换了礼物，但大家似乎还是高兴不起来，柯林不在家，家里不如从前那般幸福温暖了。

格蕾丝送给韦瑟福德夫人几张书店的礼券——这礼物准备起来倒是省事——送给薇芙一顶时尚的帽子，薇芙给韦瑟福德夫人和格蕾丝各做了一件新衣裳，夫人则为两个姑娘各买了一个装得下防毒面具的手提包。

手提包很是特别，黑色皮革质地，金色搭扣，设计时尚又很实用，包底是圆形的，包内空间很大，连防毒面具也装得进去。背着这样的包上街，一定能引来很多艳羡的目光。

“有了这个包，你俩出门就不会忘带面具了。”韦瑟福德夫人语气强硬，像是在告诫她俩再也没借口把防毒面具落在家里了。

圣诞过后就是新年，战争还在继续不说，政府还实施了食品限购。培根、黄油、糖都被纳入了配给范围，这让伦敦的冬天愈加凄冷。

英国所有公民——据说包括国王和王后——每人都发了一本粮票，这本粮票就是你所能购买食品的数量上限。不知怎么搞的，虽然韦瑟福德夫人老早就囤了很多糖，但格蕾丝和薇芙却感觉家里的糖罐总是空的。

然而，在这一成不变的灰暗世界里，格蕾丝眼前竟然出现了一缕阳光。

那是一个冰雪交加的午后，店里没什么顾客，埃文斯先生让她提前下了班。格蕾丝已经很久没有享受过如此闲暇的午后时光了，于是很快想到可以做什么。她给自己煮了一杯茶，整个人歪在安乐椅上，腿上盖着厚厚的毯子，毯子上放着那本厚厚的《基督山伯爵》。

她抚了抚破旧的封面，心里想到乔治·安德森，不只是他，还有前线的所有战士。

他们都在哪儿啊？他们的日子也像伦敦这般无聊吗？

她希望如此，无聊总比危险好。

她慢慢翻开膝上的书，那书虽然许久没有人看，但翻起来并不费劲，倒像是一直盼着有人眷顾似的，非常配合。她认真地读起来。

她以前从未读过这样的东西，跟上学时学的教材完全不同，上面没有干巴巴的数学公式，也没有结构分析、词汇变形，没有，全都没有。这像一本有魔力的书，拿起来就再难放下。

故事从一桩指控开始，情节不断向前推进，揭开了一场掩藏着终极背叛的巨大阴谋。格蕾丝看了一页又一页，跟随人物的足迹进入了一个前所未有的世界。

她沉迷其中无法自拔，目光快速扫过书上的每一个字，期盼尽早知道故事主人公埃德蒙的命运……

“格蕾丝？”韦瑟福德夫人的喊声把她从故事中拽了出来，她脑海中完整的画面散落成碎片。

她看了一眼韦瑟福德夫人，半天才晃过神来。

“准备吃晚饭了。”夫人环顾房间，啧啧两声跑到窗边，“你怎么没拉窗帘啊，斯托克斯先生看到又得狠批我们一顿。”

格蕾丝看了一眼四周，天哪，天已经黑了，刚才她想着要把窗帘拉上的，还想着把灯打开，那会儿她刚读到梅赛德斯跟埃德蒙举办了订婚宴，那会儿故事里的阴谋才刚刚开始。时间已经过了这么久吗？

灯亮了，格蕾丝手中的书也白亮起来，黑色的文字变得愈加清晰。

“你在看什么书？”韦瑟福德夫人走过来，歪起头想看看书的封面。

“《基督山伯爵》，”格蕾丝的脸一下子红了，“是安德森先生临走前留给我的。”

韦瑟福德夫人目光一下暗淡下来：“哦，这本书也是柯林的最爱。”

“柯林来信了吗？”格蕾丝问夫人。

韦瑟福德夫人在房间里漫无目地地转了一圈，拿起本来已经摆得很整齐的杂志顿了两下又放回原处，拍了拍本来已经很蓬松的抱枕想把它弄更蓬松。“还没有，不过应该快了，你也知道，他们肯定有很多训练任务，毕竟要去……”夫人没把话说完。

是啊，他们要去前线打仗的。

这些话不用说出口，大家也都心照不宣，对战争的危险也都心知肚明。

“如果您想看，我看完就借您。”格蕾丝刻意想要岔开话题。

“谢谢你，不过我已经用你给我的礼券换了一本简·奥斯汀的小说《爱玛》，非常好看，我还是先看我自己这本吧。”夫人一边整理遮光的窗帘一边继续道，“再说，我在妇女志愿服务队也有很多事要做，没有那么多时间。快，你先别看了，先来吃饭，等会儿饭该凉了。”

韦瑟福德夫人服务队的工作虽然忙碌，但填补了柯林离开给她心里造成的空虚。有了这份差事，她就不用每天在家一遍一遍地擦洗地板了，格蕾丝真担心再这样擦下去，家里的地板恐怕就要被蹭没了。最重要的是，夫人在服务队找到了一些境遇相同的人，那些人跟夫人一样，也把儿子送上了前线，大家聚在一起可以说说话、谈谈心。

格蕾丝乖乖把书放下，来到厨房。柯林走后，格蕾丝总觉得厨房餐桌特别空旷。

薇芙看到格蕾丝进来朝她咧嘴笑笑：“我就知道你不会跟我喝茶了，你的心已经被乔治送你的书完全占据。”

的确，格蕾丝好不容易从书里的世界走出来，重新回到现实。她笑了笑，觉得自己有点傻。“对不起，我没听见你回来，不知不觉天就黑了。”

开始吃饭，格蕾丝一边享用韦瑟福德夫人烤制的美味烤鸡，一边跟夫人和薇芙聊天，可她心里却始终放不下埃德蒙·邓蒂斯，一直在脑子里回放书中主人公的经历，好像自己也成了书中的人物，见证了发生的一切。

她现在才真正体会到乔治当初跟她描述的读书的乐趣。

那天晚上，为了不影响薇芙休息，她用毯子蒙在头上，举着手电筒继续看埃德蒙的故事，每看完一章她都发誓再看一章就睡觉，可每一次都忍不住下一章的诱惑又继续看了起来。最后她困得睁不开眼，这才进入了梦乡。可即便在梦里，她见到的也都是故事里的人物。

第二天一早她睡眼惺忪地醒来，糟糕，要迟到了。她喝了一杯没加糖的浓茶，吃了几片没怎么抹黄油的面包，随后便收拾东西顶着刺骨的寒风出了门。

在温暖的夏日和凉爽的秋日，上班这段路总会让人感觉轻快而愉悦，可到了冬天却变得异常艰辛。寒风凛冽，打在身上像刀割一样。

她一路走到菲灵顿车站附近，心里还重温着《基督山伯爵》里的情节。正在这时，辅路上传来的一串笑声打断了她的思绪。两个孩子在冷风中追逐嬉闹，像是在玩追人的游戏，小脸蛋冻得通红，笑着呼出一道道白色哈气。

曾几何时，伦敦的街头巷尾充斥着这样的笑声，随即又会淹没在车水马龙的喧嚣中；而今，这样的欢笑已不多见，格蕾丝突然意识到这是多么久违的美好。

当然，不是所有孩子都被送去了乡下，但伦敦城里的孩子确实不多见了。

可今天好奇怪，除了这两个追闹的孩子，继续往前走，格蕾丝竟又遇到了几个小女孩，手里抱着洋娃娃，嘴里嘀嘀咕咕，听不清在说什么。

难道孩子们都从乡下回来了？

如果真是这样，是不是意味着战争很快就要结束了？格蕾丝带着这样的疑问推开书店的门，想跟埃文斯先生确认一下自己的想法。“您看到街上的孩子了吗？他们好像都从乡下回来了。”

埃文斯先生用力挥挥手，差点把柜台上一筒销好的铅笔晃出来。“快关门，班尼特小姐，外面冷。”

格蕾丝赶紧照做，小心翼翼地把冷风关在门外。刚走进书店，脸和手就暖和了，外套捂得她直冒汗。

“圣诞节那会儿孩子们就回来了，”埃文斯先生眯着眼睛看着账本，“你帮我看看，我这儿记的是多少？”他问她。

她低头看了看他潦草的字迹，突然意识到自己头疼得厉害，肯定是昨晚睡得太晚的缘故。“写的是五本。”

他嗯了一声，在旁边补充了点什么。“我真不明白，你怎么比我自己还能认清我的字。”

“我觉得咱们应该订些儿童图书，开辟一个儿童区域。”格蕾丝咚的一声把手提包放在柜台上，包包实在太沉了，里面不仅装着防毒面具，还有那本厚厚的《基督山伯爵》。

“可圣诞已经过完了，孩子们很快就会被送回乡下。”埃文斯一边记账一边挑高那两条粗大的眉毛，仿佛这样能够看得更清楚似的。

“那就先不做大，先开辟出一个小一点的区域。”格蕾丝解开大衣腰带、摘下围巾，顺便打量了一下书店的空间，想看看哪里可以放置儿童读物。

地中间的桌子上摆着最新的畅销书《希特勒的阴谋》，书封是醒目的橘黄色，上面的推荐词写的是：本书深中肯綮、剔肤见骨，在其自传《我的奋斗》的基础上深刻剖析了希特勒的内心世界，包括他发动战争的企图和动机。在格蕾丝看来，这本书的内容十分暴虐，但既然能成为畅销书，可见大众对它还是很买账。

或许韦瑟福德夫人当初说的没错，克服恐惧的最好办法就是知己知彼，大家都想了解一下希特勒的想法。

格蕾丝指了指摆着希特勒书的桌子，“这里就可以”。这么好的位置，自然应该摆放儿童读物。

埃文斯先生哼了一声，格蕾丝知道他这就算是默许了，至少是不反对。

当天下午她就开始办这件事，先是整理了一份书单，辛普·马歇尔书局本周内就能把书备好。马歇尔书局的主营业务是图书批发，办公地点在帕特诺斯特·罗大街，不知道它有什么特殊渠道，反正总能第一时间把商家订购的图书备齐，并能做到送货上门。

格蕾丝虽然有很多事情要做，但心里始终放不下《基督山伯爵》，书中的埃蒙德刚刚通过地道爬到神父的牢房。

在神父的牢房会发生什么？他们会不会被狱警发现？想到这儿，格蕾丝起了一身鸡皮疙瘩。

打完订书的电话后，她从包里拿出那本厚书，靠在书店靠里面的一排书架上认真读了起来。她很快再次沉浸在故事里，完全忘了缺乏睡眠带来的疲惫。

“班尼特小姐。”埃文斯先生的呼唤穿透了地牢那坚不可摧的墙壁，再次把她带回到现实世界。

她立马站起身，啪的一声把书合上。哎呀，忘了留意刚刚看到了多少页。当初在舅舅的日杂店帮忙时，她没有一刻得闲，在这儿，她竟忘乎所以地看起了小说。她缓缓抬头看向埃文斯先生，心里既紧张又愧疚。

埃文斯先生皱着眉俯下身看了看书脊上的书名：“你是在看《基督

山伯爵》吗？”

她点点头：“嗯，是的，我……”她本想给自己找个合适的借口，但话到嘴边又打消了这个想法，能找什么借口呢，做错事道歉就是了，这样想着，她说了句“对不起”。

埃文斯先生好像并没有生气，反而嘴角上扬。“这是安德森先生推荐给你的吧。”他点点头继续道，“班尼特小姐，你接着看吧，要是这本书能让你爱不释手，我们可以多进几本，在你的极力推荐下它肯定会有不错的销路。”

格蕾丝听到这话松了一口气：“好的，我会从辛普·马歇尔那儿多订几本。”

“嗯，那你可别忘了。”他一边从自己的花呢上衣上往下拽黄色的线头一边继续道，“看完这本，你可以看看简·奥斯汀的作品，女性读者都喜欢她小说里的主人公。”

这倒激起了格蕾丝的好奇心，她心想一定要买一本简·奥斯汀的大作，要不然就先买《爱玛》吧，韦瑟福德夫人好像就很喜欢。

“我很高兴你能在这几个月培养出读书的兴趣。”埃文斯先生把眼镜从鼻梁上拿下来，仔细看了看镜片。格蕾丝第一次看到他不戴眼镜的样子，没有了镜片的放大效果，他的眼睛比之前看起来小了很多：“还有一个月你就要走了，不过现在养成读书的习惯也不迟。”

真的只剩下一个月了？即使是如此无聊的圣诞节，也还是拦不住时间匆匆的脚步。

格蕾丝点点头，不知道该说些什么。她后知后觉地想起埃文斯先生摘了眼镜，或许根本看不清自己在点头。

埃文斯先生从口袋里掏出手帕，擦了擦镜片，然后又把眼镜戴了回去，儒雅地朝着格蕾丝眨眨眼。“你不会已经舍不得樱草山书店了吧？”

格蕾丝没想到埃文斯先生会这么问她，但更让她没想到的是自己内心的答案，是啊，她早已爱上了这里。

她喜欢顾客来到这里可以轻松找到心仪的读物，她喜欢各式各样创意满满的书封设计，她甚至喜欢这里无论打扫多少次都去除不掉的尘土味道，她也慢慢学会了欣赏埃文斯先生，还有他的冷幽默。

她不知该如何回答，好在这时门上的铃铛响了。

“埃文斯，”门口传来普里查德先生的声音，“你在吗？”

听到来者是普里查德，埃文斯先生翻了个白眼，不过还是匆匆跑去招呼这位不速之客。格蕾丝真不知道他们俩究竟是朋友还是对手。

“下午好，普里查德。”

“你最近吃没吃过沃灵顿的炸鱼薯条？”普里查德先生问他。“我刚从那儿出来，简直太难吃了。在伦敦竟然找不到一家像样的炸鱼薯条餐厅，这像话吗？我知道现在时局不济，他们家炸鱼用的油也跟以前不同了，但我毕竟是排了那么长的队、花了那么高的价钱吃的这顿饭，简直太……”

两位老人继续探讨着食品配给给他们带来的不快，东西不如原来好吃了，人造黄油永远无法代替动物黄油云云。他们俩不停地抱怨絮叨，一旁的格蕾丝陷入了自己的痛苦，再有一个月她就要离开书店了。

之前，她曾无数次梦想去哈罗德跟薇芙共事，哈罗德的一切都深深吸引着她，五颜六色、设计时尚的服装，味道迷人的高档香水，她从来没想过自己会眷恋眼前的书店，没想过自己会爱上书店的工作。

她心头一震，把乔治送给她的书紧紧搂在怀中，似乎这样就可以安抚她踯躅不安的心情。

还有仅仅一个月。一个月后她就可以得到梦寐以求的推荐信，就可以结束在樱草山书店的工作，开始全新的生活。

埃文斯先生从一开始就跟她说过不要对这里产生感情，她当初也觉得根本不可能，可现在她发现为时已晚，她已经深深爱上了这里。

现在的她，不愿结束这里的一切，不愿离开樱草山书店。

9

格蕾丝始终无法从即将离开樱草山书店的低落情绪中走出来，接下来的三个星期她也始终未能鼓起勇气向埃文斯先生提出继续留下的想法。之前，埃文斯先生已经明确告诉她离开时不要舍不得，是她自己不争气，怪不得别人。

不过，接下来的三个星期她读完了《基督山伯爵》。她太喜欢这本书了，忍不住一直向顾客推荐，之前订购的五本根本不够卖，埃文斯先生对此很是欣慰。

格蕾丝迫不及待想要知道故事的结局，所以一有时间就继续看，她想知道埃蒙德是否成功复仇，是否苦尽甘来，却万万没想到读完后心里竟五味杂陈，怅然若失，那种感觉就像送走了一个后会无期的好友。她把自己的这种感受讲给了埃文斯先生，先生听后笑笑，建议她再读一本新书。于是她开始读《爱玛》，想要用它来填补内心的空虚，果然，心里好过了许多。

格蕾丝虽终日沉浸在小说里，但从未忽略好友薇芙的感受，她隐隐觉得薇芙有心事。一个明媚的午后，二人在夫人家洁净明亮的厨房里饮茶，格蕾丝更加确定了自己对薇芙的判断。薇芙先是烧水时忘记开火，后来拿来茶叶却忘了拿茶杯。

薇芙平时根本不会这样，她最讲究仪式感了，即使是每天都喝的下午茶，她也不会凑合。

格蕾丝赶紧拿来两个茶杯，看着好朋友把热气腾腾的开水倒入茶壶。

“你有心事？”格蕾丝开口问她，“到底怎么了？”

薇芙一屁股坐到格蕾丝对面的椅子上，叹了一口气。她凝视着窗外贫瘠的花园，柯林响应政府号召，走之前在园子里种上了各种蔬菜，可惜都没能挺过寒冬腊月，原来的花坛变成了防空洞，挖出来的土堆成了一个大土包。以前，到了冬天花园里的植物大多处于休眠状态，而现在园子里光秃秃的什么也没有，甚是萧索。

“你有没有感觉我们正在蹉跎岁月？”薇芙呷了一口茶，在杯口留下半圆形的唇印。

格蕾丝两手握住茶杯，有点烫，不过这样正好。上个星期气温骤降，现在路面上还有尚未融化的冰雪，厨房已经是整幢房子最暖和的地方，但格蕾丝还是觉得手冷冷的。

“如果我们不行动起来，这场战争永远不会结束。”薇芙睁着她那双棕色的大眼睛，眼里写满了不安。

薇芙知道，她接下来的话好朋友听了肯定会难过。

没错，格蕾丝非常紧张，心里像压着一块石头。“你到底想说什么？”

薇芙微微撇了一下嘴，格蕾丝知道她又在咬嘴唇里面的肉，这是她紧张时的习惯动作。“这样的日子我真受不了了，你知道我不是那种坐享其成的人。”

格蕾丝放下手中的茶杯，她当然知道薇芙是什么样的人，她这一生从不畏缩，总是勇往直前。“你又想去参加后备军了？”格蕾丝猜测道。

薇芙点点头：“我知道她们的军装很难看，但我觉得自己到了那儿一定能派上用场。再说了，参加后备军总比加入农场女工好吧？”

农场女工是一个隶属于女子陆军的组织，主要职责就是种粮，为部队提供补给。女子服役虽然是志愿的行为，但如果人家知道薇芙有过务农的经历，很有可能推荐她加入农场女工。

到伦敦以后，薇芙只收到一封父母的来信，信中母亲宣泄了对她突然离家的不满，让她永远不要回去了。薇芙表面上不以为意，但格蕾丝知道她内心非常受伤。

“做个农场女工倒是很适合你。”格蕾丝忍住笑反驳道。

薇芙张大嘴巴，摆出一副被冒犯的表情，“格蕾丝·班尼特小姐，你过分了啊。”她做出要踢格蕾丝的架势，最后只是轻轻把对方的脚挤到一旁。“你应该跟我一起去。”薇芙来了劲头，眉毛挑得老高。薇芙每天都精心修眉，眉形很好看。“你想想，如果我们两个都加入后备军，一起穿着把屁股显得又肥又大的棕色军装，一起为保卫祖国牺牲形象、奉献青春，那会是怎样的豪情壮志。”

“嗯，你要是这么说的话……”格蕾丝被逗笑了。格蕾丝知道薇芙在开玩笑，不过她也觉得自己该为国家做点什么。男人们都上了前线，母亲们响应号召忍受骨肉分离的痛苦把孩子送去了乡下，乡下的家庭为陌生人照看着小孩，女人们积极参与志愿服务……大家都在贡献自己的一分力量，而她在做什么呢？

她什么也没做。

“跟我一起吧，鸭宝宝。”薇芙冲她使了个眼色，身上每个细胞都在散发无穷魅力。“我们两个一起，好不好？”

参加后备军？格蕾丝当然知道这么做能保家卫国，但一想到参军给生活带来的各种变化，她感觉心都揪到了一起。如果加入后备军，她就得离开樱草山书店，告别那里的一切，自然也不用去哈罗德工作；如果加入后备军，最开心的当然是还能跟好朋友在一起，毕竟两人从小到大就没怎么分开过。

但是，如果她们都参军走了，家里就只剩下韦瑟福德夫人自己了。

夫人虽然加入了妇女志愿服务队，认识了一些同病相怜的人，但她从同伴那里获得的安慰都是暂时的。如果她们都走了，夫人的生活就会彻底失去支点。夫人凡事喜欢做主，在服务队她是无论如何也不能篡权做主的，所以家人对她来说就变得尤为重要，她得在家里说了算才行。

她每天都把家里打扫得一尘不染，家里每样东西都能闻到石碳酸皂的焦炭味道，毛巾必须整整齐齐挂在架子正中间，食品罐头摆放时标签一律朝外，像一队整装待发的士兵，就连收好的茶杯，手柄也必须朝着统一方向。

她答应柯林帮他照顾夫人，她要是走了，剩下老人孤苦伶仃怎么熬到战争结束？

格蕾丝摇摇头："不，我不能走。"

"是因为韦瑟福德夫人吗？"薇芙猜到了。

格蕾丝两眼空洞地盯着自己的茶杯，茶水虽浓，但也能看得到底。"我不能留她自己在家。再说，你知道的，我一直都不像你那么勇敢，根本不是参加后备军或其他什么军的料。"

"你根本不知道自己有多勇敢。"说罢，薇芙拿起玫瑰图案的茶杯，送到嘴边喝了一小口。

格蕾丝内心掠过一丝歉疚。

薇芙当然不想让好朋友难过，但格蕾丝是真心觉得歉疚。如果有更多人参军，战争应该也会更早结束。

薇芙放下茶杯，一团热气飘起来让她整个人看起来雾蒙蒙的。“我理解你，格蕾丝。我走了也好，你想想，等我走了，晚上你就可以大大方方地开着灯看书，不用再蒙着毯子开着手电了。你之前那样真的很费手电。”

格蕾丝忍不住笑了。薇芙说得没错，八号电池已经越来越难买，甚至不如买个新手电来得容易。自打薇芙说日子无聊那天起，格蕾丝就想好了，她每天要多花时间陪陪好友，下午两人经常一起喝茶、喝咖啡，有空还会一起去看电影或逛街，到了晚上就一起守在客厅收听无线电。

然而，即使是在听广播，格蕾丝的思绪也动不动就跑回到正在看的书上，所以一到半夜，她就会再次蒙着头沉浸在小说的世界里。

埃文斯先生说得没错，格蕾丝确实很喜欢简·奥斯汀的作品，她的所有作品格蕾丝几乎都看了。

“你走了我会想你的。”格蕾丝说。

薇芙拉起格蕾丝的手：“我一有假就回来看你。”

“你问过你爸妈的意见吗？”

“他们肯定不同意。”薇芙转了转眼睛，把手收了回去，“他们跟我说了，让我永远别回家，既然这样我不回去就是了。我可不想听他们无休止的唠叨，说我如何让他们失望，我还是想回来看你。”

“后备军有了你的加入，一定会实力大增。”格蕾丝靠在椅背上，以新的视角打量着自己的朋友，“你是个勇敢的姑娘。”

听了好朋友的夸赞，薇芙不好意思地笑了，端起茶杯喝了一口茶。“唯一让我难过的是我们俩不能一起去哈罗德上班了，不过走之前我会帮你多说好话，要是你能接替我的职位就好了。”

格蕾丝点点头，笑容很是牵强。她并不想去哈罗德上班，如果薇芙也走了，去那儿就更没意思了。

格蕾丝突然清楚地意识到自己非常渴望留在书店，别的地方她哪儿都不想去，她接下来的任务就是说服埃文斯先生。

第二天，格蕾丝一大早来就到樱草山书店，柜台上放了一个大箱子，埃文斯先生一边跟格蕾丝打招呼，一边从箱子里把书一本一本掏出来，整齐地码在一边。

格蕾丝把自己的私人物品放到后面房间，再出来时发现埃文斯先生已经差不多把整箱书都拿了出来。

“这是辛普书局发来的新货吗？”她语气温和，但实则紧张得要命，心扑通扑通地跳。

他点点头，又从箱子里拿出三本书。

格蕾丝神经紧绷到几乎无法呼吸，但还是鼓起勇气开口道：“按照原先说好的，我再有不到一个星期就得从您这儿离开了。”

“嗯，我已经开始给你写推荐信了，”他语气简单直接，“你不用担心这个事。”

格蕾丝心头似被泼了一盆冷水，埃文斯先生竟然已经开始为她准备推荐信，那就是说，这件事已经没有回旋的余地了。

真的要走吗？

她想再换个方式试探一下，但还没等她开口埃文斯先生又把手伸到了箱子里，从里面拿出一本帆布包裹着的书。他郑重其事地将书放在柜台上，小心翼翼地打开外面的帆布。

里面的书又脏又旧，金黄色的封面上残留着棕色的污渍。那铁锈颜色的污渍不仅沾染了封面，还渗透进了每一页。格蕾丝歪头看了看书脊上的书名。

《量子力学》，作者：阿尔伯特·爱因斯坦。

她惊讶地挺了挺后背：“这是本德语书？”

“是的，”埃文斯先生抿抿嘴，两条眉毛拧到了一起，“这是七年前纳粹下令焚烧的禁书，福伊尔弄了好多这样的书，据说还为此联系到了希特勒本人。天知道他是怎么想的！”埃文斯伸出手，想摸摸书的封皮，似乎又不忍心下手。“你也知道福伊尔，这本书我要是不买下来，估计就和其他旧书一样被无情地塞进麻袋堆在他们书店门口了。”

格蕾丝确实在福伊尔书店门口看到过很多麻袋，塞得方方正正，她当时还琢磨里面装的是什么，却万万没想到是旧书。她注视着眼前这本旧书，看着封面上红棕色的污渍，那是什么？她既好奇又惶恐。

“这上面是什么啊？”她指了指封皮上的污渍。

埃文斯先生深吸了一口气，又慢慢地吐出来。“是血。”他把书从帆布包里拿出来，“是陈旧的血渍，这足以证明希特勒对待那些收藏禁书的人手段何其残忍。”

先生并没有把话说得很直白，但格蕾丝已经被吓得瞠目结舌。“您是说有人为了保护这本书而牺牲了生命吗？”

她跟着埃文斯先生进了后面的房间，帮他挪开几个箱子露出了镶在墙上的保险柜。她非常惊讶，以前她从来不知道这里还有一个保险柜。

“对呀，非常有可能。”他转了两下保险柜的旋钮，柜门哐当一声开了，里面放了十多本书，格蕾丝看到书脊上印的都是德语书名，虽然也都不是新书，但比起阿尔伯特·爱因斯坦的这本状况都要好些。

“希特勒就想让所有人闭嘴，他要消灭不同的声音，尤其是犹太人的言论。”埃文斯先生毕恭毕敬地把刚入手的旧书跟其他书摆放在一起。“而我们就是要保护这种声音。”他轻轻拍了拍其中的一本，格蕾丝看到它黄色的书脊，上面印着烫金的书名——《阿曼索》(*Almansor*)。“‘烧书仅是开始，杀人才是目的。《阿曼索》诗集的作者是海因里希·海涅

（Heinrich Heine），他不是犹太人，但信奉的理念与希特勒相悖，所以他的书也被列为禁书。”埃文斯先生郁闷地关上保险柜门，发出砰的一声。“战争引发的痛苦绝不是灯火管制和食品配给带来的不便，班尼特小姐，你明白吗？”

格蕾丝咽了咽唾沫。

竟然有人为了保护书而舍弃性命，最终目的是保护人的思想和生命不被肆意扼杀。

与这样的人相比，格蕾丝觉得自己无地自容。

“我想加入后备军。”这几个字脱口而出。

透过埃文斯先生的眼镜，她看到对方吃惊地眨了眨眼：“这可不是明智之举，班尼特小姐，你不如申请当一名空袭防御督察员。”

格蕾丝心里琢磨了一下，她可不想像斯托克斯先生一样成天挨家挨户地排查亮灯情况，一旦有发现就颐指气使地命令人家把灯熄掉。

书店的铃铛响了，格蕾丝没再说话，走出后面的房间，把埃文斯先生一个人留下。来的不是买书的顾客，而是内斯比特夫人。

内斯比特夫人穿着一件米黄色风衣，腰间扎着一条腰带，腰身尽显，头上戴着一顶黑色帽子，头发一丝不苟地拢在后面。她面无表情，红嘴唇像是在脸上撕开的一道口子。

“我就是来找你这个贱人的。”内斯比特夫人一开口便出言不逊，摆出一副高高在上的架势。

格蕾丝没想到对方一开口就火药味十足，一时没反应过来该如何应对。“您……您说什么？”她甚至有点结巴。

“别在这儿跟我装无辜，你这个狐狸精。”内斯比特夫人横冲直撞地进了书店，黑色的高跟鞋砸得地板嗵嗵响。“你们这儿现在挺好啊，秩序井然，图书也做了分类。”她伸手点了点书架上“历史典籍”几个字。“还知道做陈列了。”她愤怒地扫了一眼地中间的桌子，上面精心陈列着彩色的儿童读物。

她语气强硬，丝毫不掩饰自己的愤怒：“我们这些书店连库存都卖不完，你却还在从辛普·马歇尔那儿增加进货，这也太蹊跷了吧！”

格蕾丝上次面对这个刻薄女人的勇气不知跑哪儿去了，或许是被对方毫无征兆的恶毒言语说蒙了。另外，她现在是在自己的店里，实在不想影响樱草山书店的形象。

格蕾丝极力克制自己的情绪，最终开口道：“内斯比特夫人，恕我直言，在伦敦，有陈列的书店不止您一家，给图书分类的也不止您一家。”

“那你这儿的陈列风格，你怎么解释？”她依旧不肯善罢甘休。

格蕾丝知道自己的橱窗展示十分亮眼，她精心挑选了几部悬疑畅销小说和几本儿童读物摆在里面，目的是吸引那些带孩子的家庭主妇。她确实对橱窗做了精心设计，内斯比特夫人的店也是如此，但帕特诺斯特·罗大街这样操作的书店又何止内斯比特书店一家？

“谢谢您的夸奖，”埃文斯先生从后面走了出来，“格蕾丝的设计非常好，我们书店在她的改造下确实大有起色。”

内斯比特夫人转过身看着埃文斯先生，两人一高一矮、一胖一瘦，形成了鲜明的对比。“谢什么谢！我是说她抄袭了我的设计，真是厚颜无耻！”

埃文斯先生冷漠地看了对方一眼：“您的生意不好，就好好找找自己的原因，不要眼红我们。”

“您也不想想，你们的生意为什么这么好？”内斯比特夫人理直气壮地继续道，“要不是抄袭了我的设计，你们的生意怎么可能这么好？”

“这就是所谓竞争，”有了埃文斯做后盾，格蕾丝也有了底气，“帕特诺斯特·罗大街有那么多家书店，竞争自然激烈，我们这儿就不一样了，霍希尔巷只有我们一家书店。”

“再加上班尼特小姐的暖心服务，我们的顾客当然多了。”埃文斯先生朝着格蕾丝温柔地笑笑，“说到顾客，内斯比特夫人，我劝您还是赶紧走吧，不要吓着我们的顾客。”

内斯比特夫人没想到埃文斯先生竟然对自己下了逐客令：“你们简直……”

“简直不可理喻？”埃文斯先生挑高眉毛平静地回答道，“大家就是对你太讲理了。”他一边说一边指了指门口方向。

内斯比特夫人哼了一声，把头抬得老高，愤愤地走出了樱草山书店。

埃文斯先生扭头看着格蕾丝，眉头紧锁。

她心里一点底也没有，估计埃文斯先生会狠狠骂自己一顿了，责怪她竟然在店里跟人吵架，让顾客听到怎么办？

“班尼特小姐，你别去加入什么后备军了，就留在这儿吧。”

“留在伦敦吗？”

“留在樱草山书店。”他把手揣进口袋，低下头，“我知道你一心想去哈罗德，我本不该跟你提出这样的请求。”他抬起头看了她一眼，神情有点犹豫，“我特别感谢你为书店所做的一切，你可不可以考虑一下我的提议？”

格蕾丝注视着埃文斯先生，她不敢相信自己的耳朵，没想到自己的心愿就这样轻而易举地达成了。

“我可以给你涨工资。”他补充说。

格蕾丝咧嘴看着他：“谁会拒绝这么好的工作呢？”

“真的吗？那太好了。”他点点头，像是自言自语，“那真是太好了。”

当天，格蕾丝跟薇芙喝下午茶时开心地分享了自己的决定，还嘱咐她不用跟哈罗德的人打招呼了；薇芙说她申请加入后备军的手续也已办得八九不离十。姐妹俩双双如愿，别提多开心了。

原来，志愿参军的女性不会一申请就被送去集训，薇芙从最开始填写各种表格，到后来体检，再到最后收到报到的调令，足足等了两个月。说话间到了二月底，天气虽然还很冷，但大地似乎有了回暖的迹象，春天将至，伦敦迎来了春耕的季节。

一个星期三上午，韦瑟福德夫人走进阳光明媚的厨房，穿着一条肥大的裤子，腰带系到了胃部，两条挽了好几道的裤腿儿晃里晃荡地垂在脚踝处，上身穿着一件深绿色的套头衫，领口处已经开线。

夫人这身装束又肥又大，跟平时小碎花的精致装扮截然不同，明显穿的是柯林的衣服。

格蕾丝和薇芙正在吃早餐，面包片加油腻的人造黄油，人造黄油和动物黄油真的没法比。看到韦瑟福德夫人这身造型，她们俩着实吓了一跳。

“柯林把我的花园毁了，我总得在上面种点什么。”她朝着窗外光秃秃的土堆歪了歪脑袋，“我打算再种点蔬菜，他走之前种的那些都没熬过这个该死的冬天。”

“您知道怎么种菜吗？”格蕾丝问她。

“我知道怎么种花，”韦瑟福德夫人言语中透着自信，她一边把裤子往上提一边继续道，“以前种菜都是柯林的活儿，不过，我想应该也不难吧？”

薇芙差点被茶水呛着。

韦瑟福德夫人把一张宣传单放在桌上，上面除了五颜六色的蔬菜图案还画着表格一样的东西。“这上面说了，二月适合种洋葱、萝卜和豆角。”

“现在还不能种萝卜，”薇芙无奈地开了口，“萝卜这东西适合夏天种，最早也得等到三月份以后。”

韦瑟福德夫人拿起宣传单，翻到背面，眯起眼睛仔细研究上面的小字。

格蕾丝冲着薇芙挑了挑眉毛，想看看薇芙是否愿意帮夫人下地种菜。薇芙态度坚定地摇摇头，不，绝不！

“嗯，你说得对，现在真不是种萝卜的时候。”韦瑟福德夫人把宣传单放下，在头顶扣上了一顶大草帽，“行，我现在就去园子忙了，这会儿时间刚刚好，正好我闲着没事做。”

她大步流星地走出房门，步伐像士兵一样坚定。

“你真不打算帮帮夫人吗？”格蕾丝带着责备的语气问薇芙。

薇芙嗔怪地噘起嘴：“你知道，我这辈子再也不想下地了。”窗外，韦瑟福德夫人先是把种植的材料放下，随后便蹲下来开始各种忙活。

老妇人先是确定了园子的中心位置，然后戴着手套在地上戳了个洞。

“你觉得夫人知道怎样种地吗？”格蕾丝问。

薇芙呷了口茶，再次把目光移到窗外的韦瑟福德夫人身上。夫人以最开始的小洞为中心画了一个圆，戳了一圈类似的洞。“她真的不知道。”

格蕾丝歪着头，用祈求的眼神看着薇芙。

薇芙靠在椅背上，两手紧握茶杯：“我不想帮忙。”

窗外，韦瑟福德夫人仔细研究三小袋种子，盘算着每个小洞里该撒多少颗。

“她不会把它们都种在一起吧？”为了看清楚些，格蕾丝特意挪到窗边的椅子上。

“我不去。”薇芙跷起二郎腿，继续喝她的茶。

韦瑟福德夫人把撒了种子的小洞盖上土，然后向外窜出两英尺，开始用手指挖第二圈的洞。

格蕾丝皱起眉头："她都不知道要在撒了种子的地方做标记。"

薇芙把茶杯狠狠地搁在桌上，溅出好几滴茶水。"行了行了，我知道了，我这就上楼换身破衣服出去帮忙。"

格蕾丝忍住笑，收拾了一下洒在桌上的茶水。"嗯，我把这儿收拾一下，马上换条裤子出去跟你们会合。"

一上午的工夫，三个人除了把能种的东西都种了，还额外开出一片菜地，想着等天暖和了再种上其他应季的蔬菜。

"你比柯林种得都好。"干完活韦瑟福德夫人夸奖薇芙说，"我知道你盼着加入后备军，但我敢说，如果你去农场当女工，绝对是一把好手。"

听了这话，薇芙只能报以一丝苦笑。

种菜虽然辛苦，而且弄了一身泥，但一边干活一边聊天倒也惬意。那时候，她们还不知道这是她们最后一次一起开心地聊天，因为当天下午薇芙就收到了调令，通知她第二天前往德文郡的训练基地接受集中训练。

这是格蕾丝有生以来第一次和好朋友分开。从此以后，她要一个人面对战火纷飞的伦敦，一个人面对无法预知的人生。

10

缺少了薇芙的陪伴，格蕾丝感到无比孤单。她不单是思念好友，更是为自己无法参加后备军而感到遗憾。

格蕾丝并未听从埃文斯先生的建议成为一名空袭防御督察员，而是受韦瑟福德夫人鼓动参加了几次妇女志愿服务队的活动。

格蕾丝发现服务队的人大多是家庭主妇，有些年龄稍长，也有很多与她年纪相仿，不过都已结婚生子。每次到了服务队，她都跟大家一起卷绷带，听她们抱怨生活的艰辛。是啊，她们要给孩子换尿布，要熬着日子等待丈夫的来信，家里家外都是一把手，没人能帮上忙。好在到了服务队她们可以相互鼓励，还可以交换菜谱，保证在食品限购期间也能做出些花样。尤其是到了三月份，肉也被加入了配给清单，每人每月只能买四盎司，如果不相互打听，真不知道一日三餐还能做出什么菜来。

在格蕾丝与薇芙的交往中，薇芙一直是那个更加开朗而随性的人，所以即使格蕾丝性格内向，也完全不会影响两人的友谊。薇芙走后格蕾丝才发现，原来自己完全不善交际，虽然参加了好几次服务队的活动，但是周围的人她还都不太认识。

很快到了四月，情况并没有好转，于是，格蕾丝开始编造各种借口逃避服务队的活动——韦瑟福德夫人对此并没有任何不快——格蕾丝因此又找回了窝在床上看书的时间。

韦瑟福德夫人经常侍弄新菜园，如果不需要帮忙，格蕾丝就待在房里读书，她不仅读完了简·奥斯汀的所有作品，还看了好几本查尔斯·狄更斯的小说，之后还看了玛丽·雪莱的《科学怪人》，甚至读了较为近代的作家达夫妮·杜·穆里埃的作品。

每本书她都由衷地喜欢，因此也会向店里的顾客极力推荐，她自己也没想到自己的推荐竟然给书店带来了惊人的销量，于是，埃文斯先生开始主动借书给格蕾丝，希望她能尽快读完好推荐给更多的人。她一开始并不愿意采纳埃文斯先生的建议，后来发现自己竟能给书店带来如此巨大的经济效益，便欣然接受了埃文斯先生借给她的每一本书。

格蕾丝向一位女士推荐了自己刚刚读完的达夫妮·杜·穆里埃的《蝴蝶梦》，她与这位女顾客在服务队有过一面之缘，但对方好像对她没什么印象。这时候，斯托克斯先生从外面走了进来。如今，斯托克斯先生已经成了书店的常客，即使他进门时眉头紧锁，埃文斯先生也不再担心是自己违反了灯火管制的相关规定。谁能想到斯托克斯先生看书的速度竟丝毫不亚于格蕾丝。

“您已经三天没来了，”格蕾丝一边帮服务队的那位女士办理收款，一边跟斯托克斯先生寒暄，“是不是《基督山伯爵》太厚了，您刚刚才看完？”

她笑着问他。斯托克斯先生之前一直让格蕾丝给他推荐一本厚点的书，不要总是那种一晚上就能看完的作品。从他的黑眼圈判断，这本大部头应该是让他熬了几个大夜。

她知道这本书的影响力，推荐时就知道斯托克斯先生会受到震撼，想必当初乔治把这本书送给她时也知道她读后的心情。她突然很想念乔治，想跟他说说话，想告诉他，他送给自己的礼物对很多人产生了影响。如果别的都是奢望，老天至少可以让她知道他的地址，哪怕只是给他写封信感谢他的礼物也好啊。

“你说得没错，读这本书确实花了我很长时间。”斯托克斯先生一边说一边揉搓自己的后脖颈。“这本书虽然厚，但精彩度却丝毫不打折扣。”他叹了口气，“唉，跟我搭档的小伙子参军去了，我现在是一个人干着两个人的活，你们认不认识什么人想要当空袭防御督察员的？”

“格蕾丝一直想当啊。”正在历史古籍区看书的埃文斯先生突然冒出这么一句。

如今，书店布置得井然有序、图书分类清晰明确，一眼就知道埃文斯先生在哪个架子边看书。历史、哲学，埃文斯先生大部分时间都在翻这两类的书，可用他自己的话说，他只是想看看书上有没有什么打印错误。

埃文斯先生的话让格蕾丝十分尴尬，她赶紧假装忙着整理柜台，而台面其实非常整洁，根本没有清理的必要，这倒让她想起一直喜欢过度打扫的韦瑟福德夫人。虽然假装整理柜台很让人尴尬，但也总好过直接面对斯托克斯先生的目光，她实在不知道对方会对埃文斯先生的建议作何反应。

她之前一直在妇女志愿服务队帮忙，但总觉得自己的工作没什么实际意义。这还是其次，关键是她觉得自己不善交际，不太适合服务队的工作。做空袭防御督察员会好点吗？空袭偶尔还是会发生，但似乎并未造成什么可怕的后果，最多就是迫使大家跑到没有窗户、空气也不流通的避难所躲上几个小时，等到警报解除，一切就又会恢复正常，有些人甚至连避难所都懒得去了。

格蕾丝最近收到了两封薇芙的来信，薇芙被派驻的地方还在英国境内，不像柯林他们都远在国外，所以格蕾丝跟薇芙之间的通信还算频繁，但因为邮政服务严重滞后，虽然能通信但是也没办法了解彼此真正的近况。好在有一点十分清楚，薇芙很喜欢自己的岗位，适应得也很快，这与格蕾丝形成了鲜明的对比，她已经在妇女志愿服务队待了那么久，却依然做不到游刃有余。

“班尼特小姐，你真的愿意加入我们成为一名督察员吗？”斯托克斯先生问她。

格蕾丝把登记簿旁边的《鲍比熊（合订本）》摆正，她之所以把这本书放在收银台是为了吸引付款的家庭主妇，她们或许会在最后一刻冲动出手。“嗯，我是想过这事。”

斯托克斯先生的小胡子抽搐了一下：“可你是女人啊。”

格蕾丝哼了一声，他这是赤裸裸的歧视。

“你要是觉得她干不了，那你可就大错特错了。”埃文斯先生从历史古籍的书架后面走了出来，厚厚的眼镜低垂在鼻梁上，两眼透过镜框上沿愤愤地盯着斯托克斯先生。“班尼特小姐无论做什么事都不比男人逊色，甚至比他们做得还要好。”

斯托克斯先生还是一脸不屑。

他越是质疑，格蕾丝越想证明自己，再加上埃文斯先生的肯定，她抬抬下巴回应道：“我愿意做。”

斯托克斯先生的额头上挤出了深深的皱纹：“你真的愿意？”

“斯托克斯先生，你不会是担心自己干得不如格蕾丝吧？”埃文斯先生笑着看了一眼格蕾丝，随后又退回到了书架后面。

“那太好了，”斯托克斯先生回答，“那你今天下午就来我们站点了解一下具体情况。”他清清嗓子继续道：“另外，你还有什么书可以推荐给我？”

当天下班后格蕾丝按照斯托克斯的意思去了督察站，打听了一下督察员工作的具体情况。在那之后没几天，她就被配发了一个钢盔，上面印着督察二字，此外还有哨子、提醒公众毒气进攻的木头摇铃、橙色封皮的空袭防御督察员培训手册以及一个专业级防毒面具。最后一样东西最是让人困惑，专业级防毒面具比她自己的面具大好多，眼睛位置有两个巨大的玻璃镜片，面具中间有一个可以安装麦克风的滤网。这么一个庞然大物，怎么放进自己的手提包呢？

四天后，格蕾丝与斯托克斯先生一道完成了她平生第一次执勤任务。她肩上扛着笨重的面具盒子，她漂亮的手提包已经装不下这个大家伙。虽然还是乍暖还寒的四月，但她特意穿了一件不太厚的外套，那该死的盒子背带一个劲儿地往下滑，就是不肯老老实实待在肩上，到最后，她不得不把自己督察员的徽章别在领口，帮助固定面具盒的背带。

二人走出一尘不染的督察站，外面已漆黑一片。月亮躲在云朵里，各家各户室内的光亮都被厚重的窗帘挡得严严实实。

太黑了，格蕾丝什么也看不见。

天气虽冷，格蕾丝却紧张得手心一直冒汗。

“快，跟上。”斯托克斯先生大步流星地往前走。

格蕾丝亦步亦趋地跟在后面。

“班尼特小姐，咱们不能一整晚都在站点附近转悠。”斯托克斯先生明显失去了耐心。

格蕾丝真是后悔，她当初真不该申请当什么空袭防御督察员。今后每晚都要面对伸手不见五指的黑暗，她真能坚持下来吗？

她循着斯托克斯先生说话的声音快速追了上去。

斯托克斯先生忍不住哈哈大笑：“你们这些新来的督察都一样，天一暗就什么也看不见了。班尼特小姐，你要顺着马路缘石的白线走，先让你的眼睛习惯黑暗，然后沿着白线走，很快就适应了。”

斯托克斯的语气并不像是发自真心的指教，反而更像是一种居高临下的炫耀，不过格蕾丝还是照做了。他讲得没错，格蕾丝很快就辨识出了路缘石上的白线。

格蕾丝跟着有经验的督察在他们负责的地段认真巡逻，周围一片漆黑，白天熟悉的街道在黑暗中变得无法分辨。斯托克斯先生一边走一边为她指明避难所的位置，还帮她分析了一旦爆炸发生哪些地区存在较大的隐患。

每经过一户人家，斯托克斯先生都会给格蕾丝念叨这家人姓甚名谁。一旦发生爆炸，督察员要记住躲进避难所的所有人员。

除了让格蕾丝记住人名、地名，斯托克斯先生还把空袭防御督察员培训手册上的所有细节都跟她强调了一遍。格蕾丝记得，培训手册上关于毒气危害的描写可没像斯托克斯先生讲得那般生动，他的描述简直称得上是血肉模糊。

斯托克斯先生看不清格蕾丝的脸，所以不知道他的讲述让她听得直犯恶心，他或许就想达到这种效果，就想吓得她趁早辞职。

“那是泰勒家，”他低声嘟囔着，语气很不友好，“你看到没？”他提高了音量。

格蕾丝在黑暗中摸索，瞪大眼睛希望自己的目光能穿透黑暗。没错，远处那幢房子的方形窗子四边隐约透出了光亮。

格蕾丝差点笑出声来，因为那光线微弱到难以辨识：“这么微弱的光应该不会招来德军飞机吧？”

斯托克斯先生加快了脚步：“皇家空军已经对这样的违规光线做过测试，证实夜空中可以看见。昨天德军袭击了挪威和丹麦，没准下一个目标就是我们，你想让咱们负责的房子成为德军轰炸的目标吗？泰勒家的灯光很可能就是罪魁祸首。”

这个问题让格蕾丝感到十分震惊：“当然不想。”

“还说什么德军错失良机，”斯托克斯先生气急败坏地援引首相张伯伦的论调说道，“这场战争如果我们败了，就是因为我们政府的行动过于迟缓。”

格蕾丝也听过这段广播，首相说希特勒已经错失良机，如果他当初杀英国一个措手不及，或许早已取得了战争的胜利，诸如此类的话。现在看来，张伯伦首相的话说早了，他说这话没几天，希特勒就进攻了挪威和丹麦，不到几个小时丹麦就彻底沦陷了。

所有英国人都在指责政府行动迟缓。

黑暗中，斯托克斯先生健步如飞，格蕾丝觉得自己这辈子也不可能赶上他的速度。“泰勒先生，快把灯关了，下次再发现我们就要罚你款了……”

格蕾丝快速躲进阴影，黑暗的影子也欣然将其收入囊中。她虽已做好心理准备直面德军进攻，但让她单纯因为没遮好窗帘就罚人家款，她恐怕还做不到。

接下来的一个月，格蕾丝每星期会有三天戴着钢盔跟随斯托克斯先生沿街巡查，听他恐吓那些没能严格遵守灯火管制规定的伦敦市民。在格蕾丝看来，那些人其实并没做错什么。

也是在这段时间，韦瑟福德夫人终于收到了柯林的来信，信中柯林再三强调自己过得很好，训练一切顺利，告诉母亲不要为他担心。格蕾丝也收到了薇芙的第三封信，信中好友慷慨激昂、长篇大论，格蕾丝感觉信上每个字都是好友发自肺腑的声音，这倒是让格蕾丝放下心来。至于说薇芙到底被安排做了什么工作，格蕾丝并不清楚，因为审查人员在相关内容上涂上了大黑疙瘩。不过没关系，薇芙只要健康平安就好，别的都不重要。

格蕾丝每次收到薇芙的来信都不禁想起乔治·安德森，她多希望乔治也能寄封信给她，但迄今为止一封也没有，她不免有些失望。不过格蕾丝并没有放弃，每次樱草山书店收到信件，她都会仔细翻找，希望其中一封是来自心心念念的乔治。

一天下午，她正在翻找信件时普里查德先生推开了大门。格蕾丝看到他骨瘦如柴的手里攥着一份报纸，一进门就开始大喊："埃文斯，纳粹已经进攻法国了，还有荷兰、比利时！埃文斯，怎么会进攻法国呢？那可是法国啊！"斑斑紧张地在他的脚边绕来绕去。

格蕾丝听到这话，顿时感到后背发凉。希特勒之前还不敢对法国动手，现在显然已无所顾忌，英国周边所有国家都已经成了德国的囊中之物，如果法国再沦陷，那德国只需穿过英吉利海峡就可以攻入英国，到那时英国就真的危险了。

她越想越害怕，不免担心起前线朋友的安危。她不知道，其实她更应该担心的是她自己和伦敦市民。

埃文斯先生从书店最里面走出来，步履匆匆、神情紧张，格蕾丝从未见过如此焦虑的埃文斯先生。他果断合上书，把它扔到柜台上，甚至没心思像往常一样在读到的地方做个记号。"张伯伦辞职了没？"

普里查德先生摇摇头："这个我还说不准。"他看了一眼报纸，脸上写满了无奈。报纸也比半年前缩水了一半，估计纸张也受到了配给管制。

“首相没本事，我们就只能靠老天保护了。”埃文斯先生摘下眼镜，捏了捏鼻梁。因为常年戴眼镜，先生的鼻梁上留下了两道深深的印记。

门上的铃铛响了，声音清脆而明快，在令人压抑的静寂中显得十分突兀。来人是辛普・马歇尔书局负责送货的小伙子，两条纤瘦的胳膊捧着一大箱子书。

这是书店刚订的《鸽派》，作者是南希・米特福德，书里讲的就是这场“无聊的战争”，极具政治讽刺性。

格蕾丝真后悔订了这批书。

现在局势突变，读者哪还有心思看这种不痛不痒的言论。

这本书还没发行时格蕾丝就盯上了，她当时就想预订，但埃文斯先生提出了异议，他觉得售卖经典读物才稳妥，跟风的东西大都不太靠谱。不过，他最终还是做出了让步，格蕾丝此刻感觉自己被现实扇了一记重重的耳光，这批书恐怕要砸手里了。

接下来的几天，战事不断恶化，那批书也不出所料地扑了街。其实何止这一种书，书店的整体销售额也在下滑，大家都守在家等着收听无线电里关于战争的最新报道。

收音机播放的自然没有什么好消息。

唯一让人宽慰的新闻是张伯伦的辞职，他只想一味防守的战略终于让英国陷入了真正的危机。接替他的是英国前海军大臣温斯顿・丘吉尔，新首相在英国似乎深得人心。

这段日子，人们每天谈的都是战争，可以说战争充斥了人们生活的方方面面。当然，不靠谱的消息也是满天飞，竟然有人说荷兰鹿特丹也遭遇了德军的轰炸，死亡人数甚至超过三万。

斯托克斯先生也跟格蕾丝提过这个数字，讲这话时他言语中还透着一丝终于可以大有作为的喜悦，好像一直盼着战争爆发似的，仿佛他心中的火焰终于为之点燃了。他处理违规的手段越来越激进，反复强调如果伦敦遭到炸弹袭击，那些不守规矩的人就是罪魁祸首。

不可思议的是虽然战事临近，但是伦敦的天气却好得出奇。格蕾丝从未见过如此美好的五月，阳光明媚，碧空如洗，菜园子里的小苗都长出了肥硕的叶子，生机勃勃、繁花似锦，这一切都预示着即将到来的好收成。

人们在公共避难所周围堆起了沙袋，甚嚣尘上的招兵广告反倒不再引人注意。格蕾丝只想好好聆听小鸟的啾鸣，好好享受阳光的沐浴，生活如此美好，真的很难想象相邻的盟国正在遭受战争的洗礼，每天都有人因此失去生命。

然而，五月再美好也不过是一场海市蜃楼，像脆弱的蛋壳早晚都要破碎，早晚都要暴露现实世界的悲惨。希特勒的部队已经横扫法国，驻扎在英吉利海峡对面，对英国虎视眈眈。

英国就是他们下一个目标。

据传沿海居民已经撤离，伦敦的孩子们又要被送回乡下了。

《鸽派》的销量果然惨不忍睹，《希特勒的阴谋》一书却供不应求，每次刚上架就会被一抢而空。这段时间，造访书店的顾客除了那些想了解希特勒行为逻辑的读者，还有那些担心前线丈夫安危的主妇——孩子不在身边，她们只能靠读书来分散注意力以安抚内心的焦虑和忧伤。

这其中包括一位年轻女子，她与格蕾丝年纪相仿，一头深色秀发，已经在店里待了一个小时了。最初格蕾丝问她需不需要帮忙时被她委婉回绝了，但见她一个人在经典小说架子旁待了太长时间，格蕾丝忍不住走过去想照应一下。

“您真的不需要帮忙吗？”格蕾丝问她。

那女子吓了一跳，用力吸了一下鼻子，把头扭向一边。“对不起，我……我不该……”话没说完她竟抽泣起来，搞得格蕾丝有点措手不及。

埃文斯先生正在隔壁架子旁看书，听到有人哭便识趣地跑到门口那边，想着可以给格蕾丝和那忧伤的女子一些空间。

来店里的大多数家庭主妇都是一副冷漠表情，似乎只要脸上装作没事内心就不会痛苦。格蕾丝这是第一次见到有人这般激动。

格蕾丝目不忍睹，只觉得心如刀绞。

“没关系的，”她把手伸进口袋，拿出一条手帕递给那女子，“现在这时局，家家有本难念的经。”

那女子十分抱歉，苦笑着接过手帕，脸红得都快赶上口红的颜色了。“真对不起，”她擦擦眼睛，“我丈夫在法国打仗，我……”她抿抿嘴，想平复一下自己的情绪。“前两天我把女儿送去了乡下，”她睁着大大的棕色眼睛，泪眼婆娑地看着格蕾丝，“您有孩子吗？”

“没有。”格蕾丝温柔地回答她。

那女子伤心地看了一眼手帕，上面沾上了她的睫毛膏和口红，当然还有眼泪。“别人第一拨送小孩去乡下时我并没把她送走，我知道自己很自私，但我真的受不了骨肉分离的痛苦，可是现在法国的局势恶化……估计希特勒很快就会对英国下手……”

她捂住胸口，脸也耷拉下来。“我太想女儿了，每天都盼着能听见她喊我妈妈，哪怕是她瞎编的幼稚歌曲我也觉得动听。今天我做了一件不该做的事，洗衣服时我拿起她睡过的枕头闻了闻。”她说着，泪水夺眶而出，“那枕头上还残留着她独有的味道，是甜甜的香粉味儿。”她低下头，用捧着手帕的手蒙住脸泣不成声。

格蕾丝鼻子一酸，也跟着激动起来。她虽然不是母亲，但也懂得失去亲人的滋味，母爱是多么伟大而强烈的情感，她身为女人怎会不感同身受？她什么话也没说，只是紧紧抱着对方。

“我太想她了。”那女子抽泣着说。

“我理解。”格蕾丝温柔地拍着对方的后背，希望可以宽慰她的伤痛。“一切都会好起来的，你要知道，你把她送走是为了她好，在乡下比在这儿安全。”

那女子点点头，一边擦掉自己哭花的妆容，一边挺直后背。“对不起，我不该在您面前失控，您千万别介意。”她抽泣着擦掉眼角的泪水，睫毛膏已经糊成一团。“一个朋友劝我来这儿找本书看看，说是能分散我的注意力，我想这或许是个办法，却没办法静下心来仔细挑选。”

格蕾丝缓缓舒了一口气，嗯，挑书自己倒是在行。“我帮您挑。”她带这名女子走到一个架子旁，从上面拿下来一本《爱玛》。她很喜欢这本书，喜欢主人公的智慧和幽默。“这本书您肯定喜欢，一波三折特别精彩。”

那女子捧着《爱玛》问格蕾丝：“这是一本经典小说吗？”

“嗯，没错，也是一部爱情佳作。”这话还没说完，乔治的形象就不自觉地出现在她眼前。

付款时，这位主妇又是一顿道谢加道歉，随后便匆匆离开了。她走时手里紧紧握着那本书，像是捧着一件宝贝。

几天后，格蕾丝在柜台上的一堆书信中间发现了一封寄给自己的信，信封已严重磨损，看到信的一刹那她心里咯噔了一下。

不可能是乔治，时间过了这么久，她已经不抱希望，可她拿信的手为何抖个不停？她仔细看了看寄信人的位置，一行隽秀的小字写着“飞行中尉乔治·安德森”。

她倒吸一口凉气，强忍着眼泪快速拆开信封。

乔治终于来信了。

这么长时间，他终于给她寄信了。他现在身在何处？法国吗？是否安全？什么时候才能回来？

她打开信，整个人都蒙了——信纸残缺不全，至少一半的内容被剪掉了，信头上的日期显示写信的时间是二月份。

整封信已经拿不成个儿，内容也所剩无几。格蕾丝把破碎的信纸平铺在收银台上认真读起来。

乔治在信中说他很抱歉才给她写信，耽搁的具体原因被剪掉了，她没办法知道。他说希望格蕾丝喜欢《基督山伯爵》，还说自己现在待的地方没有书可看，好在随身带了一本，已经看了无数遍。具体什么书，也被剪掉了。他在信的最后说争取年内重回伦敦，到时候再跟她约会。

读到最后，格蕾丝的心扑通扑通地跳，他竟然如此直接，也不找个借口说帮忙为书店出谋划策什么的，竟然直截了当地说跟她约会。

约会。

格蕾丝当初在德雷顿时也跟人约会过几次，但每次都不太愉快。汤姆·费舍尔无聊透顶，西蒙·琼斯上来就想占她便宜，而哈里·赫尔约她是为了接近薇芙。

关键是他们中间没有一个人能像乔治·安德森一样让格蕾丝心动。

整整一天，格蕾丝无论做什么都心不在焉，心里一直在琢磨信中丢失的内容。即使下班回到了家，她脸上还挂着难以掩藏的微笑。一进门，她看到韦瑟福德夫人正在客厅忙活，地上放着好多绷带，有的还没卷好，有的已经打好了包装。

“他们很快就能回家了。”夫人坐在地上一脸兴奋地说。

格蕾丝很自然地蹲下，拿起一条绷带娴熟地卷了起来，她以前在服务队帮忙时做过这个。“您说谁要回家了？”

“我们的战士们啊。”韦瑟福德夫人说这话时两眼闪着光，是那种就连斯托克斯先生都无法遏制的光亮。“远征军马上就要从法国撤回来了，我们服务队接到了通知，说让我们做好迎接的准备，吃的啊，穿的啊，要尽量保证他们的温饱。”她激动地喘了口气，“格蕾丝，柯林应该很快就能回家了。”

如果远征军即将回国，那意味着法国要么成功把德军赶出了国境线，要么已经全线失守，导致远征军不得不撤回国内。格蕾丝听过不少官方报道，当然还有一些小道消息，她觉得大概率是第二种情况。

她努力掩饰自己内心的不安，她知道远征军的回国并非什么好事，部队之所以撤回到自己的国土，唯一的原因是希特勒正在以势不可当的架势取得全面胜利。

等待英国的命运将是什么？

11

格蕾丝的担心很快得到了证实，令人心痛的消息并非出自英国广播电台或报纸，而是韦瑟福德夫人。

夫人回家时天色已晚，格蕾丝已经拉好遮光的窗帘。这是服务队为敦刻尔克撤回部队准备补给的第一天，格蕾丝真希望自己能去帮忙，哪怕只是这一次也好，她也想为撤下来的战士尽点绵薄之力。但是不可以，根据规定，只有登记在册的队员才能参与此次活动。没办法，她只能坐在客厅捧着《鸽派》等着夫人回来。这本书销路不好，所以她自己买了一本，也算为清理库存做点贡献。话说回来，这本书其实有它独到的幽默和智慧，要知道，作者写这本书时希特勒还没有进攻法国。

只能说这本书的作者时运不济。

房门响了，应该是韦瑟福德夫人。格蕾丝立即从安乐椅上站起来，跑到门厅。

夫人目光空洞，手扶着门框脱下脚上的矮跟鞋。

“韦瑟福德夫人，情况怎么样？”格蕾丝伸出手去想搀扶她。

夫人这次竟然没反对，格蕾丝抓住夫人软软的胳膊，对方没有做出任何反应。

“韦瑟福德夫人，情况怎么样？”格蕾丝提高音量又问了一遍。

格蕾丝虽然再三追问，但她的心已经揪到了一起，并不想知道答案。

“嗯？”韦瑟福德夫人夸张地挑高眉毛。

“您见到战士们了吗？”格蕾丝还是忍不住开了口，“那些远征军战士？”

韦瑟福德夫人缓缓摇头，“嗯，见到了”。她深吸一口气，抬起头，目光再次空洞起来。“就是……就是……”她哽咽着继续道，“太可怕了。”

“战士们都已经累得不成人形，”她声音发抖，“目光里充满了恐惧，有些还嚼着我们给他们的煮鸡蛋和苹果就睡过去了。我这辈子从来没见过如此惨烈的撤退。”

格蕾丝早就知道夫人不会带回来什么好消息，但很多细节还是超出了她的想象。柯林也被派去了法国，会不会也在敦刻尔克？

这话她并没有说出口，夫人已经很是担心自己的儿子，她何必哪壶不开提哪壶。

接下来的几天，韦瑟福德夫人每天都去服务队帮忙，每天半夜回来时都心力交瘁。

有几次夫人没出门，家里的电话就响个不停，打电话的都是服务队的人，她们也有亲人去了法国前线，有的还跟柯林隶属同一军区，听到返乡的战士带回来的消息，想着第一时间告诉韦瑟福德夫人。

反正都不是什么好消息，说战士们都被困在海滩，每天过着枪林弹雨、九死一生的日子，后来，上面终于下达了撤退的命令，战士们游了好几英里才游到有船的地方，好多人还没游到目的地就被炸弹炸死了。

这是真正的大逃亡——用斯托克斯先生的话说就是希特勒正在赶尽杀绝。

尽管噩耗频传但韦瑟福德夫人心里始终抱有一线希望。

夫人虽然表现得很坚强，但格蕾丝知道她内心的痛苦。不要说夫人，就连她自己也无数次想象过柯林冒着枪林弹雨的画面。

可怜的柯林，他那么善良，一心只想帮助弱小的动物，如果有一天他必须与敌人决一死战，他肯定不忍心下手；如果有战友受伤需要他帮助，他肯定也不会袖手旁观。

心地柔软的人根本不该上战场。

尤其像柯林这样的谦谦君子。

全国范围内电报频传，大家收到的都是不好的消息，上前线的家人有的已经阵亡，有的则成了敌军的俘虏。

再后来，又有很多战士乘火车回到了伦敦，可布里顿大街这户人家始终没收到任何消息。这其实是好事，她们至少可以对柯林的生还继续报以希望。每次门口稍有点动静，格蕾丝和韦瑟福德夫人就会紧张得跳起来。

两天后，丘吉尔首相向全国公布了英国的伤亡情况，伤亡加失踪的人数共计约三万，另有三十三万五千人成功撤回了国内。这惊人的数字一出，全国所有母亲、妻子和姐妹都坐不住了，每个人都盼着尽快收到亲人的消息。

英国损失的不仅是宝贵的生命，还有大量的武器装备，不过如果能够换回人命，损失些武器在格蕾丝看来是值得的。但老实讲，装备的损失确实让英国付出了惨重代价。

噩耗频传，不过报纸和广播还在想方设法做出一些正面报道，比方说宣传那些被誉为人民英雄的老百姓，他们不顾个人安危，用自家船只将成千上万的远征军从英吉利海峡运送到安全地带。政府想通过类似的报道向全世界传达英国人民永不屈服的精神。

丘吉尔首相的讲话充满了力量，格蕾丝坚信英国一定会取得最终的胜利，韦瑟福德夫人听了更是激动得热泪盈眶。

没错，这会儿英国是战败了，但这还不是最终的结局，英国一定会越战越勇。

首相的讲话犹如惊雷闪电，给伦敦人民注入了无限力量。

日子一天一天过去，这天下午家里异常安静，格蕾丝正坐在客厅看《人性枷锁》，故事讲的是主人公历尽磨难最终实现了成长，这唤起了格蕾丝内心许多共鸣，她相信很多人都跟她一样，不管经历多少苦痛，内心总会保留一丝柔软。韦瑟福德夫人不知道什么时候也来到了客厅。

格蕾丝抬头看到夫人穿着柯林的旧衣裳，上面沾满了泥点儿，夫人每次下地干活都穿这身衣裳。“你看到我的手套了吗？”

“应该在防空洞呢，跟铲子、水桶什么的放在一起。”她们俩已经把防空洞当成了堆放杂物的小棚子，种菜用的各种工具都放在里面的长凳上，倒是十分方便。最近伦敦一直没有空袭警报，她们也就不用躲到里面，再说，就算需要躲进去也无妨，家里只剩她们两个人，即使放着工具，洞里的空间也够用。

事实上，伦敦上空偶尔还是会响起警报，只不过每次都是虚惊一场，有一次是盟军飞机被误认成了德军战机，还有几次也是诸如此类的误会，所以很多人已经懒得躲进防空洞，有什么可躲的呢？

格蕾丝掀起腿上盖着的毯子，她打算跟夫人一起出去侍弄园子。“我先换身衣服，然后去园子找您。”

“亲爱的，不用你。”韦瑟福德夫人朝她摆摆手，“最近园子里的活都是你干的，我就是去锄锄杂草、浇浇水，没多少活儿。”

格蕾丝会意地笑了笑，重新坐回沙发里把小毯子盖好，继续读手里的书。可还没看完一页她就听到外面园子里传来一声尖叫。

是韦瑟福德夫人。

格蕾丝赶紧从沙发上跳起来，扯下腿上盖着的毯子，还差点被掉在地上的书绊个跟头。她快速从厨房后门冲到外面。

难道德军攻进来了？

最近有传言称，在荷兰有德国伞兵乔装成修女、警察，降落到居民区后见到人就开枪扫射。没错，这谣言格蕾丝也是从斯托克斯先生那儿听来的，虽然不知道真假，但她始终觉得宁可信其有、不可信其无。跑出门前她还顺手找了一把大菜刀拿在手上，以防万一。

韦瑟福德夫人站在莴笋地旁边，拎着手套，眼神惊恐地看着地里的菜。

“怎么了？”格蕾丝举着菜刀冲了过去。

韦瑟福德夫人喘了一大口气，闭上眼睛浑身直发抖：“好大的虫子！”

“好大的虫子？”格蕾丝重复了一遍，生怕自己听错了。她还以为是纳粹拿着冲锋枪来毁灭伦敦了呢。

“我本来是想看看莴笋为什么打蔫了……”夫人的气息还有些不稳，“我这就去把对付虫害的宣传单拿来看看。”她声音虚弱，一边说一边钻进防空洞，所有政府宣传种菜的材料都被夫人整齐地放在一个蓝色的铁盒子里。

格蕾丝壮了壮胆儿，走到最边上的一棵莴笋前，用刀尖把叶子挑起来，果然看见好几只棕色的大肉虫在莴笋根部蠕动，像是一根根大香肠，肥得肚皮马上要胀开似的。格蕾丝这么一翻动，一只虫子从上面的叶子上翻滚下来，刚好落到格蕾丝握着的菜刀上。

格蕾丝吓得退后了好几步，菜刀也掉到了地上。

自己可真够勇敢的。

韦瑟福德夫人从防空洞里钻了出来，手里拿着宣传单，“这上面写着呢，这种虫子叫……”她眯起眼睛想看清上面的字，“肉切虫，老天，名字听着都这么恶心。”她在传单上快速扫了一眼，嘴角不自觉地往下撇，好像被上面的说明恶心到了。

“怎么了？”格蕾丝瞥了一眼宣传单，“上面说怎样才能把它们除掉？”

韦瑟福德夫人咧咧嘴：“得把它们一切两半，或者把它们碾碎，扯断也行。”

她们俩惊恐万状，扭头看了看地上的莴笋。菜刀还在地上，反射着太阳的光。

“早知如此，不如当初只种豆角了。”格蕾丝抱怨说。

“我本来就不怎么爱吃莴笋，”韦瑟福德夫人回应说，“我去问问药店，看它们有没有什么办法能把这种恶心的虫子药死，这样我们就不用一条一条处理了。”

药店还真有解决办法，卖给了她们一种白色粉末，还特意叮嘱说，洒过这种粉末的莴笋食用前要认真清洗。但其实，这药的药效并不快，待所有肉切虫都一命呜呼，叶子上残留的毒药也被吃得差不多了。

六月的第二个星期，广播上传来消息称意大利也加入了战争，支持的是德国，这让一度懈怠的伦敦再次紧张了起来。当天晚上，格蕾丝和斯托克斯先生照例在黑暗中巡查,突然听到马路对面传来急促的脚步声，而后是一阵扭打和叫喊声。

格蕾丝肾上腺素飙升，赶紧把目光转向对面，她在黑暗中搜寻，从口袋中拿出钟鼓形状的小罩灯，发出非常微弱的光。他们其实很少把小罩灯拿出来用，斯托克斯先生说要尽量保持夜视的能力。

很不幸，灯火管制似乎把人性罪恶的一面逼了出来，伦敦频频爆出类似盗窃、抢劫的恶性事件。斯托克斯先生挡在格蕾丝前面，密切观察着局势以判断要不要介入。他们并没有处理此类恶性事件的权限，最多只能是吹吹哨子。

格蕾丝在空袭防御督察办参加过培训，知道如何在黑暗中借助月光分辨发生的状况。当晚的月亮虽然只有窄窄一道，但也能看清对面的状况：对面有四个人，两个警察、一位拎着行李箱的男士，旁边还站着一位女士。

看来不是抢劫，而是警察抓人。

那位男士语速很快，说的不是英语，有点像意大利语。

“我们不想动武，”一位警官语气低沉地开口道，“请跟我们走一趟。”

那位男士转向警察，像是要乖乖跟去警局，而他身后的女子却伸手想要拉住身边的男人，不知为何又突然泣不成声。

“怎么回事？”格蕾丝问。

“不关我们的事。”斯托克斯先生示意她继续往前走。

格蕾丝停下脚步。“他们是在抓人吗？”

“这不明摆着吗？”斯托克斯先生不耐烦地唠叨了一句，“现在还只是抓男人，早晚有一天所有生活在英国的龌龊的意大利人都会被逮起来，我看他们还怎么为希特勒通风报信。”

沿街方向突然传来一声巨响，而后是砸玻璃的声音。格蕾丝和斯托克斯先生赶紧循着声音跑过去，发现二十几个人正顺着一家意大利咖啡馆打碎的窗户往里面爬，嘴里还不断咒骂意大利胆敢与希特勒狼狈为奸之类的话。

格蕾丝被眼前的一幕吓得目瞪口呆，她和薇芙之前曾多次光顾这家咖啡馆，老板和老板娘人都很好，聊天时说他们也很担心伦敦的战局。尽管当时政府已经施行食品配给，他们还是多给了她俩几块饼干。这家店在伦敦已经开了至少二十年，怎么可能一下子就成了德国间谍？

一个家伙从咖啡馆的窗子钻了出来，手里拎着一把椅子。

“这是打砸抢啊！”她把哨子放到嘴边。

斯托克斯先生赶紧按住她的手，把哨子从她嘴里拽了出来：“什么打砸抢，最多就是报复罢了。”

她目光犀利地盯着他的眼睛质问道：“您说什么？”

“意大利已经向希特勒表了忠心，辜负了我们对它的信任。”斯托克斯先生语气平淡，“谁让它们选错了战队！”

她不解地看着他，不敢相信自己的耳朵：“这些人早就是英国公民了啊！”

“不，他们是意大利人。”他把头抬得老高。这时，又一个人从咖啡馆的窗子钻了出来，手里拎着面粉之类的东西。斯托克斯先生不以为然地继续道：“很可能还是间谍。”

“这些店主一直辛苦打拼，不过是想在伦敦有个营生，他们跟我们一样，也爱伦敦这座城市。”格蕾丝声调越来越高，眼前伦敦人的疯狂举动显然超出了她的认知范围。

“我们必须马上出面制止。”她向前走了几步，可斯托克斯先生抓住她的胳膊把她轻轻拉了回来。

“班尼特小姐，你理智点，”他低声道，“对面有十几个人，而你不过是个督察员。”

她虽然眼泪在眼眶打转，但目光却异常坚定：“您说什么，不过是个督察员？”

他扭过脸不看她。

突然，咖啡馆那边又传来一声巨响，接下来是一道刺眼的亮光，有人在里面点了火，整幢房子着了起来。

“赶紧住手！”她冲着夜色大喊。

没想到她一声号令招来的却是嘲笑和讥讽。

“我劝你别多管闲事，除非你也是纳粹的走狗。”斯托克斯先生压低声音，希望格蕾丝认识到事态的严重性。

她攥紧拳头，恨自己身单力薄，泪水顺着脸颊往下淌，可她还是推开斯托克斯先生跑了过去：“您怎么能坐视不管？”

“快把火灭了，”斯托克斯先生冷漠地朝着那群人喊了一声，“你们不想把德军的炸弹招来吧！”

被仇恨点燃的大火终被扑灭，斯托克斯先生没再看格蕾丝一眼。眼前的世界再次陷入漆黑，是那种令人错愕的无尽的黑暗。

当天执勤结束回到家，格蕾丝躺在床上辗转反侧。令她揪心的不再只是杳无音信的柯林，还有软弱无能的自己。

她当初之所以加入空袭防御督察办是想尽一份自己的微薄之力，但今晚的她却什么也没做，那帮人之所以能为所欲为和她的懦弱脱不了干系。

她想拿本书看，但即使是平时的最爱也无法缓解她内心的煎熬。

第二天，她跟书店请了假，韦瑟福德夫人也没出门，从敦刻尔克撤回来的远征军已经回了家，不再需要服务队的照顾。柯林回来的希望越发渺茫，从他们军区撤回来的战士寥寥无几。

格蕾丝一上午都待在园子里，看看蔬菜的长势、清理清理杂草。地里的番茄开出了小黄花，黄绿色的南瓜秧也鼓出了花苞。格蕾丝本以为在园子里干干活、吹吹风能分散一下注意力，可她内心的痛苦依旧难以释怀，越想越气愤、越想越难过。

干完园子里的活，她摘下手套、脱下鞋拖，回到厨房想要冲掉手上沾着的细沙。突然外面有人敲门，这突如其来的敲门声吓得格蕾丝面如死灰。

家里很少有人来访。

邮递员通常都顺着门上的信孔把信投进来。

正常情况下是不会有人敲门的，除非……

格蕾丝把手放在自来水下冲了冲，随即擦了两下。她心跳加速，感觉耳朵两侧的血管一跳一跳的，不过还是能听到韦瑟福德夫人跑去开门时紧张的脚步声。格蕾丝迅速冲出厨房，就看到韦瑟福德夫人从邮递员手中接过一个四四方方的橙色信封。

是一封加急电报。

格蕾丝紧张得喘不过气来。

电报，好像不会是什么好消息。

韦瑟福德夫人机械地关上门，直勾勾地看着手里的橙色信封，格蕾丝轻手轻脚地走过去，夫人根本没留意她的出现。

两个人半天没讲话，连大气也不敢出，不知道打开信封的下一秒她们的人生会发生怎样的改变。

格蕾丝本来该帮忙拆信的，但她太害怕了，懦弱再次将她控制，她不敢看电报的内容。

韦瑟福德夫人深吸一口气，然后缓缓地呼出，手中的信一直在抖。格蕾丝十分煎熬，煎熬的程度虽然无法同恐惧相比，但却足以让她有所行动，她怎么忍心让韦瑟福德夫人自己面对这一切。

格蕾丝鼓足勇气低声对夫人说：“我帮您把信拆开吧？”

韦瑟福德夫人摇摇头，“我自己来——”她哽咽着继续道，“逃避不是办法。”

她的手抖个不停，很难想象她竟然还能用指甲把信封划开。她的呼吸越发急促，与格蕾丝小心翼翼的气息混在一起合奏出一种奇怪的节奏。格蕾丝不自觉地走上前挽住夫人的胳膊，夫人把电报从信封里慢慢抽出来，露出最前面几个字：“非常遗憾地告知您……”

韦瑟福德夫人倒吸一口凉气，把整封电报缓缓抽了出来。

信纸是白色的，每个字都是繁体，信里的内容无疑将彻底改变她们的人生。

“非常遗憾地告知您，您的儿子柯林·韦瑟福德下士在德军对敦刻尔克的进攻中不幸遇难——”

信封和电报从韦瑟福德夫人的手上滑落，落在地上，剩下的内容已经不重要了。

柯林走了。

“我的儿子，”韦瑟福德夫人低声念叨，“我的儿子，我的儿子，我的乖儿子啊。”她看了一眼自己颤抖的手，手里分明什么也没有，是不是这样就可以当作什么也没发生。

格蕾丝已泣不成声。

柯林的不幸在她本已伤痕累累的心头留下了更大的创伤，愤怒、痛苦、无助让她不能自持。柯林怎么可以这样离开她们，他那么优秀，怎么可以无声无息地成为三万阵亡将士中的一员。

他再也不会带受伤的小动物回家，再也不会看一眼自己就脸红了。她们的生活一片漆黑，他是她们希望的光，这道光怎么可以这样毫无征兆地熄灭啊。

韦瑟福德夫人双膝跪地，胡乱地抓起地上的信，一边痛哭一边把信团成一团，如果可以假装这一切都不曾发生该有多好。

整个英国，像韦瑟福德夫人这样收到家人牺牲噩耗的女性成千上万，电报上短短几个字就可以将她们的人生彻底摧毁，让她们一辈子都痛不欲生。

在这个前途未卜的痛苦时刻，格蕾丝特别盼望能收到薇芙和乔治的来信，希望他们能一切安好。

第二天韦瑟福德夫人迟迟没有下床，格蕾丝一个人在房子里忙活，沥水架上夫人洗好的茶杯不见了，格蕾丝通常一早起来就会看到夫人将洗好的茶杯放在架子上。她想给夫人送点茶到她的房间，但敲了几下门都没有动静，于是她把托盘放在夫人房间门口，希望她喝点茶心里能好过一些。

格蕾丝也想过给埃文斯先生打电话请个假，但她不想憋在家里，这样只能让她更痛苦、更难过。昨天夜里，她和夫人虽然有彼此的陪伴，但痛苦并未有丝毫缓解。格蕾丝的内心久久无法平静，像意大利咖啡馆里熊熊燃烧的烈火，柯林的死让她再次体验到撕心裂肺的痛。

她希望自己能够忙起来，她可以订购新书，可以与店里的顾客攀谈。昨天哭了一夜，她现在两眼红肿，即使特意多刷了一层睫毛膏，特意在脸上搽了粉，却依然遮盖不住脸上的痛苦。天气渐暖，走在路上，微风拂过她的脸颊和红肿的双眼。

进门时埃文斯先生抬头看了她一眼，没想到一下子就看出了端倪。他立即放下账本问她："你怎么了？"

"我们收到了电报。"

他表情严肃："是柯林？"

格蕾丝点点头。

埃文斯先生闭上眼，半天没睁开。"这孩子心太善，根本不该去他妈的前线。”他睁开眼睛。

格蕾丝喉咙一紧，又说不出话来。

“班尼特小姐，你回家吧。”格蕾丝看到埃文斯先生的鼻头也红了，他肯定也非常难过，“下个星期你都不用来了，工资我会照付。”

格蕾丝用力摇摇头：“我想工作，求您别让我走。”说这话时，她的声音一直在抖。

他打量她半天，最后点点头。“你要是想走，随时可以，跟我说一声就行。”

她点点头，对埃文斯先生充满了感激。留在书店工作或许可以让她暂时忘记内心的痛苦。

她哪里知道，这样的痛苦岂是工作可以削减的？忧伤想影子一样紧跟着她，寸步不离，只要她稍有放松就会再次搅扰她的思绪。她想起柯林常用他那双大手温柔地搂着小动物，她想起茫茫夜色中意大利咖啡馆遭遇劫掠，她无数次意识到自己的无能，面对生死、对错，她竟然束手无策。

她在书店后面的房间里躲了一小会儿，不想让顾客看到自己流泪，埃文斯先生进来却刚好看到这一幕。他尴尬地站在那儿不知如何是好，格蕾丝赶紧转过头去，盼着埃文斯先生可以转身离开。前几天那位年轻母亲在格蕾丝面前情绪失控，埃文斯先生就非常体恤地选择了离开。

可是这次埃文斯先生没有走，他来到格蕾丝跟前，递给她一条手帕，她接过来擦去眼角的泪：“对不起——”

“心里难过为什么要道歉。”他靠在一堆书上继续道，“永远也不要因为你的真实感受而道歉。你想——”他摊开手，自己也不知道自己要做什么手势：“你想跟我聊聊吗？”

她看到埃文斯先生一脸真诚，眼睛一眨不眨地看着自己，表情严肃。

她差点就拒绝了，因为她知道，无论自己说什么柯林都回不来了。再说，她嗓子里像堵着一块东西，痛苦太沉重了，就算她想说恐怕也说不出来。

但她再次想起意大利咖啡馆，她的沉默和内心的愧疚像熊熊烈火一般灼烧着她的心。“埃文斯先生，您做过后悔的事吗？”

他一双浓密的眉毛挑得老高，他预想到很多格蕾丝可能说的话，但万万没想到她竟提出这么一个问题。“嗯，”他思忖片刻后回答说，“我想所有人都做过后悔的事。”他抱着肩膀继续道，“如果你说的事关乎柯林，我想他一定早就原谅你了，他是那么善良的孩子。”

她觉得胸口堵得慌，咽了口唾沫摇摇头。她不知道自己是怎么了，竟然毫无保留地跟埃文斯先生讲述了前天晚上意大利咖啡馆的事，包括那些令她痛苦、让她良心受到巨大谴责的细节。

他一直靠墙站着，两臂放松地抱在胸前。格蕾丝终于讲完了，他站直身体，把一大箱子书推到桌边坐在上面，这样，他就可以看着格蕾丝的眼睛跟她说话了。

他两眼炯炯有神，她以前从来没见过如此期待的目光。“班尼特小姐，现在我们国家正在打仗，而你只是一个普通人。没错，咖啡馆是遭遇了打砸抢，但是如果没有你出面阻止它已经葬身火海了。记住，你永远没办法拯救全世界，但只要你在以自己的方式不断努力，就足够了。”

他嘴角上扬，露出尴尬的笑容。“比方说，我这么一个老头，或许无法上前线打仗，但我可以收藏所谓的禁书，我的贡献是为这个世界留下了更多的声音。”他握住她的手，格蕾丝看到埃文斯的手上长满了老年斑，但那只手却给了她无穷的安慰和温暖。“又或者，像上次那样，你帮一位痛苦的年轻母亲找到一本合适她的书，让她可以暂时忘记痛苦。”他把手拿开，挺直后背：“斗争的方式有很多种，只要你永不放弃就够了！”

格蕾丝点点头，“嗯，我不会，”她感觉浑身充满了力量，“我永远也不会放弃。”

“这才是我认识的班尼特小姐！”他站起身继续道，“说起来，多亏从你那儿得来的灵感，我才能打一场漂亮的翻身仗，你想看看吗？”

格蕾丝当然想看。她抹抹眼睛，擦掉哭花的妆容，跟着埃文斯先生走出了后面的房间。

“你或许已经看到了。”埃文斯先生指了指书店靠里面的一个角落，那儿摆着一张小桌，上面放着她订购的《鸽派》。

说实在的，她一直都在刻意回避这里，不想正视自己的错误判断，而眼前的一幕却让她吓了一跳。

她本来订购了一百本《鸽派》，现在只剩下了几本。她看到桌子中间戳着一块板了，上面写着：“帮您了解张伯伦执政期间人们对战争的误读。”

埃文斯先生朝她咧着嘴微笑：“自从我把这块板子立到这儿，这本书就成了读者眼里的香饽饽。”

格蕾丝也跟着笑出了声。“您可真是个天才。”

听了格蕾丝的夸奖，埃文斯先生当即红了脸，谦虚地摇摇头。“谈不上什么天才，不过我还挺骄傲的，这都是跟你学的啊，我只不过加了一点我这个老古板的创意。”

三月即将过去，没想到那本时运不济的《鸽派》竟然成功售罄，埃文斯先生对格蕾丝讲的道理也变得越发真实而深刻。

几周后传来法国沦陷的消息。再后来，所有人担心的事终于还是发生了：德国开始了对英国的轰炸。

12

德军轰炸机最先袭击的是卡迪夫和普利茅斯，针对的是那里的港口，自然遭遇了英国皇家空军的反击。伦敦虽然暂时安全，但每个人都提心吊胆。

没有人愿意错过英国广播电台播放的新闻，大家张口闭口说的也都是各种小道消息，像是能准确分析出德国对伦敦的轰炸时间似的。

格蕾丝不知道乔治身在何处，但无论在哪儿，身为战斗机飞行员的他肯定每天都过着出生入死的生活。

之后，她又收到乔治的一封来信，跟上一封一样，也被剪得乱七八糟，只剩下不到一半内容。不过，只要能来信至少说明他还安全，知道这个就够了。薇芙寄来的信要好一些，虽然也被审查过，但最多就是把敏感的内容用黑色马克笔涂掉，至少能准确判断出她很安全，至于说她人在哪里已经不重要了。

格蕾丝最担心的其实是韦瑟福德夫人。从小到大，她所认识的夫人一直是个浑身使不完劲儿的行动派，生活中就没有她想不出来的办法，没有她解决不了的难题。

可如今，韦瑟福德夫人经常眼神空洞地在厨房里瞎转悠，与之前阳光、开朗的她判若两人。之前的夫人甚至有点好为人师，现在却很少讲话，终日死气沉沉，像个面容憔悴、头发蓬乱的行尸走肉。

夫人彻底变了，她不再去服务队帮忙，也不再把家里收拾得一尘不染，格蕾丝从没想过有一天进门竟然闻不到肥皂残留的石碳酸味道。再后来，当夫人得知茶和人造黄油也被列入了食品管制清单，她竟然没有为自己的先见之明感到欣喜，只是认命地点了点头。

家里死气沉沉，整个伦敦却因战事的临近而情绪高涨，真想不通敦刻尔克撤退后竟然还有人希望打仗。不过话说回来，这场"无聊的战争"的确像一块上好了劲儿却没有表针的手表，不知会走到什么时候。

战争终于来了。

那天是一个星期六，阳光明媚，格蕾丝终于腾出时间把之前陈列的儿童读物收了起来。孩子们大多回到了乡下，橱窗里应该多放些适合大人看的书才是。下班后，格蕾丝并没有径直回家。

阳光这么好，她去了一家咖啡馆，坐在露天座位上喝了一杯茶，还点了茶点。伦敦的餐饮企业虽然也遭遇了食品管制，但配给数量要比普通市民宽限，所以咖啡馆的下午茶喝起来会更香甜、更浓醇。茶点也是，吃不太出人造黄油的味道，不过也经不起细品。

沐浴着阳光，喝着下午茶，可格蕾丝还是高兴不起来，这片刻的轻松反倒让她格外思念薇芙。想当初，薇芙总是坐在她的对面，跟她滔滔不绝地讲述哈罗德的各种八卦。格蕾丝更为韦瑟福德夫人感到难过，如此晴好的下午夫人却视而不见。其实何止是这样的阳光午后，夫人似乎对一切都失去了兴趣。

柯林走了，她怎么还能继续享受生活？

格蕾丝不想辜负这样的好天气，她告诉自己不要想那些让自己难过的事，于是站起身朝国王广场公园走去。公园里，小商小贩推着五颜六色的四轮车卖力地招揽着来往的行人。绿草如茵，大家悠闲地倚在长椅或帆布折椅上，享受着这难得的惬意时光。

公园周围是一块块菜地，都是为了响应国家备战备荒的号召开辟出来的，豌豆藤蔓替代了茉莉，卷心菜霸占了玫瑰花床。

格蕾丝也找了一把折椅坐下，厚实的帆布被太阳晒得暖暖的，坐下后她慵懒地仰起头，充分享受着阳光带来的短暂美好。空气中弥漫着青草的香气，时不时还飘来隔壁小贩售卖的香肠辣味。人来人往，轻言细语，脚步匆匆，眼前的祥和让她整个人放松了下来。

然而，就在这时，空袭警报突然响了，彻底打破了世界的安宁。

她坐在那儿一动没动，好像已经与刺耳的警报达成了和解。最近，空袭警报响得特别频繁，像城里的沙袋一样随处可见。

遥想当初，每次听到警报格蕾丝的心都会立即跳到嗓子眼儿，可如今，她除了觉得吵，已经完全不把它当回事。

旁边有几个人极不情愿地站起身，四下寻找附近的防空洞，而大多数人却依然沉浸在温暖的阳光下无动于衷。

太多次空袭警报最后证明不过是虚惊一场，所以许多伦敦人已经把警报当成“狼来了”的故事。

警报终于停了，格蕾丝耳边响起嗡嗡声，像一只喝了太多花蜜的大黄蜂，在她旁边兴奋地绕来绕去。可嗡嗡声为什么越来越响、越来越急促？

她睁开一只眼睛看看头顶，天上飘着几朵白云。

“什么声音？”她旁边的人伸长了脖子看着天。

阳光很刺眼，格蕾丝使劲眨巴了两下眼睛，看到碧蓝的空中飞着几个小黑点。远处传来沉闷的爆炸声，整座城市上空翻腾起滚滚黑烟。

格蕾丝蒙了，半天才反应过来天上盘旋的是飞机——很明显，德军正在对伦敦东区进行轰炸。

天气很暖，但格蕾丝身体里的血液却瞬间凉了，胳膊上的汗毛都竖了起来。

伦敦真的被炸了。

她站起身，动作极为缓慢，像是在水中，每动一下都要耗费很长时间。她本该撒腿就跑，或是拉旁边的人一起找到最近的防空洞躲起来，她还应该记下洞里每个人的名字以防万一。无论如何她都该立即采取行动。

总得做点什么才是。

为了这一刻，她已经训练了好几个月。

但此刻的她，脚下像生了根，耳边爆炸声连绵不断，她却站在原地动弹不得。

忽然有人抓住她的胳膊："小姐，快点躲起来。"

格蕾丝点点头，连头也没回，不知道说话的是什么人，她现在满脑子只有头顶盘旋的轰炸机。

身边一位女士大喊了一声，声音非常难听，像吓破了胆。格蕾丝终于反应过来，她赶紧跑起来，不是去找防空洞，而是要跑回家。韦瑟福德夫人自己在家，她肯定也会无视警报，肯定不会想着要躲避起来。

身边一位督察员正在指挥人群往最近的防空洞撤离，那人走路一跛一跛的，这或许就是他没上前线的原因。他转过头看着格蕾丝，一双突兀的大眼睛示意格蕾丝跟随他撤离。

格蕾丝摇摇头："我得赶紧回家，我们家有个小防空洞。"

那位督察员抬头看看空中成群结队的飞机，火力虽猛，但进攻目标却依然是伦敦东区，即使最终会飞到这边也需要点时间，于是便由她去了。格蕾丝抄小路飞快地朝布里顿大街奔去。

她赶回家，天空已从滚滚黑烟变成了红红烈焰，伦敦成了人间地狱。格蕾丝推开门，大声呼喊韦瑟福德夫人的名字。

她迈过门口地上的一堆信件，没像往常一样把它们捡起来放到桌上。

格蕾丝往门厅张望，看到了夫人的脚，她应该躺在安乐椅上。

“伦敦被炸了，”格蕾丝尽量克制内心的恐惧，故作冷静地走到母亲生前好友的身边，“我们现在必须马上躲进防空洞。”

韦瑟福德夫人听了她的话毫无反应，依旧躺在椅子上，目光忧伤地看着远方。格蕾丝劝了她好几回，老人依然无动于衷，于是格蕾丝走出房门，站在门口台阶上看了看头顶。德军飞机轰隆隆从头顶飞过，如果它们飞得再低一些，格蕾丝就是拖也要把夫人拖去防空洞。

但飞机好像没有靠近的意思，布里顿大街的好多住户都跟格蕾丝一样站在自家门口，看着头顶飞过的德军飞机继续往东区投掷炸弹。东区那边已经硝烟四起，伦敦的天空被映衬得一片火红。

格蕾丝心里放不下东区的居民，他们都在防空洞躲好了吗？防空洞能保护他们逃过此劫吗？

这次空袭会有多少人遇难？

想到伤亡人数，格蕾丝不寒而栗。

终于，炸弹坠落的声音停止了，空中传来危险解除的警报。格蕾丝转身刚要回去，却看到内斯比特夫人也站在自家门口。她神色紧张，挑高眉毛朝格蕾丝说了一句，“应该就这样了”。

格蕾丝没说话，回到房里看到韦瑟福德夫人依旧躺在安乐椅上，跟她出门时的状态一模一样。

格蕾丝当晚不执勤，督察员的工作她一周只做三次。她刚想收拾收拾准备睡觉，结果空袭警报划破了夜空。

格蕾丝肾上腺素飙升，这次她无论如何也要把夫人拖去防空洞。她把所有窗户打开，把煤气总阀关掉，把浴缸接满水，然后逼着夫人跟她一起钻进了园子里的防空洞。黑暗中，她们俩踉踉跄跄，撞得防空洞里的盆盆罐罐和园艺工具叮当乱响。

防空洞里弥漫着泥土味道，还混杂着潮湿的金属味，人在里面待不了太长时间。警报终于停了，夜空静寂无声，这并不奇怪，下午的轰炸已经让人有了一些心理准备。格蕾丝浑身上下每块肌肉都极度紧张，包裹在外面的皮肤一定承受了巨大的压力。

她划着一根火柴点燃蜡烛，出门前她在拿两人的防毒面具时顺手拿了一根蜡烛。烛光虽然微弱但是能照亮整个防空洞，亮度不亚于电灯泡。远处再次传来熟悉的警报声，那单调的不详之音好像被防空洞的金属外壳无限放大了，在格蕾丝心里轰隆隆地一直响。

接下来是几声扑通扑通的闷响，格蕾丝知道德军又开始投掷炸弹了，她只能努力保持镇定，不想在夫人面前吓得缩成一团。

“柯林死前听到的是不是也是这样的声音？”韦瑟福德夫人突然开了口，她盯着跳动的烛火陷入沉思，“你觉得柯林会害怕吗？”

“柯林很勇敢，”格蕾丝语气坚定，“他或许是为了救人才牺牲的。”

“一定是这样，”韦瑟福德夫人点点头，眼里闪着泪光，“是我害了他，是我跟德军一起害死了自己的儿子。”她吸了吸鼻子，“都怪我，把他养得太善良了，他对每个人都很好，我真不该放任他成为内心如此敏感、如此柔软的孩子。”

格蕾丝挺直后背：“可如果那样的话，他就不是我们认识的柯林了。”

“是啊，”韦瑟福德夫人突然放大音量，“但那样他就不会死了。”

“可那样他就不是我们每个人都喜欢的柯林了。”

“我知道，”韦瑟福德夫人捂住脸开始低声啜泣，“我知道。”

“韦瑟福德夫人，你把他培养得特别好。”格蕾丝坐到夫人那侧的椅子上，抚摩着她的肩膀，柯林英年早逝，这让格蕾丝也无比痛苦。“你尊重他、支持他，给了他全部的爱，你是他心中最好的母亲。”

格蕾丝迟疑片刻，她知道自己接下来的话会令夫人难过，但该说的还是要说。“您知道，他一定不想看您变成现在这个样子。”

韦瑟福德夫人朝前探了探脑袋。

之后两人没再说话，格蕾丝又坐回到夫人对面。远处的炸弹还在轰隆隆地响，格蕾丝却歪着头睡了过去。可是凳子太硬了，硌得她的屁股发麻。危险解除的警报突然响起，她这才惊醒，差点从凳子上掉下来。她往外一看，天已经亮了。

“他们没有轰炸我们这边。”韦瑟福德夫人扶着腰慢慢站起身，活动了一下僵直的身体对格蕾丝说，“我去烧壶水。”

蜡烛已经燃尽，只留下一小摊蜡油和一根黑色的灯芯。夫人拿起烛台一瘸一拐地走出防空洞，格蕾丝紧随其后。可她并没有心思喝茶，只觉得浑身哪儿都疼，眼里也透着疲惫。埃文斯先生之前跟她说过今天不用上班，这会儿她真是感激涕零。

回房间后格蕾丝又补了一觉，醒来时再次闻到了焦炭味道。她打开卧室门，石碳酸的味道扑面而来，楼梯又变回了一尘不染的模样。韦瑟福德夫人站在楼下，跟她打了声招呼，脸上的笑容既忧伤又愧疚。夫人穿着深色的居家服，没戴任何首饰，也没擦口红，不过灰白的头发被规规矩矩地挽了起来。

“谢谢你昨晚对我说的话。”韦瑟福德夫人捋了捋头发，“你说得对，柯林如果看到我现在这样子肯定会非常难过，我要好好活下去，”她有点哽咽，“就算是为了他，我也要好好活下去。”

格蕾丝一把抱住夫人，紧紧抱着："我们都要好好活下去。"

韦瑟福德夫人趴在格蕾丝肩头使劲点了点头。接下来这一天，她们俩先是给房子做了大扫除，而后又跑到屋外侍弄起菜园子，这会儿园子里结满了豆角、黄瓜、番茄和辣椒。

然而此时此刻，伦敦东区上空乌云密布，像裹尸布一般笼罩着死去的市民。

临近中午，伦敦又遭遇了一拨空袭，持续近三个小时。这次与上次不同，伴随着敌机投掷炸弹的爆炸声，还听得到高射炮反击的轰鸣。

社区里各种八卦不绝于耳，有人说德军对东区的轰炸造成了至少几百人死亡，无家可归的人更是不计其数，昨天夜里发生的火灾到现在都没得到控制。

格蕾丝认真地听着每条消息，想通过各种蛛丝马迹拼凑出东区那边大概的情况。有些内容她听了很多遍，但还是不厌其烦，好像信息越多她才能越安心似的。像她这样的人不在少数，每家每户的无线电都在播放新闻，报摊上的报纸也是刚一上架就被抢购一空。

当天晚上轮到格蕾丝值勤，搭档还是斯托克斯先生，具体时间是晚上七点半到第二天早上八点。这样的值班任务每周三晚，埃文斯先生体恤她的辛苦，跟她说执勤后的第二天不用急着来书店上班。

当晚她感觉浑身无力，头疼眼涩，可还是按时上了岗，值了那么多的夜班，今晚的意义最为重大，毕竟昨晚东区刚刚遭遇了不幸。

"那边的火还没扑灭，"斯托克斯先生低声说，眯起眼看着远处被大火映红的天空。"我有一个朋友在那边的辅助消防队工作，据他说那边的情况惨不忍睹。"

辅助消防队工作眼下可不轻松，想扑灭这么一场大火绝非易事。

格蕾丝顺着斯托克斯先生的目光朝远处望去："真的无法想象那边

的情况。”

“惨不忍睹，”斯托克斯先生回应道，“哈里说了，死了少说也有几百人，有些是被活活烧死的，衣服粘在身上脱都脱不下来。”

格蕾丝停下脚步，无法想象斯托克斯先生描述的惨状。

“现在那边是尸横遍野，”斯托克斯先生比比画画地继续道，“开车的话，得时不时停下车来把路中间的尸体搬走，否则根本没法继续往前开。”

斯托克斯先生特别擅长描述血腥画面，而且常常夸大其词，可这次，格蕾丝觉得他似乎并未夸张。斯托克斯先生关注的东西总是很奇怪，越是可怕的东西他越是感兴趣，格蕾丝对此从未有过抱怨，但这次他的话确实令她神经紧张。

斯托克斯先生根本没有留意格蕾丝的沉默，自顾自地继续讲着，“昨天那边有个防空洞被炸了，就在哥伦比亚路上，炸弹刚好落入通风井，结果……”他慢慢张开手掌模仿爆炸的状态，“躲在里面的一家人当场毙命，无一幸免。”

“斯托克斯先生，”格蕾丝厉声问道，“像您这样的退伍军人一定见过太多生死，所以才能如此云淡风轻地谈论死亡，对吗？”

对方听了格蕾丝的话先是皱皱眉，随后摇头回答道：“我没参过军，‘一战’时他们没招我。”他耸耸肩，小胡子也抬了一下。“他们说我心脏不好。”

心脏不好。

格蕾丝心里琢磨，他们当初真应该好好给他检查检查，他哪里是心脏不好，分明就是没有心啊。

刺耳的声响再次划破夜空，格蕾丝知道德军的轰炸又开始了，吓得浑身冰凉。昨晚空袭时她可以相对安全地躲在防空洞里，可眼下她当班，作为督察员她不能只想自己，还要保护老百姓。

她绝不能逃避。两人在规定地段巡查，一旦发现炸弹或伤亡要第一时间施救，同时要协助寻找遇难者。

她无遮无挡地走在大街上，甚至没有铝扣板做成的防空洞护身。

她感到自己极其弱小无助。

“快跟上，你不是害怕了吧？”斯托克斯先生抓住格蕾丝的胳膊。

她瞪了他一眼，但对方好像并未生气，反倒摇摇头笑着说道：“我就说吧，女人根本干不了这活儿。”

格蕾丝没想到对方会出言不逊，本来想反唇相讥却看到他朝一群出门打探情况的人走了过去。他冲人群挥手，像是在指挥交通，一路带领着伊斯灵顿区那些吓坏了的群众走向指定的防空洞。

她咬咬牙，努力回忆自己在培训中学习到的各种技能，她知道该怎么说、怎么做，绝不能让德国鬼子把自己吓破胆。

警报终于停了，人们一路七嘴八舌地问着各种问题：他们这是去哪儿？空袭会持续多久？会像前一天一样持续一整夜吗？他们会不会成为新的受害者？

所有问题，格蕾丝和斯托克斯先生都不知该如何回答。

格蕾丝看着人们焦虑的表情，听着他们惶恐的话语，她想起当初自己做督察员的初衷，她就是要在危难时施予援手，在人们恐惧时成为他们的主心骨。

她很快平复了内心的恐惧，训练有素地跟斯托克斯先生一起为人们指明方向、提供帮助。她一路带着他们走到防空洞，洞里已经聚集了许多居民，比以往任何一次警报时躲在里面的人都要多。格蕾丝一边指引大家往加固了沙袋的防空洞里走，一边记录下他们的名字。她用斯托克斯先生的执勤名单做参考，很快把所有人的姓名和住址对上了号。不过，再次听到外面飞机的轰鸣，她还是会感觉后背发凉。

听声音，飞机似乎在向他们这边靠近。

越来越近。

斯托克斯先生警觉地回头看了一眼洞口，迅速把洞门关好。格蕾丝也看向洞口，她想在黑暗中找到什么迹象，任何迹象都行，至少可以让她判断出德军飞机的大概位置。

高射炮寻找空中目标时发出一道道亮光，穿透漆黑的夜在浓密的云层下翻滚。格蕾丝记得昨天在公园她看到的飞机距离地面很远，像是一个个小黑点，但此时飞机应该距离他们很近，因为看上去个头大了许多，像一只只黑色的大鸟，伸展着发光的翅膀。

没错，头顶飞过的是一架德国轰炸机。

那飞机虽然不在他们正上空，但是距离他们很近。格蕾丝紧张得后颈上的每根汗毛都竖了起来。

高射炮一秒也没耽搁，立刻向敌机发动了反攻，轰隆隆的炮声震得格蕾丝每个骨节都咔吧咔吧地响。

一个椭圆形的黑色不明物体从飞机上落下——是炸弹。

格蕾丝和斯托克斯先生看着炸弹落下的方向彻底傻了。那炸弹划破夜空发出嗖嗖的声响，接下来是瞬间的安静，但不到眨眼工夫就爆发出一道亮光，轰地一声在他们附近炸开了。每个人都吓破了胆，外面顿时硝烟四起。

或许有房子已经被炸毁，或许有人家已经遇难。

一切既成事实，轰炸蔓延至他们所在的区域，遇难的或许就是她认识的人。想到这儿，格蕾丝心如刀绞，但眼下还在执勤，她由不得自己害怕。

在防空洞里很难判断出炸弹的具体位置，格蕾丝不知哪儿来的勇气，竟冲入了空荡荡的街道。附近着着火，再加上东区的轰炸，天空映得一片火红，眼前的路她看得清清楚楚。

她辗转回到自己负责的路段，发现越往那边走声音越大。她听到的不是头顶盘旋的飞机，而是炸弹降落的呼啸和爆炸的轰鸣，还有高射炮连续的炮击以及皇家空军在高空与德军的正面交锋。终于，一切归于沉寂，只剩下耳边传来消防车的警铃声。伦敦现在大火肆虐，不知要出动多少消防车才能控制住火情。

格蕾丝跑得上气不接下气，两腿好像装了风火轮一般速度飞快，恨不得要把身体甩在后面。她听到自己每走一步脚下都嘎吱作响，不知多少人家的窗玻璃散落在了马路上，玻璃渣子被伦敦地狱的红光映衬得像一颗颗闪亮的红宝石。格蕾丝环顾四周，道路左侧所有房子的窗户都被炸飞了，窗帘碎成了布条，像打了绺的黑头发在窗外飘荡，有些房子的大门甚至也被从门轴上撕扯了下来。

看来当初认真粘上去的胶带一点用也没有。

“班尼特小姐，你慢点啊。”斯托克斯先生从她身后追了上来，大口喘着粗气。“你忘了我心脏不好吗？”

格蕾丝并未因此放慢脚步，那些垂死挣扎的人可等不了他那颗虚弱的心脏，她心想。绕过街拐角，她突然停下了脚步。

面前一排整齐的房子中间出现了一个豁口，格蕾丝借着身后明亮的火光看到一堆冒着烟的废墟，很明显，那是一户人家的房子。

他们负责的街区真的被炸了，格蕾丝作为空袭防御督察员的工作这才正式开始。

13

格蕾丝在克拉肯威尔大街那栋被炸毁的房子前停住脚步，她跑了太久，腿上的肌肉抽搐不止。房子成了废墟，门牌号都看不清了，但根据两边房子的信息，格蕾丝可以判断出房子里住着什么人。每周三次巡查，斯托克斯先生每次都会跟她念叨住户的名字，关键时刻还真派上了用场。

房子的主人是修斯先生和修斯太太，老两口自结婚以来一直住在这儿，算下来已经近五十年了。斯托克斯先生之前总是说起修斯太太，说她特别喜欢吃巧克力，他小时候，修斯太太常送巧克力给他吃。

斯托克斯先生终于追了上来，他慢慢走到格蕾丝身边，这里已是满目疮痍，他低声地喊了一句“修斯太太”。

“他们在防空洞里。”格蕾丝回忆着自己刚刚在洞口记下的名字，“斯托克斯先生，老两口都没事。”

“太好了，”斯托克斯先生点点头，“真是太好了。”

他们没有时间磨蹭，赶紧拿出脚踏灭火泵扑灭废墟中的余烬，然后又仔细查看了周围的房子。这一夜，德军投掷了很多炸弹，其中一枚击中了他们负责的地段。接下来，他们的主要工作是清扫马路上的玻璃碎片，其间有一伙人想到修斯家趁火打劫，是他们及时出手将那伙人赶走了。

终于到了换岗时间，但斯托克斯先生并没有回家，他一直等着修斯夫妇从防空洞回来，似乎是觉得自己有义务亲口将这个不幸的消息告诉这对老人。当然，谁也不愿见到这样一幕发生，家对于女性来说尤为重要，修斯太太用了一辈子的时间把自家房子收拾得如此雅致，格蕾丝前两天还留意到她家门前那曾经爬满牵牛花的花园种上了紫甘蓝。

警报解除后格蕾丝和斯托克斯先生继续留下来帮忙在废墟中寻找有用的东西。留下的不仅是他们二人，整个街区甚至其他街区的居民也都跑过来帮忙了。很多人家都遭了灾，窗玻璃碎了一地，有的连房门都掉了，但大家还是愿意来帮助受灾更严重的人家。灾难把整个社区紧密地团结在了一起。

两位老人惊恐万状，格蕾丝跟他们介绍了当地的救助站，告诉他们在找到新房子前可以先住在那里，而那些从废墟中抢救出来的可怜家当可以先交给老人的好友代为保管。终于忙完了，格蕾丝拖着疲惫的身体往布里顿大街走，两条腿像灌了铅，每迈一步都要费好大力气。回到家，她连衣服都没换，脑袋刚一沾到枕头就睡了过去，到了该去书店上班的时间才警觉地醒过来。

洗了澡，格蕾丝感觉好了一些。等再赶到樱草山书店，她竟然完全恢复了体力。埃文斯先生看到她进门，下意识地皱紧了眉头。

“你睡好了吗？”他一边说一边把铅笔放到账本上。

“昨晚的形势谁能睡好啊？”格蕾丝微笑着回应。

埃文斯先生穿着那件棕色套头衫，衣服显得特别肥大，食品管制以来，他整个人消瘦了不少。他抱着肩膀问她：“听说克拉肯威尔大街修斯家的房子被炸了，你当时在场吧？”

“我们是炸完赶过去的。”埃文斯先生问这话时语气有点严肃，格蕾丝觉得自己像是个做错了事即将挨骂的孩子。

“多悬啊，”老人两根眉毛拧到了一起，“要是炸弹掉下来时你在附近，那可怎么是好？”

格蕾丝不知该如何回答，她自己没想过这个问题。德军的袭击目标好像是东区，她觉得自己遇难的可能性不大。

“班尼特小姐，你这样可不行，”埃文斯激动得涨红了脸，“我觉得你应该辞掉督察员的工作。”

这时门上的铃铛响了，店里来了客人。格蕾丝回头看是一位常客，那位女士喜欢自己找书，不太需要她帮忙。

“可是那儿需要我啊，越是这样的时候我越不能辞职。”格蕾丝低声回答。

“书店也需要你。”埃文斯先生使劲推了一下眼前的账本，摆在上面的铅笔差点滚下来。老人没再说话，大步流星地进了后面的房间。

格蕾丝内心非常无助，脑子也很乱，想不出该怎么办。看来埃文斯先生是怪她把太多精力放在了督察的事上，怕她耽误书店的工作。

我一定要向他证明他的担心是多余的，格蕾丝暗下决心。

当天下班前，格蕾丝设计了好几条宣传语，其中两条已经制作完成，一条写的是“用一本新书打发防空洞的无聊时光”，另一条写的是“空袭时，书是你最好的陪伴”。尽管她还没有完全组织好语言，但意思已经表达得很清楚。

这一整天下来，埃文斯先生每次跟她说话都不超过两个字，看到她设计的新宣传语也只哼哈地敷衍了一句。

对于埃文斯先生的异常反应她并没有多想，她太累了，到家后没多久就倒在床上呼呼睡去，直到晚上八点左右空袭警报响起她才从睡梦中回到现实。她拖着沉重的步伐和韦瑟福德夫人一起躲进防空洞，进洞后她却睡意全无。

空袭持续了整整一个晚上，跟她执勤那晚差不多，但这次她窝在小小的防空洞里，因而没办法第一时间看到外面的状况，只听到炸弹一直在响。

背靠背高射炮的爆炸声震得防空洞的金属框架啪啦啪啦响个没完，炸弹爆炸的地方就在附近，防空洞被震得不断晃动，像随时可能坍塌。有一次，她感觉防空洞就要垮了，好在最后还是化险为夷。

炸弹降落时发出嗖嗖的巨响，片刻安静后就是爆炸的轰鸣，大地随之颤动。解除危险的警报直到第二天清晨才拉响，格蕾丝和夫人从防空洞钻出来时就想好了，回头一定要在洞里的长凳上铺上垫子，这样下次躲进去时可以睡得舒服点。当然，她们已经把洞里乱七八糟的工具都拿了出去，防空洞又不是工具房，应该有防空洞的样子。

从这两天的架势看，估计德军每晚都会实施空袭，防空洞将是她们每晚待得最久的地方。

格蕾丝回房间睡了个回笼觉，醒来时听到新闻上说圣托马斯医院被炸了，炸弹不偏不倚正好砸中主体大楼，附近的一所学校也损失惨重。格蕾丝一早就知道纳粹不是什么好东西，但袭击医院和学校也太没底线了。格蕾丝义愤填膺，这反而坚定了她继续担任督察员的决心——这是她对抗希特勒的方式。

她想好了，明天一到书店就跟埃文斯先生说明白，告诉他自己不能辞掉督察员的工作。谁想到第二天到了书店，她却发现大门紧锁。埃文斯先生几个月前曾给过她一套钥匙，于是她赶紧从手提包里找出钥匙打开门进了店。她先是把门上挂着的标识翻到“营业中”一面，然后又拉开窗帘让灰蒙蒙的阳光照进来。她喊了一声埃文斯先生，却没人应答。

她吓出了一身冷汗。

自打她到这儿上班以来，每天早上都会看到埃文斯先生雷打不动地站在收银台后面，每次先生都是看到她进门后才会回到后面的小屋忙自己的事，所谓自己的事，以格蕾丝在这里工作了一年的经验来看，就是看他喜欢的书。

可是，埃文斯先生这会儿却不在。

房子没有任何被炸的痕迹，也就是说书店上面他自己住的房间也没有遭灾。她虽然心里这样想，但是脑子里还是出现了斯托克斯先生之前讲述的那些血腥画面。埃文斯先生不会昨晚外出遭遇了不测吧？

她一边喊着埃文斯先生的名字，一边跑去推开后面房间的门。

天哪，好大的酒味。

是威士忌的味道。

她舅舅总爱喝那玩意儿，闻上去一股蜡油味儿，喝上一口更是难以下咽。人好好的为什么要喝蜡油？她无法理解。

埃文斯先生瘫坐在椅子上，上身趴在桌子上，一只胳膊搂着一瓶琥珀色的酒，另一只耷拉在桌边，手里还拎着空酒杯。

若不是因为见到酒瓶，格蕾丝真以为埃文斯先生出事了，不过现在看来他只是喝醉罢了。一向谦谦君子的埃文斯先生为什么会把自己喝得烂醉，格蕾丝对他很是挂念。

“埃文斯先生？”格蕾丝走过去把自己的手提包放下。

埃文斯先生抬起头，眼镜斜挂在脸上，透过镜片睡眼惺忪地看了格蕾丝一眼。他平时总是梳得一丝不苟的头发此刻凌乱不堪，昨天套在衬衫外面的棕色套头衫也被压得皱皱巴巴。“班尼特小姐，你回家吧。”

因为喝了酒再加上刚醒，他说话不是很清楚，才说完这几个字，整个人就又趴到了桌上。

“我不回家，现在已经是早上了，我们得开店迎客。”她轻轻把酒杯从埃文斯先生手里拿下来。

先生没有阻止，相反还抬头眯起眼睛看着她。“我跟你说过我有一个女儿吧？”

“没有，您没说过。”格蕾丝拿过酒杯，上面还有埃文斯先生的温度，他肯定一直攥着这酒杯，攥了很长时间。“她也在伦敦吗？”

他慢慢坐直，身体打了个晃回答道：“她死了。”

格蕾丝意识到自己唐突了，赶紧道歉说：“对不起，我不是故意的——”

“那已经是好几年前的事了，一场车祸带走了我最亲的两个人，我的妻子和女儿。”他笨手笨脚地把眼镜戴好，让它重新端端正正地架在鼻梁上。“她如果活着，跟你年纪应该差不多，她叫爱丽丝。”

埃文斯先生的嘴角闪过一丝笑容，那表情多少有点诡异。“你跟她长得特别像，我猜这也是韦瑟福德夫人把你送到我这儿的原因，她可真是个爱管闲事的婆娘。她儿子柯林和我女儿一直很要好，她可能觉得你来了或许可以缓解我对爱丽丝的思念以及失去她的痛苦。净胡扯，怎么可能，我怎么可能不想自己的女儿呢？”他脸上的表情松弛了一些，“我想现在韦瑟福德夫人失去了自己的儿子，她应该更能清楚地知道我内心的感受。”

格蕾丝看到老人眼中的忧伤，失去亲人的痛苦她也能感同身受。母亲去世后，她内心的某个地方好像被彻底掏空，任什么也无法填补那片空白。

她小心翼翼地把酒杯放在箱子上，放到了一个埃文斯先生够不到的地方。“我和爱丽丝长得像这件事，您很介意吗？”

他看着格蕾丝，半天没说话，好像在仔细研究她的长相。忽然泪水涌出了眼眶，下巴开始不断抽搐。他赶紧把脸转到一边，使劲吸了一下鼻子，声音很大。

“到了傍晚，”他声音有些颤抖，清了清嗓子继续道，“每次我看到你就感觉看到了爱丽丝。她也是一头金发，这一点随我，只是我现在头发都白了。”他一边说一边敲了敲自己满头的白发。

格蕾丝没说话，静静地听着。

“我也是金发。”格蕾丝轻声回应。

“我以为已经把她深埋在了心底，”他拍拍胸脯，呼出一口气，像忍着剧痛般继续道，“可我现在才明白，我怎么可能控制住自己对她的思念，我不想面对这份情感是因为我不想让自己深陷痛苦无法自拔，同时我也是想逃避内心的愧疚。”

埃文斯先生说这话时有点含糊不清，倒不是因为喝了酒，而是因为情绪激动。第一次见到这样的埃文斯先生，格蕾丝特别心疼。

埃文斯先生拿起酒瓶，晃了晃，看到里面剩下不到一英寸高的威士忌。“我希望她知道我有多爱她，她对我来说有多重要。”他把酒瓶放下，抬头看着格蕾丝。

“因为你做督察员的事我跟你发火，我很抱歉。”他说话时下巴上的一撮白须晃动了一下。“你不是爱丽丝，我知道，这一点我很清楚，”他扭过脸，“但我无论如何也不能再失去你了。”

格蕾丝感觉什么东西卡在了喉咙里，怎么咽也咽不下去。她这辈子从没体会过父爱，父亲在她出生前就去世了。而舅舅从没把自己当成过亲人，对他而言，自己只不过是个劳力。

“我会注意安全的，”她承诺说，“但我不能撂挑子不干，埃文斯先生，您不是总说我是个勇往直前的姑娘吗！”

埃文斯先生嘴角上扬，苦笑着回应说：“都怪我话太多，不该推荐你去督察办。”

“您推荐得对。”

他拄着桌子站起来，在原地打了个趔趄。“格蕾丝，我之前一直没对你说过这话，但我希望你知道，你是我心中的骄傲。”

格蕾丝感觉一股暖流涌上了心头，之前从来没有人对她讲过类似的话，从来没有。

埃文斯先生用手指撑着桌子继续道：“我得回去睡一觉。”

“嗯，书店您就交给我吧，我一个人没问题的。”她干脆利落地回应。

“我知道你一个人没问题。”他伸出手，抓住她的肩膀，慈父般捏了一下。“别忘了，你一定要照顾好自己！”

“嗯，我保证。”她再次承诺。

埃文斯先生听到这话点点头，晃晃悠悠地朝着楼上自己的公寓走去，眼镜还斜挂在脸上。

当天，格蕾丝一个人当班一切顺利，只是到了下午，德军飞机再次对其所在区域进行了轰炸，空袭警报拉响时，她利用自己在督察办学到的技能把所有顾客安全转移到了附近的防空洞。同样的警报响了一夜又一夜，有时下午也让人不得安宁。

人们不再把警报当儿戏。整座城市满目疮痍，最惨的是坎宁镇的南霍尔斯维尔小学，爆炸时东区很多无家可归的人都躲在里面，所以伤亡尤为惨重。

整个伦敦都难逃炸弹袭击的厄运。

在格蕾丝负责的区域，除了修斯夫妇家其他人家所幸都还未遭到轰炸。即便如此，应上级要求，格蕾丝和斯托克斯先生夜间巡查的次数还是从一周三次增加到了一周五次。埃文斯先生没再跟格蕾丝提起女儿的事，只是叮嘱她执勤后第二天不用急着到书店上班。

就这样，日子又过了几天。这一天刚过中午，她来到书店，一进门就看见一只小斑猫躺在洒满阳光的地中间睡觉，紧接着便听到普里查德先生在高谈阔论。看来他又在对英国局势发表高见。

“你听说了吗？女王的白金汉宫也遭遇了空袭。”格蕾丝把自己的东西放下，听到普里查德先生继续道，“埃文斯啊，你看看，他们他妈的也好不到哪儿去，还不是跟我们一样惨？”

格蕾丝注意到埃文斯先生的表情，他显然听不惯普里查德先生话里的零碎，毕竟店里还有其他顾客。她把手提包挂好，在店里转了一圈，看看有没有顾客需要帮忙。

“你刚才说一枚炸弹落在了圣保罗大教堂前面的广场上？”埃文斯先生的语气有点急，显然是希望普里查德先生把要说的话一口气讲完。

“对啊！”普里查德先生十分激动，“炸弹就落在钟楼旁边，好在那颗炸弹没炸，否则整个教堂就夷为平地了，后来还是拆弹部门过来把炸弹拿走了，多险啊！”

普里查德先生的话没说完，外面突然响起了空袭警报。斑斑一下子跳了起来，快速跑到普里查德先生身边。听到这刺耳的警报声，普里查德先生气急败坏地骂道：“妈的，该死的空袭，我看德军就是想把我们逼疯，这样他们就可以不战而胜了。”

抱怨归抱怨，普里查德先生还是跟着格蕾丝出了书店，随埃文斯先生和其他顾客一起朝最近的地铁站走去。之前，政府一直想把地铁站封闭，不过最终决定将其作为避难所向公众开放，轰炸如此频繁，地铁站可以为很多人提供暂时的庇佑。

格蕾丝把大家带到地铁站，今天不是她执勤，但她凭借当督察员积累的经验将所有人妥善安置到了安全地点。有些人不愿付 1.5 便士的地铁费，她就又把他们送去了街拐角的防空洞。警报终于停了，她和埃文斯先生背靠着地铁站里镶着瓷砖的墙面挨坐在地上，她从包里拿出一本书，翻开外面的书封。

她前天晚上才开始看《米德尔马契》，所以只看了几章而已，不过她心里一直惦记着多萝西娅和她年迈的丈夫。警报停了，站里的几十个人开始七嘴八舌地聊天，闹闹哄哄乱作一团。风从隧道口吹进来，发出低沉的声音，拂动着格蕾丝的秀发。

格蕾丝好像能屏蔽外界喧嚣似的，自顾自地翻开膝上的书，认真阅读起来。外面是熟悉的战争响动，背靠背高射炮炮轰空中的德军战机，皇家空军在高空与德军正面交锋，远处时不时传来炸弹的轰鸣，只是频率比半夜要低很多。

“小姐，您看的是什么书啊？”旁边一位女士问格蕾丝。

格蕾丝抬起头，发现对方竟是前几天在书店见过的那位年轻母亲。“乔治·艾略特的《米德尔马契》。”

头顶炮声轰鸣，那女子神情有点紧张：“是关于什么的？”

“小说的女主人公是多萝西娅，”格蕾丝回答说，“她有一位英俊的追求者，一心想娶她为妻，但她却不为所动。”

“那是为什么？”

“她喜欢一位年长的先生，那是一位神父。”

那位年轻的母亲尴尬地笑着问：“真的吗？”

“是真的，”格蕾丝把手指挡在正在读的一页，挺了挺后背继续道，“她后来还真的嫁给了那位老先生。”

“那位老先生究竟有什么过人之处？”另一位穿着蓝色家居服的中年妇女也加入了她们的对话。

外面传来炸弹坠落的嗖嗖声响，紧接着是爆炸声，所有人都能感觉到地面的晃动，地铁站里的灯也忽明忽暗，闪了好几下。埃文斯先生欣慰地朝格蕾丝点点头，唇齿间露出一丝骄傲的笑容。

“女主人公是个虔诚的信徒，”格蕾丝回答说，“而男主人公的身份除了是个神父还是位了不起的学者，所以才得到多萝西娅的仰慕。”

“那位英俊的年轻人呢？”人群中有人发问。

格蕾丝笑着回答：“后来他去追求女主人公的妹妹了。”

有人笑着发出感慨：“哈哈，那真是太好了！”

“再后来呢？两人有没有在一起？”一位身材魁梧穿着黄色套头衫的男士问道。他看上去是一个不太修边幅的人，一头黑发乱蓬蓬的，身上的衣服也皱皱巴巴，像是去酒吧喝了酒才会有的状态。

“你问的是主人公的妹妹和那位英俊的追求者，还是多萝西娅和神父？”格蕾丝问。

那男人耸耸肩膀：“两对我都想知道。”

这时头顶响起了高射炮的轰鸣，应该是瞄准了一架俯冲下来的飞机，飞机飞得很低，守在地铁站里都能听到发动机嗡嗡地响。

“我也不知道，”格蕾丝瞥了一眼手中的书，“我还没看到那儿呢。”

“哦，这样啊，”那位家庭主妇说，“那您快继续看吧。”

格蕾丝犹豫了一下，不过还是开口问了句：“你们想听我……给你们朗读吗？”菲灵顿地铁站里的所有人都向她投去了期待的目光：“出声朗读给我们听吗？”

大家纷纷点头，很多人绽放出感激的笑容。

她瞬间变回儿时那个害羞的自己，那时的她曾穿着一双挤脚的旧鞋拿着粉笔站在教室前面，所有同学的目光都投向她，她紧张得胃里一直翻腾。

“求您给我们读吧。”那位年轻母亲说道。外面又是一轮炮声，格蕾丝看到对方紧张地缩成一团。

埃文斯先生也在用他那双极富表现欲的眉毛向她默默发出请求。

格蕾丝腼腆的个性声嘶力竭地劝她回绝大家的请求，可不知为何她还是不由自主地翻开了书，舔舔嘴唇大声地朗读起来。刚开始，她的舌头像是打了结，那么多人听她朗读，任何一个读错的地方都会暴露无遗，她紧张得要命。正在这时，远处传来巨大的爆炸声，她一下子乱了阵脚，甚至忘了读到了哪里。

不过，她还是坚持继续往下读，注意力慢慢集中在了故事上，周围的人不再让她紧张，她关心的只有多萝西娅：她在罗马的蜜月旅行一点也不美好，她的爱人不愿跟她分享自己的学术思想。她通过朗读带着大家认识了书中新出现的人物弗莱德，这个败家子竟然觊觎一直受叔叔照顾的多萝西娅，而多萝西娅的前男友又看上了她的妹妹。

外面高射炮声轰鸣，格蕾丝就把音量提高，地铁站里的灯忽明忽暗，格蕾丝就趁着灯亮的时候多看几行内容，尽量保证故事的流畅。每次新出现一个人物，为了便于大家区分，她还特意换个嗓音，直到最后每个人物都有了自己专属的音质。

忽然，外面传来一声刺耳的声响，而后便是一阵轰鸣，地铁站彻底暗了下来。

“给你这个。”有人从手提包里摸出一支手电塞到格蕾丝手里。格蕾丝打开手电，借着手电的光亮继续往下读，故事牵动着在场每个人的心。终于，解除危险的警报响了，格蕾丝放下手中的书，带着大家从虚拟的世界回到了现实。

她把手电还给人家，连声道了好几句感谢，这时她才意识到自己竟一口气读了好几章的内容。

“明天下午您还在这儿吗？”那位家庭主妇问格蕾丝。

“只要有空袭我就会来。”格蕾丝在读到的地方夹了一张小纸条，然后把书合上，整本书拿在手上感觉沉甸甸的。

“那她肯定会来的。”那位身材魁梧的男士语气十分笃定。

年轻的母亲满怀希望地看了一眼格蕾丝手中的书：“明天下午您别忘了带这本《米德尔马契》啊！”格蕾丝已经认识了这位年轻的母亲，知道她是季德林夫人。

格蕾丝答应大家明天下午会接着今天的内容往下讲，大家这才安心散去，她也跟着埃文斯先生回到了书店。

“你之前还说自己面对战争什么也做不了，”埃文斯先生打开门，把牌子翻到“营业中”，而后继续道，“再看看你现在，你给所有身处恐惧之中的人读书，你的内心充满了力量。”

“老实讲，我觉得自己这样在大庭广众下朗读特别傻。”格蕾丝一边说一边把柜台上顾客慌乱中丢下的书整理好，不过她并没有把书放回书架，而是在柜台一边码好。顾客如果想回来购买，找起来比较容易。

埃文斯先生摇摇头：“一点都不傻，班尼特小姐，你可以用读书的方式改变这场战争对大家的影响。”他用浑圆的手指敲了敲《米德尔马契》封面：“一本一本地读，一点一点地改变。”

14

伦敦当天损失惨重，斯特兰大街被炸出了一个大坑，据说六百多架德军战机飞入英国领空，投掷的炸弹更是不计其数，好在皇家空军部队事先做好了反击准备。

当晚，德军卷土重来。

刚好赶上格蕾丝执勤，她负责的地段万幸再次免遭袭击，但伦敦其他地区就没那么幸运了：大量建筑外墙破损，露出钢筋框架，窗户也被炸飞，墙上留下一个又一个黑洞，一栋栋建筑看上去活像一个又一个可怕的骷髅头。格蕾丝心里清楚，她所负责的区域不可能一直幸运下去。

第二天，空袭警报再次响起，格蕾丝把《米德尔马契》装进大手提包，一路护送着樱草山书店的顾客来到菲灵顿地铁站。昨天听她读故事的人已经聚了一小帮，她一出现所有人的眼睛都亮了，尤其看到她从包里掏出那本小说，每个人脸上都露出了欣喜的表情。

第二天，第三天，只要有空袭警报，大家就会聚到这里听格蕾丝讲故事，慕名而来的人越来越多。

九月中旬的一天，天空异常阴沉，阴沉到搅扰了德军空袭的兴致。整整一天下来竟然一声空袭警报也没响，伦敦已经很久没有这样清静的日子了。

格蕾丝倒也没闲着，她在店里认真梳理最新的书单，仔细斟酌该从辛普·马歇尔书局订购多少。终于快忙完了，这时门上的铃铛响了，看来有顾客光临，她很乐意为其服务。

格蕾丝抬头一看，发现进门的是那位身材魁梧每天去菲灵顿地铁站听她读书的男士，他一双大手抓着帽子，紧张地捻揉着帽子上的灰色毛线。

“下午好，班尼特小姐。”他朝格蕾丝毕恭毕敬地点了点头。这是格蕾丝第一次见他没戴帽子的样子，棕色头发乱蓬蓬地趴在头上，两鬓有些斑白，头顶处隐约露出了头皮。

“我叫杰克，”他继续道，“我来是想谢谢您，不仅要谢您读书给我们听，更要感谢您救了我的命。”

“救了您的命？”格蕾丝不解地重复了一遍。

他点点头解释道：“您第一次在地铁站读书那天我只是碰巧在那儿，我下午一般都在海德公园那边帮人修房子，”他谦逊地歪了一下头，“我能力有限，但我会尽我所能。之前赶上空袭，我都会躲在大理石拱门地铁站，但最近，因为想在空袭时听您在地铁站读书，我换了一份这附近的工作。”

格蕾丝吃惊地捂住嘴。

她知道，两天前德军发动了一次惨无人道的袭击，几乎炸毁了整条牛津街，其中一颗炸弹刚好炸穿了大理石拱门地铁站的棚顶。当时站里躲了很多人，伤亡惨重。斯托克斯先生给她讲这一段时又是一顿添油加醋，最后格蕾丝实在听不下去求他闭嘴他才作罢。当时大理石拱门地铁站里的很多人，有些即使未被炸死，也被崩飞的瓷砖刮得浑身是伤，简直惨不忍睹。

“我……”格蕾丝不知道该如何回应，只好说，“您能躲过一劫真是太好了，安全比什么都重要”。

杰克吸了吸鼻子，用手背抹了一把，手里依然攥着自己的帽子，“我今天来还有一件事。”

“哦？”她笑着回应，“您是想买书吗？”

他扭了扭手中的帽子。“那本书您还没读完，刚才我们好几个人都去了菲灵顿地铁站，没想到今天下午竟然没有空袭，可是我们太想知道后面的故事了。”

“我们？”她随着他的目光透过橱窗看到店外聚集了好大一群人，季德林夫人也在其中，还有很多她熟悉的面孔，大家正满怀希望地冲着她微笑。

格蕾丝转回头看着杰克，杰克不好意思地咧开了嘴，“今天能麻烦您继续给我们读那本书吗？我们可以进店里听您讲吗？”

她看了一眼埃文斯先生，先生正带着慈父般的骄傲用他那双蓝色的眼睛看着她，用力地冲她点点头，表达了对她的支持。

格蕾丝咬着嘴唇掂量着书店的面积，要是放在去年，店里肯定容纳不下这么多人，不过现在……

“好的，没问题！”格蕾丝对杰克说。

所有人都走了进来，有的在地中间席地而坐，有的找个靠墙的地方偎着，格蕾丝则在铁艺旋转楼梯的第三级台阶上坐下，翻开《米德尔马契》认真地朗读起来。

透过书架顶端，格蕾丝能看到埃文斯先生的一头白发，他全程都没离开，似乎也在认真听格蕾丝讲故事。

那天以后，格蕾丝每天都会给大家读书，有空袭的话就去地铁站，否则就在樱草山书店。有书和这群听众做伴，白天的日子过得很快，可到了晚上赶上空袭，日子就不好过了。

总而言之，晚上的时间真的十分难熬。

到了晚上，如果不执勤，格蕾丝基本就是躲在自家后院的防空洞里，即使能睡着也睡不踏实。

这天晚上，格蕾丝和韦瑟福德夫人已经做好去防空洞的准备，除了被褥，她们还拾掇出一小箱必需品：蜡烛、一暖水瓶茶水、格蕾丝眼下正在看的弗吉尼亚·伍尔夫的大作《海浪》，还有二人的防毒面具。不过看样子，德军近期并没有发动毒气战的想法。

空袭警报拉响时外面正下着大雨，她们俩冲进雨中，穿过泥泞的花园朝着防空洞的方向猛跑。黑暗中，突起的防空洞像一只沉睡的野兽，背上长满了浓密的毛发，那其实是番茄种子在覆盖防空洞的那层泥土上发了芽。格蕾丝一只脚刚迈进去就踩到了一摊没过脚踝的积水。

她大喊一声，赶紧跳了出来。

“是老鼠吗？”韦瑟福德夫人一脸惊恐地问她。

“不是，是防空洞进水了。”格蕾丝甩了甩浸湿的鞋子，根本无济于事。“我们只能先去菲灵顿地铁站了。”她一边说一边深一脚浅一脚地往回走，每走一步鞋子都发出咕叽咕叽的奇怪声音。

韦瑟福德夫人跟着格蕾丝回到房里，却没打算跟她一起去地铁站。

“我们如果动作够快，兴许还能找个好点的位置。”格蕾丝含蓄地催夫人快点行动。

已经过了八点，通常这个时候空袭已经开始，可今天德军还未采取行动，估计是被恶劣的天气耽搁了。不过，这也意味着地铁站里已经人满为患，丝毫不亚于拥挤的沙丁鱼罐头。格蕾丝执勤时见过这样的场面，所有人不管认不认识，都被迫像家人一样亲密无间。站台上自然早就没了空位，就连楼梯台阶和滚梯上也挤满了人，有些胆大的家伙甚至睡在了铁轨上。

韦瑟福德夫人坐在厨房的餐桌边，从暖水瓶里给自己倒了一杯茶。

“夫人，现在没时间喝茶了。”格蕾丝心急如焚，语气有点强硬，“我们必须马上去地铁站。”

韦瑟福德夫人叹了口气，把茶杯放下。“格蕾丝，我不去了。我之所以去咱家防空洞只是为了让你安心，你执勤的时候，我根本不去防空洞。”她慢慢眨了下眼，显得十分疲惫，“所以我无论如何也不会去地铁站的。”

听了这话，格蕾丝不再生气埋怨，心里有的只是对夫人的心疼。“可是这样太不安全了。”她语气温柔了许多，不过她知道夫人决心已定，她再说什么也没用。

韦瑟福德夫人没答话，沮丧地盯着地板。坐在白黄相间的厨房，她的表情异常痛苦，要知道，这里曾给一家人带去了多少快乐，如今却只剩下沉闷和萧瑟。跟之前一段时间相比，夫人稍微注意了一下自己的形象，但她再没穿过那些漂亮的碎花家居服，每天都穿着暗色的衣服。夫人日渐消瘦，衣服穿在身上越来越肥大，她只好把腰带越扎越紧。

夫人不再参加服务队的活动，也没心思好好做顿饭，每天都是勉强维持活着，生活对于夫人来说像一本空白的书，翻开每一页都是无尽的虚无。这样的书捧着还有什么意义，格蕾丝明白，夫人只想尽快翻到最后一页。

那一夜，格蕾丝陪着韦瑟福德夫人待在家，不断做夫人的工作，想说服她跟自己一起去地铁站，但每次开口都以失败告终。最后，夫人哭着说自己不想活了，只想到另一个世界与儿子团聚，面对夫人内心的伤痛，格蕾丝不知还能说些什么。

九月下旬，德军照例每晚发动空袭，当然很多时候下午也没闲着。不知为何，伦敦人似乎已经适应了这样枪林弹雨的生活。

英国人有着一种独一无二的坚韧，他们是真正的战士，任什么都无法将他们击垮。

伦敦所有店铺，到了下午四点就会停止营业，这样员工可以回家好好睡一觉，因为到了晚上，几乎所有人都要出来执勤。现在的伦敦，几乎每个人都有两份工作，一份是白天挣钱养家的差事，一份是晚上的志愿服务，包括救火、搜寻炸弹、在废墟中寻找幸存者或协助提供医疗救助等——总之，到了晚上，所有伦敦人都会行动起来，哪里有需要就会去哪里帮忙。

格蕾丝发现自己已经适应了战争生活，学会了如何抓紧时间休息。只要有空，她就找个地方睡一觉，入睡快不说，睡眠质量也很高。

每天晚上不到八点，地铁站口就排起了长龙。八点钟第一声空袭警报会准时拉响，大家都想早点进站找个理想的休息位置，要是能找到足够大的地方打个地铺，那可真就太幸运了。

伦敦人民习惯了和衣而睡，有人甚至说自己洗澡时也会穿着短裤，怕万一遭遇不幸，被人发现时不至于赤身裸体。

虽然局势动荡、前途未卜，但伦敦人民仍旧井然有序地生活着；虽然空袭爆炸、房屋被毁，但信件仍能正常往来，邮局哪怕点着蜡烛也在坚持正常营业。只不过，有时邮递员拿着信件找到地址，却发现房子已被炸成了一片废墟，那一幕真是让人心酸。

战事之初，皇家邮政业务一度受挫，但后来随着战事的发展，邮政服务又重新步入正轨。格蕾丝收到了更多封薇芙和乔治的来信，信中他们都表达了对格蕾丝的担心，但在格蕾丝看来，真正需要担心的是身在前线的挚友。

乔治听说格蕾丝在地铁站读书的事情后又给她推荐了一本新书，是温妮弗雷德·霍尔特比的《南里丁》。事情就是这么巧，收到信的那天上午格蕾丝刚好收到辛普·马歇尔书局配送来的这本书，外面包裹着崭新的书封。

前一天刚下过一场大雨，空气中还带着一丝寒意，但此刻已经雨过天晴，阳光从橱窗洒进了书店。店里还没来客人，埃文斯先生在历史区忙着自己的事，格蕾丝便悠闲地找了一个窗边的角落坐了下来。

阳光穿过云层照下来，照得她身上暖暖的，格蕾丝摸了摸书的封面，用心体会着这难得的宁静，憧憬着阅读带给她的快乐。

这本书的书封非常光滑，黑色的字、黄色的底，点缀着几个红色小房子的图案。她把手指塞到书封下面，将书打开，书脊执拗地展开，因为是没人看过的新书，书脊还不够舒展，像一道尘封的古老大门，隐藏着里面的神秘世界。

她翻开第一章，空荡荡的书店里只听得见她翻书的声音。她闻到一种无法用言语形容的墨香，那种味道真正爱书的人都深有体会。她把书捧到面前，闭上眼睛深吸了一口气，她太爱这种奇妙的味道了。

回想一年前，她怎能想到自己会爱上阅读。可如今，在这般灰暗的战争岁月，读书竟成了为数不多能给她带来快乐的事，她当然要紧紧抓住。

格蕾丝感谢阅读带给她的一切，是阅读让她忘记了疲惫、轰炸和食品限制，也是阅读让她更加深入地了解了人性。她读过的书越来越多，对各种人物的理解也越来越深刻，慢慢地，她发现自己似乎也变得更加包容、更加坚韧。

白天沐浴着难得的阳光，她才有精力思考这些问题；到了晚上，跟着斯托克斯先生在黑暗中沿街巡查，她很难有这样的心思。

天气好也不全是好事，晴空万里，德军的轰炸机似乎找到了更多发挥的机会，也因此造成了更多的伤亡。今天晚上轮到格蕾丝执勤，走在黑暗的街道上，她又听到了熟悉的飞机轰鸣。

飞机像一群屠戮的乌鸦，飞在黑色的夜空，在地面探照灯的扫射下，它们的行踪也暴露无遗。按照之前的规律，这时候轰炸机应该开始向地面投掷炸弹了，但今天却迟迟未采取行动。

不过，该来的总还是会来，轰炸机越飞越低，声音也越来越响，震得格蕾丝耳朵里的每根小汗毛都在颤抖。夜晚稀薄的空气中背靠背高射炮的炮声噼啪作响，远处一缕缕烟雾就是它们发射过炮弹的明证，空气中还残留着刺鼻的火药味道。格蕾丝仰起头，想看看头顶飞机的阵形，探照灯正好打在她头顶方向，她清楚地看到一架飞机打开底部，向地面投掷了一个管状物体。

天啊，是炸弹。

就在她头顶。

她吓傻了，大脑在高喊让她快跑，快，快，可是她的腿脚却不听使唤。炸弹降落的速度越来越快，声音也越来越刺耳。

终于，她清醒过来，拉着斯托克斯先生的胳膊朝炸弹投掷的相反方向跑，找到一堵堆着沙袋的高墙躲在后面。炸弹划破夜空尖叫着落下来，她吓得手脚冰凉。

嗖嗖声停了，她的心跳似乎也跟着一起停了。

这才是最可怕的瞬间——炸弹已经落地却还没有爆炸，你无法想象等待自己的会是什么。

伴随一声巨响炸弹爆炸，发出刺眼的强光。而后，整个世界都安静了，安静得吓人。火光强烈，烤得她的后背发烫，炸弹的冲击力更是把格蕾丝向前推了好几英尺，害她摔了个嘴啃泥。

她的身体重重地砸在地上，险些摔得她灵魂出窍。她眨眨眼，不知自己身在何处，耳边依然回响着刺耳的轰鸣，其他什么声音也听不见。

她觉得脸很痛，刚刚磕在了人行道上。下巴还好，落地时有钢盔的皮革带子垫了一下。她喘了一口气，面前的尘土被吹了起来。

她慢慢恢复了知觉，耳边再次响起高射炮的轰鸣，不过声音听起来很奇怪、很遥远，像是在水下听到的动静。她没有马上爬起来，而是先看了看周围的瓦砾，也想感受一下身体的疼痛。或许自己已经身负重伤，甚至掉了一只胳膊或一条腿，只是还没有感觉到而已。

贴着地面的胸口一跳一跳地疼，身体其他地方倒是没什么感觉。

她用手撑着地面坐起来，胳膊酸软无力，手抖个不停。她拍了拍上衣，拍掉上面沾着的沙石和尘土，也顺便查看一下自己的伤势。

竟然什么伤也没有。

她转头看到左边的斯托克斯先生，他也坐了起来，脸上的表情跟她一样困惑，仿佛不知道发生了什么。

真是死里逃生啊！

不过，不是所有人都能像他们这样幸运。

格蕾丝很快听到周围的响动，高射炮的发射、炸弹穿破夜空的呼啸和爆炸的轰鸣，无休无止，没完没了。

她和斯托克斯先生几乎同时反应过来发生了什么，相互看了一眼便立即站起身。他们刚才躲避的那堵墙上被炸出了一个大窟窿，沙袋也被炸得四分五裂。

要不是躲在墙后，炸得四分五裂的就是他们了。

格蕾丝突然意识到自己没空琢磨这些，她要把这个经历放进记忆的盒子锁好，然后把盒子存放在大脑的某个黑暗角落。

眼前好几户人家都被炸成了废墟，零星的火苗像伤痕累累却依旧跳动的心脏。格蕾丝揣摩着受灾房子的门牌号，推测出住户的姓名，她确定这些人都已妥善安置在防空洞里，心里有了些许安慰。左边的那栋房子虽然没倒塌，但明显受到了炸弹的袭击，房主应该是德里斯科尔夫人，夫人中年守寡，两周前格蕾丝曾在防空洞见过她。

格蕾丝指着那栋房子喊了句，“德里斯科尔夫人”。

没等她说完，斯托克斯先生已经朝着那边跑了过去。房门已经炸飞，斯托克斯先生径直冲进房子，格蕾丝紧随其后，照例在门口等着他迅速返回。

可是这次斯托克斯先生迟迟没有出来。

格蕾丝便小心翼翼地跟了进去，斯托克斯先生站在门厅两眼直勾勾地看着什么。“斯托克斯先生，您怎么了？”

对方没说话。

她走到他身边，顺着他目光的方向看过去，过了好久才意识到那里竟是一个人，曾经的德里斯科尔夫人已经被炸得不成人形。

格蕾丝胃里开始翻腾，她握紧拳头努力控制自己，眼前的一幕她也要锁进记忆的盒子，放在大脑某个黑暗的角落。这样的事情千万不要发生在韦瑟福德夫人身上，千万不要，格蕾丝把自己的担心和恐惧也一并锁了起来。

“斯托克斯先生。”格蕾丝开口道。

斯托克斯先生毫无反应。

“斯托克斯先生。”她提高了音量。

对方这才回过神来，慢慢转过头看着她，眼神空洞，像是在梦游。一滴眼泪从他睫毛上无声滑落，顺着脸颊流了下来。他狠狠地眨眨眼，好像才意识到格蕾丝站在身边。

“现在已经于事无补，”格蕾丝语气沉着，她自己都没想到自己见到这一幕还能如此理智，“我们得去别人家看看，看看还有没有幸存者，如果我们行动够快，或许还能救下几条人命。我先去隔壁桑福德先生家看看情况。”她用下巴指了指墙壁，示意斯托克斯先生她就在隔壁。她在心里为桑福德先生默默祈祷，希望他不要遭遇同样的命运。她记得桑福德先生最近也不怎么去防空洞了，现在越来越多人选择在空袭时待在家里。

他们想要躺在自己床上好好睡觉，他们想过正常人的日子。

但世界不可能回到过去，战争尚未结束，危机四伏，日子也不可能回归正常。

“您可不可以去桑福德先生家隔壁看一眼？”格蕾丝问自己的搭档。

斯托克斯先生点点头，随后快步走了出去。格蕾丝先是跟在他身后，不过马上折回去查看了煤气管线，生怕煤气泄漏造成更大伤害。

她没再回头看德里斯科尔夫人，而是匆匆地离开了那栋房子。

后来发生的事格蕾丝记不太清了，仿佛都被强行装进了记忆的盒子。她努力回忆培训过的所有技能，忙着帮幸存者包扎伤口、用脚踏式灭火泵扑灭火焰，如果地上有汽油或者空气中能闻到可燃物的味道，她就会换用沙子灭火。总而言之，她马不停蹄地忙了整整一夜，换岗时格蕾丝发现太阳已经升了起来。

回家路上，无论格蕾丝怎么压制，封锁的记忆还是不由分说地在脑子里蠢蠢欲动。

像极了那枚朝她飞过来的炸弹，让她避之不及。她推开家门跑上楼，世界才终于安静下来。

可那记忆的盒子却兀自打开，可怕的记忆如滔滔江水喷涌而出。

恐怖的画面像炸飞的弹片，落满了她大脑的每一个角落。

对德里斯科尔夫人的心痛，对韦瑟福德夫人的担心，所有情绪纠缠在一起涌了出来。格蕾丝从未想过自己有一天会离死亡如此之近——险些被炸得灰飞烟灭。废墟、伤痛、死亡，她看了看自己衣服上沾着的血渍，沉默不语。

德里斯科尔夫人并不是他们当晚发现的唯一受害者。

格蕾丝打开床头柜的抽屉，在里面疯狂地翻找，终于找到了薇芙送给她的身份认证手链，上面记录着自己的名字和住址。格蕾丝手抖得厉害，好不容易才把手链戴好。她瘫坐在地板上，任由恐惧的巨浪将自己吞噬淹没。

今夜，她必须正视自己的恐惧，它要吞噬淹没自己，就让它来吧。但明天，她要重新振作起来，明天执勤时一切还可能重演，她要变得更加勇敢、更加坚强。

15

格蕾斯不知道自己是靠什么神奇力量睡着的，但刚醒过来昨晚爆炸的记忆就迅速地涌入了脑海。它们一直在伺机而动，躲在她记忆的阴影里，就等着她恢复了意识再向她发起进攻。

上班路上，那些恐怖的画面依旧不肯放过她，沿途那些被炸毁的建筑更是揉搓着她伤痕累累的心。曾经熟悉的房子都变成了砖石瓦砾，炸断的房梁支棱着伸到了房子外面。曾经熟悉的商铺成了一片废墟：那家食杂店，曾经只要葡萄干到货就会给韦瑟福德夫人留一份；那家药房，家里菜园闹虫害时还曾卖过她们杀虫剂；那家咖啡馆，乔治本来计划约她去那里喝茶的。很多房子也成了摆设，墙壁被炸得飞上了天，家具外露，像极了恐怖的玩偶之家。

看到如此惨状，路上的行人也是一脸错愕。对面走过来一对夫妻，格蕾丝看到二人灰头土脸地捧着脏兮兮的包裹，丈夫表情呆滞，妻子眼眶泛红，昨晚的轰炸肯定害他们失去了家园。

其实他们还算幸运的，至少人没事，要知道昨晚的轰炸带走了太多生命。

格蕾丝走进书店，紧张地拂去脸上的一绺头发。平时她喜欢把头发扎起来，这样干起活来比较方便，可是今天她没有。脸颊上的瘀伤太明显，化了妆也盖不住，所以她想用头发遮一下，她不想让埃文斯先生为自己担惊受怕。

埃文斯先生抬起头，眯着眼睛只看了她一眼心里就起了疑。格蕾丝心里没底，不自觉地抬手摸了摸头发，好在埃文斯先生把注意力放到了她戴着的手链上。

他面色凝重："我听说昨晚克拉肯威尔大街被炸了。"

格蕾丝不敢看他，怕自己的眼泪被他看穿，她怎么还是如此脆弱，她要学会坚强。

埃文斯先生绕出收银台，踩着地毯朝她走过来，脚步很轻，"格蕾丝，"他低声问，"你还好吗？"

简单说声"还好"把这事糊弄过去并不难，这样也不至于让对方担心，但埃文斯先生轻声细语的关切以及她期盼宽慰的渴望让她遵从内心真实的感受——摇了摇头。埃文斯先生立即搂住她，像慈父安慰自己的女儿，那种感觉既陌生又温暖。

她泪如泉涌，把昨天夜里的见闻一股脑儿地倒给了埃文斯先生，先生紧紧搂着她，她倾吐着，觉得内心一块大石头好像落了地。埃文斯先生像父亲一样，给了她无尽的力量，她从来不知道这种力量对自己竟然如此重要。

"我参加过'一战'，"格蕾丝拿起手帕擦眼泪时，埃文斯先生开了口，"那些伤痛的记忆你永远也无法忘记，它们将成为你身体的一部分，像一道道隐形的伤疤。"

他讲得没错，格蕾丝点点头，焦灼的情绪自她打开记忆阀门那一刻起便一发不可收拾，此刻才终于平静下来。

如果没有先生的安慰和忠告，格蕾丝恐怕没办法积极应对当天下午更为惨烈的空袭。他们一行人躲在地铁站，头顶不断传来刺耳的声响，炸弹投了一枚又一枚，坠落声、爆炸声连在一起，根本无法判断一共炸了多少枚。如果没有想明白先生讲给她的道理，格蕾丝或许已经向内心的恐惧投降了。每次炸弹降落，每次炸弹爆炸，她都能感觉到恐惧在内心奔涌，但她现在想通了，她冷静地给大家读故事，炸弹响的时候，她就勇敢地提高音量。

她事后得知距离他们只有一英里的查令十字街被炸了，损失惨重。

当天晚上，格蕾丝跟韦瑟福德夫人坐在起一起吃晚饭，除了肥腻的牛肉还有她们从自家园子采摘的豆角和胡萝卜。她掩饰得很好，夫人并未注意到她脸上的伤，可她始终没能说服夫人空袭时跟她一起去防空洞。格蕾丝几乎每天都跟夫人磨叽这件事，可对方根本没听她精心准备的各种理由。不过现在不比以前，格蕾丝目睹了空袭造成的伤亡，她不能允许夫人也遭此不幸。

当晚又轮到她执勤，她做了很久的心理建设，往领子上别徽标时手紧张得一直发抖，她不知道今晚又将面对怎样的惨状。

斯托克斯先生也和平时不同了，他不再侃侃而谈，甚至对查令十字街发生的爆炸只字未提，要知道其中肯定不乏他曾经热衷的血腥场面。斯托克斯先生第一次在执勤时沉默不语。

刚开始，格蕾丝还觉得斯托克斯先生能闭嘴挺好，但马上又觉得心里不是滋味，原来自己也很担心斯托克斯先生。

不只是斯托克斯先生，整个英国都让她忧心忡忡。

伦敦各地遭遇了连续几个小时的轰炸，炸弹的轰鸣几乎成了听广播时背景的静电干扰音。当晚，格蕾丝负责的街区暂时安全，因为无法忍受斯托克斯先生的沉默，她主动开口道："您听说了查令十字街的情况吗？"

月色中，格蕾丝看到斯托克斯先生抿了抿嘴，竟不自觉地感慨起来，原来自己已经锻炼出如此敏锐的视力，即使在黑暗中也能看得清对方下巴上有个小伤口，应该是昨晚轰炸时弄的。

"我听说了，"他咽了口唾沫，声音有些沙哑，"那些人太惨了。"他没再说什么，没有对炸得四分五裂的尸体或浓烟滚滚的街区多做描述，没有对炸成废墟的房子和无家可归的人多做渲染。

就这样，两人又是半天没说话。最终两人来到德里斯科尔夫人家门口，夫人的尸体已经被救助队处理了，斯托克斯先生手揣口袋驻足房前，盯着残垣断壁看了许久。

"我还没谢谢你呢，班尼特小姐，"他低头继续道，"昨天晚上我情绪失控，是你提醒我应该继续执行任务。"

之前，格蕾丝没想到他会一言不发，此刻更是没想到他竟谦逊地感谢起自己。"应该的，我们是搭档啊。"

"多亏你一直保持清醒，否则会有更多人丧命。"他转头看着格蕾丝，"我敬佩你的临危不乱。"

"我怀疑，"她慢悠悠地回答，忍不住逗弄起对方来，"我之所以能做到临危不乱或许因为我是女人。"

斯托克斯嘴角流露出笑意，苦笑着回应道："我当初太蠢了，是吧？" 她歪歪头，默不作声，他当然不蠢。

从那一夜开始，他们相处得越来越融洽，发展出一种患难与共的情谊。

执行艰难任务时，这种情谊当然必不可少。一个星期后，一个浓雾弥漫的夜晚，德军对他们负责的区域发起了疯狂袭击，损失巨大、伤亡惨重，惨无人道的轰炸一直持续到第二天清晨。

阳光穿过滚滚浓烟洒向地面，危险暂时解除的警报终于拉响。格蕾丝快速走到一栋倒塌的房子前，她知道这家住户躲在地下室，应该还有生还的可能。

救援人员开着一辆破旧的卡车停在路边，这时局，想找一辆好车也不容易。那些人下了车，表情严肃，多日来他们见证了太多可怕的场面。他们个个身材魁梧，连续作战让他们练就了一身肌肉。看着骷髅一样被炸飞了窗户的房子，他们的眼神空洞而茫然。

她一边告诉救援人员该从哪里开始挖掘，一边大声呼喊房主的名字。整个早上她一直跟着救援人员忙前忙后。

“班尼特小姐。”耳边传来一声呼喊。

她本来正在一堆碎砖中翻找有价值的东西，听到有人喊她便立即站起身。喊她的是一个年轻人，正朝她的方向跑过来。

“可找到您了，”年轻人上气不接下气地说，“炸弹，韦瑟福德夫人家——”格蕾丝吓得血都凉了。

韦瑟福德夫人。

她转身就跑，把那青年、救援人员和废墟统统甩在了身后。她飞速穿过几条街，终于跑到家门口。房子正面似乎并没有破损，但她知道不能高兴得太早，只有打开门看见里面的状况才能最终确定夫人是否安好。

她三步并作两步跑上台阶，一把把门推开，整个人都蒙了。

家里跟她前一天晚上出门时没什么两样，褪色的地毯下的木头地板被夫人擦得锃亮，厨房的门开着，看得见里面黄白相间的色调。

她一边往客厅走一边大喊韦瑟福德夫人的名字，客厅里没人。她冲进厨房，深吸一口气又喊了一声，结果差点跟迎面走来的韦瑟福德夫人撞个满怀。

“有人跟我说咱家被炸了。”格蕾丝声音有点大。

韦瑟福德夫人面容憔悴，微笑着回答说：“是有炸弹，不过没爆炸，你也看到了，一切不都好好的吗？”

夫人透过厨房的窗户朝外指了指，格蕾丝看到园子里的防空洞上落着一枚巨大的炸弹，已经把防空洞彻底压塌。那是一个难看的大家伙，比格蕾丝的个头都大，背部有个鱼鳍一样的突起，乌突突的金属外壳沾满了沙砾。格蕾丝知道那东西里装的是炸药，若是爆炸的话足以把几栋房子夷为平地，里面的人也很难幸免。

格蕾丝突然一阵后怕。

如果炸弹真的炸了，韦瑟福德夫人早已血肉模糊，格蕾丝不知自己该如何面对那样的惨状。

“我已经通知了空袭防御办，拆弹小组马上就过来。”韦瑟福德夫人语气平淡，一副无所谓的样子，仿佛根本不知道其中的利害。

格蕾丝摇摇头：“您差点就没命了，要是炸弹炸了，要是炸弹真炸了，这里就会被夷为平地，您也……”

“这不是没事吗，亲爱的。”韦瑟福德夫人示意格蕾丝来桌子这儿坐下，还给她倒了一杯茶。格蕾丝看到夫人的手腕上戴着她前几天刚送的手链，上面清清楚楚地写着夫人的名字和住址。

格蕾斯看到那手链情绪越发激动，拉起韦瑟福德夫人的手，一直拉着不放，一路把她拽出了厨房，“您差点就……”格蕾丝的说话声抖得厉害，“您万一要是像……”

像德里斯科尔夫人一样，可德里斯科尔夫人的名字格蕾丝并没说出口。

“我现在不是好好的吗？”韦瑟福德夫人叹了口气，仿佛还很遗憾。

格蕾丝一直把她往门外推，夫人也没再执拗。

“万一呢。”看到街上有白天执勤的空袭防御督察员，格蕾丝吹响了她的哨子，她通知所有人撤离，等到炸弹拆除后再回来。

她和夫人也撤到了几条街以外。直到两人在妇女服务队开的餐厅里坐下，手里捧上温吞的茶水，格蕾丝才算放松下来。她看着韦瑟福德夫人开了口：“我知道您心里不好受。”

韦瑟福德夫人慢慢闭上眼，表情极为痛苦。

“求您了，”格蕾丝声音沉重，“我已经目睹了太多惨剧，我知道炸弹爆炸后场面有多可怕。”

韦瑟福德夫人的目光游移到格蕾丝的外套上，阳光下衣服上的沙砾和血渍格外明显。

韦瑟福德夫人之前从来没注意过这些。

流动餐厅里的其他人也跟格蕾丝一样，有的是志愿者，有的是受害者。

“要是您出事我怎么办？”格蕾丝声音沙哑，她低声道，“我无法——”她说着，眼泪夺眶而出。

韦瑟福德夫人捂着嘴，声音含糊：“哦，格蕾丝，亲爱的，对不起。”

时间过得很慢，拆弹部队用了几个小时才把炸弹安全转移走，这么长的时间，两人没再说过一句话。

当天夜里格蕾丝不当班，她收拾好东西准备去菲灵顿地铁站排队，韦瑟福德夫人在一旁也默默收拾出了一小包行李。

从那天开始，韦瑟福德夫人每晚都会去地铁站找地方睡觉，一句怨言也没有。

整个十月，德军的炸弹就没停过，月圆那几日最是凶残。现在，月亮在伦敦人的眼中俨然成了给战斗机照明的卫星，这么说一点也不过分。

皎洁的月光下，泰晤士河宛若一条环绕黑暗伦敦的银色丝带，德军可以清楚地判断出攻击目标所在的位置。

死亡人数成百上千，伤者更是不计其数，许多人无家可归，伦敦城的各个角落火灾肆虐，消防员已经不够用了，空袭防御督察员都被派去协助完成救火的工作。

连日来伦敦城饱受摧残，已经皮之不存，露出了内部的骨骼。不过，丘吉尔首相还是竭尽全力向德军封锁伤亡消息，每晚，新闻播报伤亡数字时都隐去了具体的伤亡地点。被炸的商店可以换个地方重新开业，之前的位置报不报道都无所谓，难过的是受害者家属，他们没办法第一时间为逝者刊登讣告，有时一拖就是一个月。

战事再紧、伤亡再大，生活也还得继续。人们会想办法寻开心，想办法在冰天雪地的日子到来之前享受晴朗的天气。如果接下来几个月的天气像上一个冬天那么寒冷的话，那才真的是雪上加霜。

十月下旬的一天，天气异常晴朗，天空万里无云，格蕾丝宁可少睡一会儿也想出去感受一下这为数不多的好天气。她从辛普·马歇尔书局订的书还没到，于是便有了出去转转的借口。

她跟埃文斯先生说她想过去问问情况，先生什么都明白，笑着告诉她不用着急回来。格蕾丝沿着帕特诺斯特·罗大街悠闲地踱着步，很短的距离她却比平时多走了好几分钟。空气中透着一丝寒意，不过阳光很慷慨，照在身上感觉很舒服。

格蕾丝自从第一次听从命运的安排来过帕特诺斯特·罗大街后，又曾无数次地造访过这里。虽然在打仗，但大街上依旧可见熙熙攘攘的行人；如果非要说这里与战前有何不同的话，那只能说这条街现在似乎更繁忙了，买书的人越来越多，人们需要阅读陪伴自己在防空洞度过漫漫长夜。因为轰炸，之前满眼穿城而过的红色巴士已不多见，即使有也都停靠在千疮百孔的路边，车皮皱皱巴巴，像被扔掉的玩具汽车。现在满街跑的巴士颜色各异，绿色、蓝色、棕色、白色，偶尔才能见到一辆红色公交。

人行道上，小商小贩还在卖力兜售着自家生产的吃食，但是因为食品配给，很多吃食不得不改用了新的配方。顾客虽然对此怨声载道，抱怨说味道大不如前，但购买的队伍还是排得老长。

格蕾丝对这里的所有商家都了如指掌，包括沿街叫卖的商贩和固定商铺及出版商。她踱着步子走进一家熟悉的书店，跟店主打过招呼后便开始悉数他们的新书。这时她可不是什么竞争者，只是一个普通读者。整条大街都是书店，走在这样的街上让人觉得是件很光荣的事，文学爱好者都愿意来这儿转转，总能找到志同道合的朋友。

她现在明白为何所有人都劝埃文斯先生把书店搬到这里了。话虽如此，不过就连她自己都无法想象，如果樱草山书店真的搬离霍希尔巷，搬离那一排排联排别墅，那还是樱草山书店吗?

她那天的心情特别好，特意拜访了普里查德－波茨书店，刚进门就看到普里查德先生正在用一根绳子逗弄斑斑。猫咪扬起小爪子，执着地在空中抓来抓去，完全沉浸在自己的世界，门上的铃铛响都没回头。倒是普里查德先生被铃铛声吓了一跳，绳子都掉到了地上，斑斑见状立即扑了上去。

“班塞特小姐，”普里查德先生清了清嗓子，指着被猫咪缠在身上的绳子解释说，“嗯，我……我是在训练它的反应，希望它能早点帮我抓住老鼠。”

普里查德先生永远记不住格蕾丝的名字，不过她并不介意。看到他拙劣的训猫方法，她笑着说：“我相信您的训练一定很有效果。”普里查德先生目光炯炯地扫了一眼自己的店铺，心想格蕾丝肯定觉得他这里太乱了，于是便把脖子缩进深色上衣，咂吧咂吧嘴开口道：“你把埃文斯先生的书店打理得太好了。”他把手插进口袋，抿了抿嘴：“你觉得我这儿……”

樱草山书店现在已步入正轨，而普里查德－波茨书店又离那儿颇有段距离，因此不可能对其构成威胁，想到这些，格蕾丝便给这位老人出了几个主意，告诉他如何给书店做宣传、如何整理不同门类的书目，等等。老人显然对整理书目不太感兴趣，但听到做广告的建议时他十分认同地点了点头。

她在普里查德－波茨书店待的时间有点长，若是放在以前，她无法想象自己会在如此混乱的地方待这么久。从普里查德先生那里出来后，她开始朝家的方向走。她并不着急，走得很慢，经过内斯比特阅享书屋时，她看到橱窗上贴着“每天下午现场读书会”的海报。

这不是格蕾丝一直在做的事吗？

看到为人苛刻的邻居居然明目张胆地抄袭她的做法，她不禁哑然失笑。但她一点也不生气，如果能用这种方式给置身黑暗中的人带来快乐，她为什么要生气？

再说了，不管内斯比特夫人的读书会效果如何，樱草山书店的听众并没有因此而减少。空袭期间，菲灵顿地铁站的站台上总是挤满了人，如果有人因工作原因错过了樱草山书店的读书会，便会第一时间跟周围的人打听错过的部分，而后再认真听她讲后面的内容。

她早就读完了《米德尔马契》，后面又读了好几部名著，包括《双城记》和《爱玛》。之所以读《爱玛》是为了响应季德林夫人的强烈要求。

当然，格蕾丝还是更喜欢在书店里给大家朗读。埃文斯先生给她弄了一个厚实的靠枕，她坐在第三级台阶上读书时可以靠在上面。因为没有空袭，她也不用提高音量跟炸弹声较劲。就是在这样一个午后，当她给大家朗读《南里丁》时，注意到听众最后一排坐着一个小男孩。《南里丁》是乔治推荐给她的，她读后产生了深深的共鸣，有一种意犹未尽的感觉。

“读书可以带给我们无限的希望”，乔治在来信中写了这句话，审查人员无论如何也没有理由把这样的内容剪掉。他还反复强调说：“我无时无刻不在思念着你。”

这封信，连同之前他的所有来信，她都视若珍宝，这两句话尤其宝贵，深深烙印在了她的脑海，每天都会拿出来重温好多遍。

《南里丁》确实是一部鼓舞人心的作品，故事的背景是“一战”之后的英国，讲的是社会各界团结一致重建家园的故事。主人公是一位女校长，书中讲了她如何排除万难给绝望的人带去了活下去的勇气和希望。这个故事非常有力量，它能让人们明白，不管命运何等不公，只要大家勇敢向前，都可以成就更好的自己。

当今的英国人不也正面临着同样的困难和挑战吗？

坐在最后一排的那个男孩子瘦瘦高高的，乱蓬蓬的头发上戴着一顶帽子，压得很低，身上脏兮兮的衣服一看就是大人的，上衣松松垮垮地垂在他消瘦的肩膀上，裤子肥肥大大地在脚踝处甩来甩去。

朗读开始后他才溜到最后一排，坐在了高大书架的阴影里。他似乎不想引起任何人的注意，却反倒让他更为显眼。格蕾丝一下子就看到了他：他蜷腿坐下，往上抬了抬帽檐，露出憔悴的小脏脸，听得非常入神。格蕾丝讲完后，他又是第一个静悄悄地离开，站起来时特意压低了帽子。那次之后，男孩每天下午都过来，穿着同一身脏兮兮的大衣服，每次都是悄悄地来、悄悄地走，好像不想被任何人看见。

可是，谁能无视这样一个窘迫的孩子呢？

格蕾丝每次都在他常坐的地方留下一些吃的，一个苹果或是一片面包，可他从来看都不看一眼，应该是觉得是旁边人的东西。格蕾斯确定他需要帮助，也知道谁能帮得上忙。

当天晚上，她和韦瑟福德夫人坐在厨房的餐桌边吃晚饭，夫人做的是伍尔顿馅饼，就是一种在马铃薯饼皮上撒上蔬菜酱料的吃食。韦瑟福德夫人自从知道这道菜的菜谱后已经做了好几回，每天早上听完英国广播电台的八点新闻，夫人都会准时收听《厨房前线》这档节目，伍尔顿馅饼的制作方法就是她收听这档节目的成果。

格蕾丝在寡淡的饼皮上倒了点蔬菜酱料，感觉这是一个谈话的好时机，于是便开口说："您还在妇女服务队帮忙吗？"

韦瑟福德夫人用餐巾擦了擦嘴说："没有。"夫人回答得干脆利落，"我觉得自己对国家一点用处也没有。"

"您怎么能这么说，您为我可是做了太多太多啊。"格蕾丝津津有味地咬了一大口馅饼。

韦瑟福德夫人抿抿嘴，露出一丝笑意："你的贡献倒真是抵得过两个人了，所以你得保持体力，每天得多吃点。"

"要是有人需要您呢？"

"没人需要我。"

"我就需要您，"格蕾丝反驳道，"我认识一个小男孩，他也需要人照顾。"

"小男孩？"韦瑟福德夫人看上去非常疲惫，不过还是耐着性子应对。

格蕾丝跟夫人说了那个小男孩的情况，说他来听自己读书时样子多么可怜："我觉得他肯定没有父母，但又超过了孤儿院接收的年龄。"

韦瑟福德夫人身体靠在椅背上，感慨道："好可怜的孩子。"

其实，这样的孩子并不少见，孤儿院早已人满为患，很多年龄稍长的孩子就成了街头的流浪儿，他们自己养活自己，不需要别人照顾，至少他们自己这么认为，但他们的衣衫褴褛、骨瘦如柴都说明他们年纪还太小，根本照顾不好自己。

韦瑟福德夫人摇摇头，问她说：“可我能做什么？”

格蕾丝抬了抬肩膀：“我觉得您能帮上忙，只是我还没想好怎么帮他。他不应该再这样混下去，像他这样需要帮助的孩子还有很多。”

韦瑟福德夫人沉默不语，但格蕾丝注意到她眯起的眼中闪过了一道光芒。这让她想起了柯林出事前的夫人，那时候的她眼里永远闪着光。夫人虽然表现出一副事不关己的样子，但很明显，她脑子里已经开始盘算解决的办法。

当天晚上的执勤任务非常艰难，炸弹实在太多了，有一枚险些让格蕾丝和斯托克斯先生丧了命。德军除了继续利用轰炸机投掷炸弹，还开始使用地面炸弹，就是让炸弹随着降落伞落到地面后再爆炸，其威力更大，可以波及方圆两英里的范围。

格蕾丝虽然已经见过不少受害者，但每一位逝者依然会让她动容，每个人的名字都深深地留在她心里，每个相关的记忆都刻在她的脑海中。有这样感受的并非她一人，救援服务队的每个人都跟她一样，他们在瓦砾中寻找尸体，或是任何被炸飞的身体部位，他们一边搜寻一边传递酒瓶，传到谁手中谁就喝上一口。没有彼此作为精神支柱，想要完成如此残忍的任务简直太难了，这样的工作不管做多久，都不可能对发现的尸首熟视无睹。

一天早上，格蕾丝完成执勤任务后身心俱疲地回到家，突然闻到烤面包的香气，这让她低落的心情得到了些许缓解，韦瑟福德夫人已经很久没烤过面包了，这次估计是动用了她私藏的面粉。她的勤俭真是个好习惯，过去几个月充分证明了这一点，限供的食品且不论，就连那些没被列入配给清单的东西，也不是想买就能买得到。

格蕾丝心里清楚夫人的面包是做给谁的。

下午，韦瑟福德夫人在格蕾丝开始朗读之前便赶到了书店，在听众中快速搜寻着一个身影。那个男孩非常准时，在格蕾丝开始前赶来并找了个地方坐下。待到格蕾丝读完最后一段，那孩子照例第一时间站起身准备离开，韦瑟福德夫人也迅速站了起来。

格蕾丝一边记下自己读到的段落，一边用余光留意韦瑟福德夫人的一举一动。

夫人走近角落里的孩子，把面包递给他，他抽了一下鼻子，用一双大眼睛静静地看着对面的老妇人，他默不作声地站了好久，格蕾丝差点以为他会拒绝夫人的好意。

韦瑟福德夫人点点头，说了句什么，格蕾丝离得太远没听清楚。那孩子简直动如脱兔，一下子接过面包，塞进自己的上衣口袋，随后便飞快离开了。

韦瑟福德夫人看了一眼格蕾丝，朝着她骄傲地点点头。她做到了，至少解决了那孩子一日的餐食。

格蕾丝知道韦瑟福德夫人绝不会止步于此，接下来的每一天她都会过来。当天下午，格蕾丝回家后发现堆在地上的信都不见了，被整整齐齐地放在了旁边的小桌上。

最上面的一封信是薇芙寄来的，下面一封来自乔治。她竟然同时收到两个好友的来信，这一定是个好兆头。果然，格蕾丝打开信后发现两人都在信中表达了同一个内容，是值得女孩子为之尖叫的好消息。

薇芙和乔治都会回伦敦与她们共度圣诞。

16

格蕾丝是十月末收到的薇芙和乔治的来信，两人信中都提到会回来过圣诞。谁能想到之后的一个星期，伦敦竟也迎来了一个久违的没有轰炸的夜晚。

这一天天气很糟，雷声滚滚、暴雨如注，一道道闪电无数次划破夜空。当晚正好赶上格蕾丝执勤，她和斯托克斯先生一开始就觉得这样的天气德军应该不会轰炸，结果证明果真如此。但或许正是因为没有危险，再加上雨下个不停，执勤时间显得无比漫长。

第二天早上，大家从地铁站里出来时眼睛都格外明亮，脸上情不自禁地挂着笑容。是啊，好久没睡过这么一个安稳觉了。格蕾丝低头看看自己身上湿透的衣服，忍不住羡慕起他们，她也想好好睡上一觉。今晚她不用执勤，果然也睡得不错。

没有空袭警报频繁骚扰，她也算睡了个囫囵觉。

当然，安宁毕竟是短暂的，这一夜并非没有轰炸，只是爆炸密度比较低而已。

这样的夜晚多少能让人好好睡一觉，心理上也能让人放松一些，持续了几个星期的杀戮似乎终于有了缓解。菲灵顿地铁站用它坚实的顶棚守护了太多生命，这一点毋庸置疑，但那里绝不是睡觉的好地方，地面坚硬不说，售卖的茶水比外面咖啡馆的还要贵一倍，最主要是太嘈杂，总有人来回换地方，还有人不停说话、咳嗽、打鼾，吵吵嚷嚷，乌烟瘴气，在这样的地方怎么可能睡好觉！

不过话说回来，地铁站虽然没有柔软的床安稳舒服，但面对空袭的危险，地铁站的地再硬，也总好过无处藏身。

秋去冬来，英国的天气简直糟透了，伦敦人民从未因为坏天气而如此欢欣鼓舞，他们本以为浓雾、暴雨、大风会让德军无计可施，没想到敌人的进攻却变本加厉。

报纸上充斥着各地受灾的信息，报道的细节当然要经过审查，有时其实根本就没有什么细节，不过是笼统地描述了爆炸的惨状。这样的消息听得越多，伦敦人就越明白孩子们还得继续留在乡下，还得托付给陌生人家无偿照看。

格蕾丝无法想象如果让一个孩子见证无休无止的爆炸，他会有什么感受，比方说每次来听她读书的那个男孩子，他不会害怕吗？

那个半大孩子在韦瑟福德夫人面前终于不再那么拘谨了，夫人对他的良苦用心让格蕾丝想起了柯林，柯林对待受伤的小动物也总是小心翼翼，生怕吓着它们。过去的点点滴滴让格蕾丝百感交集，也让她明白战争的伤痛永远无法愈合的道理。

柯林就是柯林，没有任何人能够取代。

不过，看到韦瑟福德夫人似乎慢慢找到了活下去的希望，格蕾丝内心无比欣慰。

十二月中旬，夫人的不懈努力终于有了点成效。那孩子听完读书会后会在书店多待一会儿，这次格蕾丝试探着朝夫人和那孩子走过去，生怕自己的唐突把孩子吓走。

“他知道你跟我是一起的。”韦瑟福德夫人朝格蕾丝挥挥手，“快过来，认识一下吉米。”

男孩摘下帽子，低下头，露出他油乎乎的脏头发。不过他马上又抬起头，用那双蓝汪汪的大眼睛看着格蕾丝。“谢谢您给我们读书，还有，谢谢您给我准备的吃食。”

埃文斯先生站在孩子身后，看到眼前的一幕朝着格蕾丝挑了挑眉，好像在问需不需要他帮忙，格蕾丝不动声色地摇了摇头。

“我们很愿意帮你，”韦瑟福德夫人回答说，“我能问问你父母在哪儿吗？”

吉米身体晃了一下，回答说：“他们都死了。”

格蕾丝虽然早就想到了这个答案，但亲耳听到时还是会感到心痛，这孩子年纪这么小，一个人要怎么生活？

“他们是怎么死的？”韦瑟福德夫人继续问。

那孩子端了一下肩膀：“一天晚上他们出门办事，正好赶上空袭，那之后就再也没回来过，所以我想应该是被炸死了。”他说话的声音很低，还带着一股孩子气。他揉了揉下巴，格蕾丝注意到他下巴上长了几根细小的绒毛。“他们跟我们说——”他意识到自己说错了话，眼睛睁得老大，马上改正说，“不是我们，是我，他们告诉我，说他们很快就会回来，结果却再也没回来。”

韦瑟福德夫人当即从中听出端倪。

“我们？”她追问说，“吉米，跟我们说实话，我们只是想帮你。”

他用鞋尖点了几下地板，格蕾丝看到他的鞋已经破烂不堪。“还有我妹妹，莎拉。”他腼腆地看了一眼格蕾丝，“她也喜欢听您的故事，可是我不太敢把她带出来，她太小了，我都是回家之后再把我从您这儿听到的故事转述给她。”

“圣诞节来我家过吧，”韦瑟福德夫人说，“带着你妹妹一起来，我那儿有些衣服可以送给你们。”

说到后半句话时，夫人虽然语气轻松，但格蕾丝知道她内心一定非常痛苦，那并不是些随便什么衣服，而是她的爱子柯林的衣服。

那孩子扫了一眼周围，神情明显有些紧张：“嗯，我想一想。”

“别想了，就答应我吧。”韦瑟福德夫人坚持道，“我会准备非常漂亮的圣诞布丁，或许还会有糖浆馅饼。”说完，夫人告诉了他自家的地址。

吉米咽了一下唾沫，仿佛已经品尝到了美食的味道。他点点头，低声道了句谢谢便快速离开了书店。

“还有你，埃文斯先生，也来跟我们一起过圣诞吧，”韦瑟福德夫人大声说，“人多热闹，一个人有什么意思？”

埃文斯先生从一个书架后面探出头来：“你这女人，又开始瞎操心了？”

“你这男人，又开始不知好歹了？”她抿着嘴，满怀期待地看着对方。

他笑了笑，没说话。

“那就这么定了，下午两点到啊！”她语气轻松，两眼炯炯有神，格蕾丝感到一股暖流涌上心头。

埃文斯先生不知又躲到了哪个架子后面：“好，知道了，两点。”

几天后的一个下午，格蕾丝下班后回到家，窝在沙发上翻看查尔斯·狄更斯的《圣诞颂歌》。她已经读过狄更斯好几部作品，这本她特意留到临近圣诞才开始看。

家里的客厅做了装饰，不过并非传统的圣诞装饰。由于灯火管制，圣诞树上没有了闪亮的灯饰，因为买不到新鲜的常青树枝，只能凑合着挂上画报折成的花环，就连节日卡片也因为纸张限制受到了影响，又小又薄，根本立不住，只能蔫头耷脑地靠在壁炉架上。

格蕾丝十分怀念小时候跟母亲一起度过的圣诞节，可依照现在的时局，没人能像以前那样庆祝圣诞了，很多人甚至离开伦敦去了乡下。

但凡乡下有亲戚，大家都找个由头去亲戚家过节了，格蕾丝却完全没有这种想法。

格蕾丝坐在那儿刚看了几页《圣诞颂歌》，忽然听到门外有钥匙开门的声音，紧接着门就开了。

韦瑟福德夫人正在厨房忙着做饭，也不知道她用了什么魔法，竟然在食品如此匮乏的时期想办法做出了香肠。外面开门的如果不是夫人，有家里钥匙的就只剩下一个人了。

对，就是薇芙。

格蕾丝尖叫着从椅子上跳起来，进门的正是薇芙。薇芙把东西放下，也冲着格蕾丝一通大叫，明艳的红唇绽放出耀眼的笑容。

薇芙一头红色卷发上戴着军帽，即使穿着卡其色的军装也比很多穿着时尚服装的人时髦。

“格蕾丝，”薇芙跑过来给了格蕾丝一个大大的拥抱，格蕾丝闻到她身上甜甜的香水味道，隐约夹杂着湿羊毛的膻味和刚从外面进门的寒气。

格蕾丝紧紧搂着自己的好朋友：“终于又见到你了。”

“是呀，咱俩太久太久没见了，”薇芙用冰冷的手捧起格蕾丝的脸，一边端详一边说，“我可太想你了，我的鸭宝宝。”

“是薇芙吗？”韦瑟福德夫人推开厨房门，看到眼前的一幕不禁热泪盈眶，“又见到你真是太好了，亲爱的。”

薇芙咧嘴笑着回应道：“我也很高兴见到您。”她朝韦瑟福德夫人走过去，紧紧搂着夫人，搂了很久才松开，像是在告诉夫人柯林的死她也十分难过。有些话不用说出来，大家都能心领神会。

韦瑟福德夫人趴在薇芙肩头，表情十分难过，薇芙想说什么她都明白。夫人把薇芙推开，用手帕擦了擦眼角的眼泪，开口道：“你赶紧收拾收拾，我把水烧上，你可以住在……”夫人哽咽着继续道：“你想住哪个房间都行。”

她没再多做解释，径直跑去厨房准备烧水，她哪里需要做什么解释啊！

她想说的自然是薇芙可以住柯林的房间。

“我还想跟你住一间，”薇芙摘下军帽，把它挂在门口的衣帽架上，“我在部队一直是四人一间，所以我不介意跟人合住，不过，要是你已经习惯了一个人住，我就住柯林的房间。”

“哪能习惯，我一直很想你。”格蕾丝抢先拎起薇芙的行李爬上了楼。

格蕾丝进了房间，把薇芙的包放在她参军前睡的铁架床上。薇芙走后，格蕾丝把她的被褥拆洗了一遍，而后一直保持着干干净净的状态。

薇芙打开行李，把里面的东西掏出来，两人一点也不生分，总是有着说不完的话，仿佛从来没分开过似的。

格蕾丝跟薇芙说了好多：包括自己和夫人遭遇肉切虫的全过程，逗得薇芙哈哈大笑；包括柯林牺牲后夫人经历的痛苦和后来对吉米的关爱，听得薇芙又是一通流泪；还有自己在空袭防御督察办的工作以及与斯托克斯先生的搭档经历。不过，格蕾丝没有说她的工作有多危险，更没有告诉她自己目睹过的可怕场面。

其实她不讲薇芙也能猜得到，她太了解格蕾丝了。听格蕾丝讲完伦敦的惨状，薇芙走到好朋友跟前，摸了摸格蕾丝手腕上的手链，“这里比我想象的还要可怕，”她低声说，“你虽然没说，但我知道督察员需要承担的职责，我知道你的工作有多危险。”

“我只是在尽自己的微薄之力罢了。”格蕾丝回答说。她跟薇芙这么久才能见上一面，又是在圣诞这个欢乐时刻，她可不想重提那些痛苦的经历。“你怎么样？你来信的好多关键信息都被审查人员涂黑了，我只能凭借想象力脑补很多细节。”

薇芙笑着说：“是吗？那我可得卖个关子了。”

“你不会是个间谍吧，”格蕾丝说，“被派去了法国，在敦刻尔克大撤退中拯救了好几船的战士，然后又穿着貂皮大衣飞去了德国，亲自从希特勒那里打探出无数机密。你任务完成得非常出色，为我们取得了十分重要的情报，由于有了你的付出，这场战争马上就要结束了。”

薇芙笑着回答说：“要真是那样就好了！我就是一个普通的雷达操作员，你能想象吗？”她一边把一件粉色毛衣开衫叠好放进抽屉，一边继续道，“没想到我数学学得还不错吧。”

“我早就知道你很厉害，”格蕾丝是认真的，她一直觉得好朋友低估了自己的能力，“操作雷达很难吗？”

薇芙跪坐在五斗橱前回答道：“很刺激，不过也很痛苦。我们亲自送走了很多战士，送他们去德国完成轰炸任务，而我们中很多人就是出征军人的妻子。”说到这儿，她开始咬嘴唇里侧，格蕾丝知道她又开始紧张了。

关于战争，好多话都不需要说出口，很多事大家都心照不宣。

格蕾丝看过多架被击落的德军战机，既然英国能击落德国轰炸机，德国也不可能放过自己领空的英国轰炸机，很多飞行员的命运都是有去无回。

“不过，我们部队的舞厅倒是很棒。”薇芙站起身，从床头柜的抽屉里掏出一瓶指甲油，那是她参军前买的，一直留在家里。“军人到了那儿都排着队地跳舞，一跳就是一整夜。”

薇芙拧开指甲油的瓶盖，一股刺鼻的味道散满了整个房间，让人想起两人以前在德雷顿农舍的深夜恳谈，还有午后采摘种子时对日后伦敦生活的憧憬。

这些美好的回忆让格蕾丝脸上绽放出会心的微笑。她们当时哪能想到有一天竟然双双来到伦敦，一个成了空袭防御督察员和书店的店员，另一个在部队操纵起了雷达。

“那些男兵都排着队等着跟你跳舞吧？”格蕾丝开玩笑道。

“才不是呢，”薇芙用小刷子刷过拇指的指甲，留下了一道樱桃红色，“格蕾丝，你去过伦敦西区吗？”

听说伦敦西区的一些酒店把地下室改成了舞厅，很多人在那儿度过漫漫长夜。然而，去那儿容易，半夜想要回家可就难了。地铁站到了晚上就成了伦敦市民的避难所，地铁自然是坐不了了，而出租车也很难打到，大半夜的，谁愿意冒死赚那点辛苦钱呢。因此，去那儿的人大多会带上一身换洗衣裳，除了舞厅门票，还得花钱订间客房，第二天早上再吃顿早餐。

“我——你还不了解吗？”格蕾丝盘腿坐在床上。

薇芙看了看自己刚涂好的指甲，瞥了一眼格蕾丝笑着说：“那我们一定得去一趟，大家都说伦敦西区到了晚上歌舞升平，去了一定不会后悔。”

若是让格蕾丝自己去舞厅，她肯定不会去的，也没那个时间；不过，既然薇芙邀她一起，或许她能玩得挺开心。

格蕾丝点点头：“好，有时间我们就去。”

薇芙微笑着看着她：“你一定不会后悔的，我保证。”

薇芙说得没错，她们第二天就去了格罗夫纳酒店，每人花两先令买了赠送鸡尾酒的舞会门票。她们都穿上了最漂亮的摆摆裙，薇芙穿的是一件时尚红裙，裙摆打着褶，刚好与她的红色指甲和红唇相配，格蕾丝穿的是一件从薇芙那借来的水蓝色挽袖裙。为了抵御十二月的严寒，她们在外面套上了暖和的外套，坐上一辆出租车后便朝着公园大街方向出发了。格罗夫纳酒店周边堆满了沙袋，酒店窗户也被蒙得严严实实。

她们把过夜的行李寄存在前台，随后便被领进了舞会大厅，爵士乐悠扬的曲调荡过亮闪的地板，飘向高高的棚顶。大厅前的舞池里好多人在翩翩起舞，女人伸出穿着丝袜的长腿跳着吉特巴舞，忘情地扭动着屁股，旋转的裙子露出里面的内裤，似乎也毫不在乎。

格蕾丝心潮澎湃，暂时忘记了过去几个月的疲惫和阴霾。

薇芙要了两杯法兰西 75 鸡尾酒，看到格蕾丝一脸疑惑，她解释说："这是我最喜欢的鸡尾酒，"现场的音乐声很大，薇芙只能提高嗓门，"这个酒的劲儿比较大，喝了你就有胆量走下舞池了，我的鸭宝宝。"

鸡尾酒盛在高脚杯里，内壁上跳动着气泡，格蕾丝喝了一口，味道酸酸甜甜，还冒着气儿，刚喝一口就觉得身体暖暖的。薇芙说得没错，一杯酒下肚，格蕾丝郁积的压抑立即消解，身体不由自主地随着现场的灵魂爵士乐舞动起来。

格蕾丝和薇芙不停地跳啊跳啊，请她们跳舞的有军人，也有因工作原因还留在伦敦的员工，有时她俩也会互为舞伴。格蕾丝笑得脸都僵了，这一夜的刺激、酒精和舞蹈让她得到了充分释放。

自德军发起闪电战以来，这是她第一次纵情自我。这一夜，她没想过炸弹，没想过伤亡，也没想过自己的努力是多么微不足道。

她觉得自己又活了。

再次焕发了青春的活力。

她真的很开心。

这才是她最初和薇芙来伦敦的原因——她们要恣意挥洒青春，要开心度过每一天。

第二天一早，前一夜流光溢彩的余韵依然让她们忍不住嘴角上扬。她们洗了澡，收拾妥当，走出了格罗夫纳酒店的大门，重新走进了大雪纷飞、硝烟弥漫的世界。

天已大亮，格蕾丝再次闻到熟悉的战争味道，像一记重拳打在身上，前一晚的兴奋当即烟消云散。她们刚走出一尘不染的酒店，就看到街上落满了碎石和碎玻璃，周围好几处建筑还在着火，空气中充斥着汽油味，德军应该是向伦敦投掷了燃烧弹。

格蕾丝这才发现空中飘浮的并非雪花，而是灰烬。

“需要为您叫车吗？”酒店的服务员问她们。

“怎么回事？我们在里面怎么什么也没听到？”格蕾丝一脸错愕地问那位服务员。

“我们酒店四周围垒了好几层沙袋，”服务员的语气有点骄傲，“能有效阻隔爆炸的声音。”

格蕾丝只觉得后背发凉，那种冷与刺骨的寒风无关。在地下舞池，没人通知她们空袭警报响了，若真有炸弹扔下来，那么一屋子人得有多大的伤亡。里面的人好像生活在另一个世界，全然不在乎外面的硝烟，他们该唱唱、该跳跳，灯红酒绿，歌舞升平。想到这些，格蕾丝不禁打了个寒战。

短暂的快乐被强烈的负罪感瞬间取代。

伦敦遭遇了轰炸，很多人失去了家园甚至生命，志愿者没日没夜地辛劳，尽其所能帮助受害者，而我，而我却在跳舞。

格蕾丝心如刀绞，她本可以在街上帮忙的；她本可以向很多人施救、给他们安抚；最不济也可以向急救队员提供一些有价值的信息，告诉他们哪栋房子住着什么人；她本可以背着脚踏式灭火泵帮忙救火；她本可以……

薇芙挽起格蕾丝的胳膊说道：“走，咱们坐地铁去。”

“我本来可以帮忙的。”格蕾丝机械地跟着薇芙，就连服务员跟她们说小心慢走她都没有回应。

“你也可能遇难！”薇芙实在听不下去了，大声反驳她，格蕾丝从来没听过薇芙这么大声地跟她讲话。

薇芙说得没错，每个人都可能遇难，再厚的墙、再多的沙袋也可能无济于事，即使躲在地下也可能遭遇不幸。格蕾丝之前就听说好几个避难所被炸了，里面的人本来是去避难的，结果却惨遭轰炸，被埋在了废墟之下。

酒店竟然没有通知她们外面发生了空袭。

她们踩在落满玻璃碴子的街上发出嘎吱嘎吱的响声，迎面忽然袭来一股热浪，附近一堆废墟还在着火。

“这种场面你经常见吗？”薇芙低声问格蕾丝。

“当然，”格蕾丝皱了皱眉，“我昨晚真该出来帮忙的。”

“不是的，”薇芙挡在格蕾丝前面，看着她的眼睛，“你已经在透支你的身体，你需要出来散散心，哪怕只是一个晚上也好，昨天晚上你什么也没做错。”她看看周围，不敢相信眼前发生的一切，随即又转回头看着格蕾丝继续道，“老天，我简直无法想象你每天过的是什么样的日子。”

她紧紧抱着格蕾丝，格蕾丝闻到薇芙身上熟悉的味道，是那种花香味道的香水，非常浓郁，甚至盖过了周围空气中呛人的硝烟气味。“你太勇敢了，”薇芙低声道，“太勇敢了。”

勇敢。

格蕾丝从没想过有人会用这个词来形容自己，她并不勇敢，她不过是在完成督察员的本职工作。如果说让格蕾丝用一个词形容自己，她无论如何也想不到“勇敢”。

薇芙挺直后背，擦了擦眼底的泪，抬起头，忽闪着一双大眼睛自我解嘲地笑着说：“我不能再这样下去了，否则我的妆就花了。走，咱们回家，你得在下午之前好好休息休息。”

听到薇芙的提醒，格蕾丝的脸一下子红了。乔治跟她约好了，说晚点会去家里接她。他们已经整整一年没见，下午他要带她出去约会。

昨晚的舞伴中好几个人想约格蕾丝吃饭，还有人说会给她写信，有几个大胆的家伙甚至想跟她索吻，说什么他们这一走可能就再也回不来了，如果真是那样，格蕾丝就成了他们吻过的最后一个人。她自然是拒绝了所有人，不过她也很是注意措辞，不想对人家造成伤害。跳舞时，她会尽量避免跟同一个人下两次舞池，生怕让对方误会。

当天下午，格蕾丝先是补了一小觉，醒来后薇芙就开始大惊小怪地对她约会的穿着发表意见，最终两人达成一致，选了一件樱桃红色的真丝百褶裙，格蕾丝自己觉得太过花哨，但薇芙认为非常完美。格蕾丝搭了一双红色皮鞋和一个红色绲边的黑色手包，头发也被薇芙做成了时下最流行的样式，是外翻的大卷。

在薇芙极力的怂恿下，格蕾丝竟然同意涂一点口红。不得不承认，口红的颜色跟裙子很搭，这是格蕾丝从小到大第一次涂口红，口红的质感原来如此丝滑，像新买的丝袜。

“他肯定会为你倾倒！”薇芙挑着眉毛夸张地说。

格蕾丝看着镜子里的自己，双颊绯红。

“对，你脸红时更迷人。”薇芙高兴地拍起了手。一番打扮后，两人终于下了楼。

韦瑟福德夫人正坐在门口等着她俩，看到格蕾丝的刹那，夫人一下子捂住胸口：“哦，格蕾丝啊。”

格蕾丝羞得浑身发烫，担心韦瑟福德夫人觉得自己打扮得太过夸张。格蕾丝从未如此大面积地穿过红色，况且还是真丝质地，她其实根本没有什么红色的衣服。

“你简直太漂亮了，亲爱的。”韦瑟福德夫人一边摇头一边长舒了一口气，“要是你妈妈活着，看到你出落得如此漂亮，她得多开心啊。”

格蕾丝还没来得及回应夫人，门铃就响了，她紧张得差点绊个跟头。

她跟乔治约好早一点见面，早一点吃晚饭，这样他们的约会就不会被无情的空袭打断，也不会耽误她晚上督察员的执勤任务。她看了一眼手表，他比说好的时间提前了一分钟。

韦瑟福德夫人做了个“哦”的嘴型，快速躲到门后，腾出空间让格蕾丝自己去开门。格蕾丝控制着内心的激动，尽量缓慢地把门拉开，若是依照她真实的感受，她会迫不及待地把门拽开，这样就可以早一秒见到阔别已久的心上人。

门外站着的正是乔治。过去几个月，她一直给这个男人写信，跟他倾诉自己生活的点滴，跟他分享内心真实的想法。正是眼前这个男人把她领进了阅读的美妙世界。

整整一年过去了，她终于见到了自己的心上人。

17

再次见到乔治·安德森那双魅力四射的蓝色眼睛，格蕾丝的内心小鹿乱撞。

一年过去了，他终于再次出现——乌黑的头发还是一丝不苟地梳在两边，一身蓝色皇家空军军装，双手从容地背在身后，像士兵稍息时的动作。看到格蕾丝的一霎，他张了张嘴，却一时语塞。

他咽了口唾沫，清了清嗓子，终于开了口："班尼特小姐——格蕾丝——你真是……"他摇摇头，像是要找个合适的表达。

格蕾丝第一次见到他张口结舌的样子，之前几次见面他总是滔滔不绝，看来他真的被自己惊艳到了，这不禁让格蕾丝有了点小兴奋。

"光彩照人，"他最后咧着嘴笑着说出这句话，"你真是光彩照人啊。"

他把手从背后拿到前面，把一本书递到格蕾丝面前。雍容的紫色封面上印着金色图案，是一个人站在木桶上，最上面是烫金的花体书名——《名利场》。

“我本来想带束花的，但好像伦敦种花的地方都被种上了圆白菜。”他晃晃手中的书，好像还在仔细斟酌，“所以我就带了这个，我觉得你会喜欢，信中你没提到这本书，所以我想或许你还没有看。”

“嗯，我的确没看过。”格蕾丝摇摇头，想到跟对方说了太多自己的事，不禁害羞了起来，“这比送花好多了。”

格蕾丝转回到房里，把书放在门口的小桌上，发现韦瑟福德夫人和薇芙正一脸期待地看着她笑，格蕾丝也笑了，回头对站在门口的乔治说：“给你介绍一下，这是我两个最亲密的朋友——韦瑟福德夫人和薇芙。”

乔治走进门，先是被引见给了薇芙，薇芙礼貌地跟对方打了招呼，而后他又转向韦瑟福德夫人，夫人看到如此帅气的小伙子也一时语塞，真心为格蕾丝感到高兴。

韦瑟福德夫人带着花痴脸跟乔治聊着天，先是问他回伦敦的路上顺不顺利，而后又询问他远在肯特的父母状况如何。

终于过了朋友这关，乔治重新回到格蕾丝跟前，伸出了胳膊。格蕾丝跟在他身后出了门，然后挎着他的胳膊走向已经停在门口的出租车。

他还没来时格蕾丝紧张得要命，现在他来了，格蕾丝内心充盈着满满的幸福感。他们虽然见面不多，但却有着非常深入的交流，知道彼此最真实的想法。写信似乎更容易让人敞开心扉，这么久的书信往来早已让两人的心走到了一起。

这虽然是两人第一次正式约会，但他们对彼此已经非常了解，称得上是心有灵犀。

乔治打开出租车后排座的门，让格蕾丝先上了车，而后自己绕到另一侧坐在了她旁边。他剃须水的味道弥漫在出租车狭小而密闭的空间，最初在书店见面时他身上就是这个味道，格蕾丝觉得非常熟悉。

“给我讲讲你的读书会好吗？”他率先开了口。

格蕾丝跟他说了都有什么人来听她读书，而她又给大家讲了哪些故事，乔治听得非常认真，嘴角一直带着笑。司机一路开着车，穿过伦敦的大街小巷，偶尔看到弹坑前面立着“请绕行”的牌子便会多绕上一段路。

她希望乔治带她去一个小餐厅，比如卡多玛咖啡馆这样的地方。咖啡馆外面垒了很多层沙袋，即使发生空袭里面也很安全。可谁想到出租车竟然停在了利兹酒店的豪华拱门前，她紧张得口干舌燥。

她从来没来过这么高档的地方。当初在德雷顿三更半夜跟薇芙聊天时，她倒是幻想过有朝一日能去这么好的地方体验一下。

“我以为……”格蕾丝一时不知说什么是好，“我以为咱们会去一个咖啡馆之类的地方。”

乔治冲她咧嘴笑着，回答她说：“我这次只有三天假期，很可能只能带你出来一次，所以要正式点。”他先下了车，一边伸手扶格蕾丝一边说：“希望你喜欢这里。”

她把手放进他温暖的手掌，被他扶着下了车，“我喜欢！”她说。

酒店服务员推开大门，将他们请进了豪华的酒店。她一路挽着他的胳膊，欣赏着酒店的金碧辉煌。走过酒店大堂，他们被带进用餐区，里面摆了很多双人位的桌椅，桌布精致整洁，椅子华丽舒适。

格蕾丝事先想到利兹酒店会很奢华，但眼前的一切还是超出了她的预期。

椭圆形的天花板上挂着好几盏吊灯，每盏灯之间有花环连接缠绕，吊灯的每一颗吊坠都精美得像项链上的珠宝。餐厅的每处设计都富丽堂皇，从脚下卷轴图案的厚地毯到图案精美的墙壁和天花板，每处细节都万分考究。

格蕾丝感觉自己像是走进了世外桃源，在场的每个人都光鲜亮丽，穿着十分讲究，这样的打扮只适合这里，可去不得防空洞或满眼废墟的大街小巷。餐厅的空气中弥漫着食物的香气，是外面很难买到的东西的味道，有糖果的香甜，也有优质肉类的美味。不知道在哪个角落，钢琴师正优雅地敲击着琴键，弹奏出美妙的音乐，让她想到美好夏日的欢声笑语。

餐厅最前面立着一棵优雅的圣诞树，上面的饰品闪闪发光，不像她们在家里的装饰，因为买不到彩灯只能把画报折成饰品挂在树上。

服务员把他们带到角落的一张双人桌边，桌上摆着一瓶大丽花。

格蕾丝看着桌上的鲜花做了个淘气的表情："你不是说伦敦没有鲜花只有圆白菜了吗？"

格蕾丝笑了，马上又开始晕眩起来："看来还是利兹酒店有门路！"

二人落座后侍应生便走了过来，把菜单交到他们的手上。菜单用花体字罗列了许多菜品，格蕾丝看到最上面一道菜是伍尔顿馅饼，她想到韦瑟福德夫人，如果她知道利兹酒店也有这道菜，还给它起了个洋气的法国名字，不知道她会做何感想。

格蕾丝没有点伍尔顿馅饼，而是选了一份烤牛肉，吃起来鲜嫩多汁，跟她们在肉铺买的牛肉口感完全不同，与其说她们买的是牛肉，还不如说是牛油。

乔治也点了相同的牛肉，前菜点了一份胡萝卜沙拉。

"胡萝卜沙拉？"格蕾丝惊讶地挑起眉毛，"吃胡萝卜真的对视力有好处吗？"

"反正政府是这么宣传的。"他眨了眨眼。

最近伦敦街头确实出现了很多海报，都在宣传吃胡萝卜的好处，说能帮人提高夜间视力，对飞行员尤其有帮助。

"那你觉得呢？"格蕾丝虽然是在开玩笑，但也很想知道乔治的答案。最近她多吃了好多胡萝卜，但夜间执勤时并没觉得自己的视力有什么改善。

他咧嘴笑了笑："有没有用我不知道，但德军听到我们的宣传后也开始督促他们的飞行员多吃胡萝卜了。"

"真的吗？"

他笑了，格蕾丝突然意识到他又成功绕过了自己的问题。之前格蕾丝问她战争中的职责时他就巧妙地回避了。格蕾丝问他是不是在法国，他只回答了一个地方：敦刻尔克。格蕾丝看到他脸上警觉的表情，想到他在战争中目睹的惨痛画面，知道自己不该再继续追问下去。

乔治作为战斗机飞行员曾被派驻到苏格兰阿克灵顿的第 13 大队，他驾驶的是飓风战斗机，去过敦刻尔克。关于他军中的任务，格蕾丝只知道这么多，很多关于皇家空军的事乔治都不能说。

言多必失、祸从口出，格蕾丝想起政府让人们管住嘴的宣传口号。

"你跟我说说，你怎么知道我会喜欢《基督山伯爵》呢？"格蕾丝问他。

这个话题毫无禁忌，他一听眼睛就亮了，"因为没有人会不喜欢《基督山伯爵》。"

"你好像格外喜欢。"她喝了口红酒，等着对方告诉他那本旧书背后的故事。

"那本书是我祖父送给我的，"乔治露出温柔的微笑，"我小时候每年都会坐火车去多塞特，会在祖父的农舍住上几天。他的房子就在悬崖边上，可以俯瞰大海，房子里有一个特别大的书房。"他张开两只手，像在比画书房究竟有多大，"书房占了房子一半的面积，里面全是经典之作，不过我最喜欢的一直都是《基督山伯爵》。后来我上了大学，没办法经常去看他，他就把这本书寄给了我。"

“多塞特。”格蕾丝靠在椅背上陷入了沉思，“我听说那里非常漂亮。”

“嗯，没错。”乔治两手环绕着酒杯，歪着头似乎陷入了美好的回忆，“我非常想念那里，想念那里海风的味道，每次站在悬崖边，海风总是会不由分说地把我的头发和衣裳吹乱。天气好的话，我们就会去海边走走，脚下的沙子晒得暖暖的，不过海水还是会很凉。”

格蕾丝有一种身临其境的感觉，好像海风也吹乱了她的头发和衣裳。“听上去就很美。”

“也许有一天你也有机会去那儿。”他默默举起酒杯，看着她，喝了一口。

侍应生走过来，又端来一盘她此生吃过的最奢华的餐食。他们一边吃，格蕾丝一边回想自己来伦敦后经历的变迁。他告诉她自己在苏格兰跟两位飞行员成了好朋友，还跟她讲述了那些说出来也不违反纪律的生活点滴。

格蕾丝看了一眼他背后蒙得严严实实的窗帘，感慨地说：“我们待在这儿，甚至感觉不到外面在打仗。”

乔治看了看四周：“那我们就假装本来就没在打仗吧。”

“假装？”格蕾丝笑着重复了一遍。她最不会假装了，从小就不会。假装？那样会不会太傻了？不过这倒引起了她的兴致。

“对啊，假装。”他喝了一口酒，歪着头思考，“假装战争从来没有开始，假装你一直在书店工作，为人可爱，冰雪聪明，对书的好坏有着非常独到的鉴赏力。”

格蕾丝被他逗得咯咯地笑。“那你就是一位帅气的工程师，酷爱文学，有幽默感，特别会说话。”

他也笑了，笑得像个天真的孩子。“好，这个我喜欢。明天我们两个有很多安排，我们要冒着鹅毛大雪在街头漫步，要去海德公园听人唱圣诞颂歌，我还为你准备了一大捧鲜花。”他看了一眼桌上红紫相间的大丽花，想了想说，“我准备的是一大捧玫瑰。”

“然后我们再去剧院看剧，就看狄更斯的《圣诞颂歌》。”她补充说。

“我也喜欢那本书。”乔治看到侍应生走过来便先住了嘴。等侍应生走了他又继续道，“那本书虽然有点幼稚，但我每年圣诞都会拿出来重温一遍，这段时间我正在看。”

“我也在看，”格蕾丝回应说，“我一直留着，特意等到圣诞前才开始。”

“查尔斯·狄更斯的细节总是处理得特别好，他写的故事总能让人过目不忘。”

查尔斯·狄更斯也是格蕾丝最爱的作家，哪怕只是听到他的名字她都会兴奋。“那你读过《匹克威克外传》吗？”

他眯起眼睛仔细回忆：“我应该读过，但时间太久了，具体说的是什么我记不清了。”

“那你一定要再看一遍。”格蕾丝兴致勃勃地凑到乔治跟前，“故事讲的是匹克威克先生和他的几个好朋友去英国乡下旅行时一路上发生的搞笑故事，比方说——”格蕾丝马上捂住嘴，生怕自己把故事情节说出来，“我还是别透露了，你自己读吧，肯定会有惊喜。”

他笑盈盈地看着她：“好，我一定看。下次给你写信我就告诉你其中我最喜欢的场景。”

他们俩一直聊啊聊啊，不仅聊了喜欢的书，还回顾了两人书信中提到的事，好多细节没办法写在信里，现在倒是个分享的好机会。

有这样的佳人做伴，在这样漂亮的地方，很容易就把轰炸的残忍忘了；吃着新鲜的牛肉，品尝着美味的酱汁，很容易就把食品配给的窘迫忘了；看着眼前的乔治，全神贯注地跟他聊天，很容易就把外面的世界忘了。

时间过得真快，他们还没聊尽兴约会却不得不结束了。格蕾丝晚上还有空袭防御督察员的执勤任务，而乔治也得赶末班车回肯特的坎特伯雷，在那里陪父母过圣诞。

坐在回家的出租车上两人没再说话，像是一种默契，他们要好好体味这相聚的最后时刻，期盼下一次的重逢。格蕾丝到家了，乔治陪她下了车，把她送到门口，窗户被蒙得严严实实，灯火管制的街区一片漆黑。

格蕾丝站在门口，没有马上进去，乔治就站在她身边，跟她离得很近。这一晚上，除了出租车上并排坐在一起，这是两个人第一次靠得这么近。她陶醉在乔治干净的气味里，恨不得把这一夜的每一秒都烙印在脑海。

"谢谢你今晚带我出来。"她说话时呼吸有点急促，甚至有点呼吸困难，语气也不太自然。

"我必须承认，过去几个月我每天都盼着今天的到来。"乔治轻轻拉起她的手，还特意跟她十指相扣。

她感觉皮肤麻酥酥的，像雷雨来临之前空气中充满了静电。她回应说："我也是。"

"能跟你通信我特别开心，"他声音低沉而温柔，"我知道战争期间想维持一段关系很困难，所以，如果你在伦敦遇到合适的人——"

"不。"格蕾丝没等他把话说完。

他们两人都笑了，是害羞而紧张的笑。

"我盼着你来的每一封信，"她用拇指按着他的手背，两个人的关系好像更近了一步，"每次我遇到什么奇怪或好玩的事，我总会想到你和薇芙，惦记着下次写信时讲给你们听。"

“我没有权力让你一直等我，”他又向前迈了一步，两人的身体几乎贴在了一起，空气都变得稀薄了，“我们都不知道这场战争还得打多久。”

“乔治·安德森，我愿意等你，你值得我一直等下去。”说完这话，她感觉自己心跳加速。

他举起左手，轻抚格蕾丝的脸颊，把自己的嘴唇印在她的唇上。这温柔而甜蜜的吻让她的大脑瞬间一片空白。

他很绅士，不像当初德雷顿的西蒙·琼斯那么饥渴。

乔治跟西蒙不一样，他体贴、细心，无论做什么都尽心尽力。虽然只是轻轻一吻，却深深打动了格蕾丝的心，她知道这辈子已经认定了眼前这个人。

“晚安，美丽的格蕾丝，”他用食指托起她的下巴，停留片刻，又遗憾地放下，“我盼着你的来信，答应我，你一定要好好的。”

“嗯，你也要好好的。”她看着他的眼睛，心已醉，“我等着你早日归来。”

他咧开嘴，黑暗中露出一排白牙。格蕾丝一下子推开房门，吓了薇芙和韦瑟福德夫人一大跳，两人正一副八卦表情守在门口听着外面的动静。

格蕾丝回手把门关好，韦瑟福德夫人不好意思地望了望天棚。

“你们俩这是守在门口喝茶呢？”

“哦，好吧，你别问了，”薇芙摆摆手，“你知道，我们俩就是在听墙根，你们俩简直太不像话了，说话声音那么小，我们俩一个字都没听见。”

门外传来出租车引擎的声音，格蕾丝知道这下乔治真的走了。谁知道下次见面会是何年何月？最快也要几个月以后吧。

她摸了摸自己的嘴，上面还残留着他的余温。她会一直幸福地等着他，几个月，哪怕几年也没关系。

这世上没有人能取代乔治·安德森。

“哎呀，”韦瑟福德夫人终于失去了耐心，“快跟我们说说。”

自从柯林死后，格蕾丝从来没见过夫人如此兴奋，于是便毫无保留地把所有细节都告诉了她俩。也不是所有细节，有一个细节她没有说，就是他烙印在她心里的那个吻，那是属于她一个人的秘密。

今年的圣诞节不像去年格蕾丝在伦敦过的第一个圣诞那般热闹。轰炸不断，街上少了唱颂歌的人，对外开放的剧院也没有几家，有些剧院被炸毁得非常严重，已经无法正常营业。

然而，格蕾丝和微芙竟奇迹般搞到一场平安夜哑剧演出的门票。圣诞节的剧情把她们带回到小时候，儿时在布雷顿，她们也看过类似的表演，只是论制作，的确没办法跟伦敦剧场的演出相比。圣诞节当天，韦瑟福德夫人在准备大餐时，像平时一样把放好食材的盆盆罐罐通通塞进了烤炉，这样就可以一下子把所有东西做好，能节省不少燃料。她准备了不少东西，所有菜品一起出炉，场面相当壮观。

即使遭遇食品配给限制，韦瑟福德夫人也总有办法在厨房做出各种美味。为了迎接圣诞，政府把糖和茶的配给份额提升了一倍，韦瑟福德夫人不仅把新买来的食材都用到了圣诞大餐上，还调用了自己的存货。

夫人做了糖浆馅饼、无花果布丁和圣诞蛋糕，但是因为配给买不到水果干，这次的圣诞蛋糕显得不够地道。蛋糕表面装饰着腌制过的冬青叶，这是英国食品部给民众的建议，说是可以把冬青叶子浸泡在盐水里以保持其鲜亮的颜色，圣诞节时可以拿出来作为装饰增加节日气氛。

当天，韦瑟福德夫人一直兴致很高，但格蕾丝看得出她强颜欢笑背后的难过。没人注意时，她的笑容会从嘴角消失，像痛苦突然来袭，五官会扭到一起。

格蕾丝知道那种痛。

那是失去亲人的痛。

那是怀念柯林的痛。

柯林的离去让夫人觉得自己不再完整，何止是不完整，根本就成了失去灵魂的躯壳。

他的笑容，他的温柔，他的阳光——没有他的圣诞怎么可能跟以前一样。再用多少冬青叶和画报制成的花环来装饰，也不可能驱赶走夫人内心的痛苦和阴霾。

大家事先说好今年圣诞不送礼物，不过所有人还是为彼此准备了一些小东西。韦瑟福德夫人为格蕾丝和薇芙准备了香皂，薇芙为夫人和格蕾丝织了围巾，格蕾丝则为夫人和薇芙弄了些巧克力。巧克力的外包装是蜡纸，不像以前用的都是锡箔纸，据说现在锡箔都被派上了大用场，不能再用作包装纸了。巧克力吃上去没有以前那么甜了，而且还特别易碎，不过看到两人拆开礼物时脸上绽放的笑容，格蕾丝知道，巧克力永远还是巧克力，不管包装是锡箔还是蜡纸，里面的东西永远会给人带来甜蜜的快乐。

圣诞大餐不仅好看，而且美味，在这样的非常时期，哪怕只是多加一点点糖都能化腐朽为神奇。埃文斯先生带了一瓶红酒，应该是存了多年的私藏，只等到有什么特殊场合才拿出来庆祝。他和韦瑟福德夫人一下午都在斗嘴，像是家里不省心的一对兄妹，不过两人都没有恶意，眼睛里闪着温存的光。

唯一的遗憾是吉米和他妹妹没有来，韦瑟福德夫人最是失望，她已经把柯林的旧衣服都打包好放在了圣诞树下，还专门按照吉米的身量做了改动，此外还有一包女孩儿的裙子和外套，是薇芙特意为吉米的妹妹做的。

薇芙第二天要出发前往凯斯特，想到这个，众人都十分难过，圣诞节的短暂欢乐留下的似乎只有灰烬，整幢房子让人感觉比以往更加黑暗、更加孤寂。

对于薇芙的这次离开，最难过的是韦瑟福德夫人，她好像再次失去柯林一般，又变得失魂落魄。终于到了节礼日的第二天，她这才恢复了精气神，拿着事先准备好的一大盒没吃完的圣诞蛋糕、面包卷，还有给孩子们的礼物，去了樱草山书店。

吉米也来了，看到韦瑟福德夫人时有些不好意思，不过他并没有一听完故事就离开，这让夫人和格蕾丝很是欣慰。

“圣诞节我带妹妹去了救助站，”他摘下帽子，表情沉重，“我不好意思占用你们的食品配额。”

在这样一个悲惨的世界，一个一无所有的孩子却还能替比他条件好得多的人着想，格蕾丝越发心疼眼前这个小男孩。

“你不需要担心我们。”格蕾丝说。

“我们当天准备了很多东西，根本吃不完。”韦瑟福德夫人把盒子端到他面前，打开盒盖。

蛋糕在大玻璃碗里盛着，旁边是给吉米和他妹妹的礼物。

他惊讶地抬起头：“您给我留得太多了。”

韦瑟福德夫人摆摆手：“我做了你和你妹妹的份儿，只可惜你们没来。”

“打开包裹看看！”格蕾丝催促道。她心里知道韦瑟福德夫人肯定想看那孩子当面打开礼物。

吉米迟疑了一下，不过还是把包裹从盒子里拿了出来。他并没有像很多小孩一样迫不及待地撕开包装，而是小心翼翼地把上面的绳子解开，把它缠在手上，团成一小团后又放回到盒子里，最后才慎重地把包装纸展开。

只有一无所有的人才会这么做，因为他们知道日后包装纸还会派上其他用场。对他们来说，礼物不仅是包在里面的东西，也包括外面的包装。

他直勾勾地看着里面的衣服，有三件衬衫、三条裤子，还有两件套头衫和一件厚外套。

他使劲抽了一下鼻子，用脏兮兮的袖子在鼻子上抹了一把。

“这礼物太贵重了。”他声音沙哑，抬起头眼泪汪汪地看着格蕾丝和夫人，使劲抿着嘴唇。

韦瑟福德夫人摇摇头说：“这哪儿够啊。”

当天下午，韦瑟福德夫人克制着内心的痛苦再次走进了妇女服务队，她要继续在那里尽她的绵薄之力。这次，她把注意力放在德军闪电战造成的遗孤身上，她内心充满了力量、充满了干劲，这是格蕾丝收到的最好的圣诞礼物。

就这样过了两天，再次轮到格蕾丝和斯托克斯先生执勤，她还没出门就听到外面响起了刺耳的空袭警报，爆炸的轰鸣划破了寂静的夜。格蕾丝毫无准备，吓了一跳，圣诞前夜至今伦敦一直很太平，应该是圣诞期间双方达成了停火默契。格蕾丝抬头看看天，天空乌云密布，这种天气并不适合空袭，而且天色尚早。

六点刚过，格蕾丝带着韦瑟福德夫人往菲灵顿地铁站的方向走，到那儿后夫人一个人去排队等着进站，格蕾丝则急忙赶往空袭防御督察站点。还有一个小时她就要上岗了，所以没必要进地铁站待一个小时。再说，她也不想给投机分子赚钱的机会，等她走了，有人会把她的位置占为己有，随后再以两先令的价格卖给晚来的人。

格蕾丝赶到防御站点时斯托克斯先生已经到了，看来斯托克斯先生跟她想到一起了。看到格蕾丝，斯托克斯先生咧嘴笑着说："看来今天德国的飞机提前了。"

"是啊，至少应该等我们上岗了再开始啊。"格蕾丝戴好头盔，系好卡在下巴上的皮带扣。

斯托克斯先生嘟囔了一声，表示认同。

外面，一架架飞机飞过，带动起强大的气流，格蕾丝甚至觉得脚下的大地也在一起颤抖。

今晚肯定不好过。

她走出围了好几层沙袋的站点，走进十二月底湿冷的夜。映入眼帘的不是一团漆黑，而是被映红了的天空，附近一处正在着火，就在圣保罗大教堂边上，距离泰晤士河不远。

飞机轰隆隆地飞过头顶，机舱打开，向附近街区投掷了无数炸弹。炸弹降落时喷发出许多小的炮筒，发出嗖嗖的声响，而后就听到那些小炮筒穿透房顶或砸在人行道上的声音，碰撞过后噌噌地冒出火苗。

"是燃烧弹！"格蕾丝一边从肩头把脚踏灭火泵拿下来，一边冲着斯托克斯先生大喊。

她没有回头，知道斯托克斯先生跟在身后。过不了几分钟火势就会蔓延到无法控制的程度，他们必须马上出手。

他们在两条街外发现了第一枚燃烧弹，弹药筒向外猛烈喷吐着燃烧的炸药，闪耀着白色的光斑。家家户户都在门口放了水桶或沙子，有的甚至堆放了沙袋。格蕾丝拎起一个沙袋，用它挡住自己的脸，冲着火源把沙袋扔了过去。袋子一着地，里面的沙子就散落了出来，刚好把火扑灭。格蕾丝没工夫看沙袋灭火的效果，刚扔下这个就赶紧跑向了下一个火源。

“班尼特小姐，”斯托克斯先生大声喊着格蕾丝的名字。他已经准备好脚踏式灭火泵，旁边有一桶水，他想把手中的水管递给格蕾丝。

格蕾丝接过水管，跑到一栋房子前，那边好几处灌木已经起火，她快速打开水管，朝着火源一直喷水，直到扑灭才把管子放下。

他们已经有了经验，知道要格外留心镁这种化学物质，它遇到水不但不会熄灭反而会爆炸，不过它只是刚燃烧时会这样，也就是说，喷射绿色白光的燃烧弹最为危险。

他们跑了整条街，重复着同样的动作，先用沙袋和喷雾器把火苗熄灭，火势如果蔓延得太快，他们就改用脚踏式灭火泵。终于，火势得到了控制，两人靠在刚把火扑灭的一栋房子外大口喘着粗气，十二月底寒风凛冽，但他们却热得直冒汗，同时也为自己灭火的战果激动不已。

头顶又有一排飞机飞过。

然后又是嗖嗖的声响。

格蕾丝的心一下子沉到了脚底。

扑通一声。

第一枚燃烧弹砸在几步以外的人行道上，伴随着一道道火花发出嘶嘶的声响。

扑通，又是一声。

不到喘口气的工夫，第二枚燃烧弹也落了地。

周围落满了燃烧弹，根本数不过来有多少枚，好像从盒子里倒出来的发卡，噼里啪啦地散落了一地。

格蕾丝和斯托克斯先生没有时间多想，只能快速采取行动，与新一轮的火苗展开战斗，整条街被火焰映成了白昼。他们一路扑火，追着火势转过街角，格蕾丝意识到他们已经到了阿尔德门大街，旁边就是消防站，只可惜消防站也遭遇了火灾，消防员正从轮式水箱往外抽水，然后喷射在着火的墙上。

远处，泰晤士河口处又飞过一架飞机，接着又是熟悉的嗖嗖声，随即燃烧弹就像雨点一样砸向了伦敦城。

现在也指望不上消防员了，他们都在忙着救消防站的火，格蕾丝和斯托克斯先生没有别的办法，只能继续战斗。

这场战斗不管持续多久，他们都得坚持下去。

格蕾丝和斯托克斯先生总算把自己辖区的火扑灭了，可泰晤士河附近的火却越烧越旺。

他们好几次跑去樱草山书店，担心那里遭遇火情，不过那里一切安好。埃文斯先生也已经去了菲灵顿地铁站，在那儿还能跟韦瑟福德夫人做个伴。知道两位老人都安全，格蕾丝心里踏实了不少。

伦敦的天空被映得一片火红，樱草山书店还好，隐蔽在阴影里安然无恙。正在这时，他们又碰到 位消防员，对方满头大汗，脸上的黑水一直往下淌。

“如果你们辖区暂时安全，可不可以来帮帮我们？”他指着远处加快了脚步，“帕特诺斯特广场那边着火了，有什么能用得上的东西你们都一起拿过来吧。”

18

格蕾丝本来忙得热火朝天，但听了消防员的话却顿时脊背发凉。帕特诺斯特广场着火了，附近的那些书店都还好吗？帕特诺斯特·罗大街就在广场旁边，辛普·马歇尔书局不会有事吧？那些打印店、出版社和书店都还安全吗？

格蕾丝和斯托克斯先生二话不说，背起脚踏式灭火泵、拎着水桶跟在消防员身后，一口气跑了好几条街。跑得越近，火情看得越清楚，熊熊大火把广场变成了人间炼狱，消防员围在四周，把水从出租车牵引的水车里抽出来，朝着大火不断喷射。

背靠背式高射炮向德机发起了反攻，攻势虽然很猛，但还是有炸弹不断落下，紧随其后的就是爆炸的轰鸣。

格蕾丝和斯托克斯先生距离帕特诺斯特广场越来越近，迎面吹来的空气也越来越热，简直就像把脑袋伸进了热烘烘的烤箱。

“格蕾丝，我们稍停一下。”斯托克斯先生在她旁边喘着粗气，累得腰都直不起来了。

他说了句什么话，但刚好一枚炸弹落到附近，片刻安静后发出了震耳欲聋的爆炸声，震得他们脚下的大地直发颤。

“我们还不能停。”格蕾丝加快脚步，用尽浑身力气往前飞奔，绕过帕特诺斯特·罗大街的街角，她这才终于停下脚步。

帕特诺斯特·罗大街曾是被圣人保佑的地方，如今为何会变成地狱？

令人窒息的烟柱从火焰中喷涌而出，烧焦的书页散落在满是废墟的街道上，像从鸟儿翅膀上撕扯下来的片片羽毛。

整条街火光冲天，只有几栋建筑幸免于难，可能它们的主人在屋顶安排了防火监督员，所以才能将火及时扑灭。但这样的建筑所剩无几，只有那么零星几栋。

书店最怕着火，那么多书，本身就是最好的火种，一根火柴就能点燃整家书店。很多房子的石板屋顶上都跳动着蓄势待发的火苗，先是吞噬了房内昂贵的实木家具，而后又从破碎的窗户蔓延开来，就连建筑外墙的漆面也未能逃脱烟熏火燎。

曾经自诩藏书几百万册的辛普·马歇尔书局也未能躲过厄运，火势极其凶猛，像极了火葬场的火化炉。

格蕾丝右手边的房子火势尤为严重，火像是从里面烧起来的，火舌吞噬着一排排书架，贪婪地在一列列整齐的书脊上奔跑。

燃烧的建筑好像有了心跳一般，活脱脱一只喘着粗气的野兽，誓将挡在面前的东西通通消灭。

格蕾丝听到有人喊她的名字，熊熊燃烧的房子在咆哮，眼前的一切让人不寒而栗。

她动弹不得，无法将目光从眼前这可怕的一幕移开，这么多书，足有几百万册，就这样没了，就这样付之一炬了。

突然什么东西撞到了她，把她撞翻在地，一股滚烫的热浪朝她袭来，沙子和尘土刮伤了她的脸和手背。

一时间她恍惚了，等她反应过来时发现斯托克斯先生挡在自己前面，整栋房子塌成了一堆废墟，滚落的砖石冒着红色的火苗。

“你没受伤吧？”斯托克斯先生大声问她。

格蕾丝摇摇头：“我们得找些水来。”

他环顾四周，神情痛苦：“我们得看看还有没有幸存者。”

他说得没错，火势太大，根本控制不了，周围消防员将水车里的水都用尽了，却不过是杯水车薪。

格蕾丝看到再隔几个店铺就是普里查德－波茨书店，那是为数不多没着火的房子，但明显也遭了轰炸，房子右边缺了一块，不过幸好主体还在。它旁边的店铺却没那么幸运，已经成了一堆废墟。

好在帕特诺斯特广场周围住的人并不多，很多人都因过节去了乡下，估计会等新年伊始再回来，不过也还是有些人因无处可去不得不留在这儿。

普里查德先生就是如此。

他肯定还在自己的公寓里，也就是普里查德－波茨书店的楼上。他之前总是对公共避难所说三道四，抱怨那些避难的人在地铁站或加固的建筑里乱丢垃圾，把里面搞得乌烟瘴气。

格蕾丝冲到书店前，发现房门已经被炸飞，进去后里面漆黑一片，唯一的光亮来自窗外的大火。架子上的书都散落在地上，像坠落的鸟儿七零八落。

外面突然传来一声哨响，紧随其后的是巨大的撞击声，整栋房子都在颤抖，灰泥从天花板上飞落，好几本书从书架上甩了下来。

“普里查德先生！”她大喊。

没有人回应。

这时候也讲不了那么多礼数，她找到房门，敲也没敲推开后径直往楼上跑去。她明显感觉到房子根基不稳，一直在自己脚下微微晃动。

她借着外面的火光在房间里寻找，房间很旧，早该修了，不过这会儿没时间想这些，她看到墙角有个斜歪的古玩柜，下面伸出一条细腿。

“普里查德先生。”她再次呼喊对方的名字。

依然没有回应。于是她跪下身子，确定柜子压着的就是普里查德先生，她使劲推了一下家具，柜子却一动没动。炸弹爆炸的地方应该就是这附近，这房子本身就不结实，再加上受到波及，所以很可能会塌方。

非常可能。

挪不挪柜子已经不重要——格蕾丝找到普里查德手腕上脉搏的位置，摸了一会儿，发现对方已经一命呜呼。

普里查德先生走了。

外面又是一声爆炸的巨响，冲击力之巨大，差点把格蕾丝推个跟头。就在这时，她听到一声可怜的猫叫。

她朝着猫叫声跑过去，伸长脖子往沙发下面看，躲在里面的斑斑已经吓坏了。她一把把它拽出来，猫咪也没有挣扎，倒像是很感谢她。格蕾丝往楼下跑时感觉到斑斑紧紧扒着自己，像生怕被丢下似的。

终于跑了出来，斯托克斯先生站在马路中间，两边是熊熊燃烧的大火。消防员举着水管不断向房子喷水，制服都淋湿了，但每个人都毫无怨言，继续坚守着自己的岗位。

斯托克斯先生看了一眼斑斑，问她说：“里面还有幸存者吗？”

格蕾丝想到普里查德先生一动不动被压在柜子下面的画面，她抱紧斑斑摇了摇头。

一阵风吹过巷子，火借风势烧得更旺了，火星噼里啪啦地四处纷飞。周围的热浪越来越凶猛，格蕾丝觉得浑身滚烫，骨髓仿佛成了即将融化的蜡油。

她小时候总觉得壁炉里的余烬非常漂亮，一明一暗，像是火焰仙子；可现在她再也不会觉得火光有什么浪漫了，大火无情，正在吞噬建筑和生命。

“我们得离开这儿，”斯托克斯先生满头大汗，一边说一边看了一眼迅速蔓延的火势，“他们已经没水了，我们在这儿也什么都做不了。”

格蕾丝带着斑斑跑到圣保罗大教堂，那里没着火，把它寄存在那儿应该暂时安全。一位躲在里面的教民主动提出帮格蕾丝照看猫咪，把小猫接过去后温柔地把它抱在了怀里。

格蕾丝把猫咪放下后就和斯托克斯先生跑回到着火的街道，头顶还不断有飞机飞过，浓烟滚滚中虽然看不到飞机的样子，却听得到飞机马达的轰鸣，当然还有不断落地爆炸的炸弹和扑通扑通引发灾难的燃烧弹。

一位消防员站在燃烧的房子前面，手里的水管已经没水了，管子耷拉在地上。“他们把水管线炸断了。”看到过来帮忙的格蕾丝和她的搭档，他发出无奈的感慨。

“能不能从泰晤士河引水过来？”斯托克斯先生问。

爆炸切断了给消防栓供水的水管线，引水是唯一的可行的措施，泰晤士河可以被用作水源。

可是，听了斯托克斯先生的话，消防员并没有采取任何行动，两眼无助地看着被大火吞噬的建筑，应了一句：“现在水势太低了。”

格蕾丝觉得皮肤被火烤得火辣辣地疼，问他说：“这话是什么意思？”

那人无奈地垂下头：“根本没有水，现在我们什么也做不了，只能眼看着大火蔓延。”

大火真的肆无忌惮！格蕾丝和斯托克斯先生继续寻找可能的幸存者，消防员已无计可施，眼睁睁看着火焰贪婪地吞噬一座又一座建筑。三百年前伦敦曾遭遇过一场大火，当时大火也是势不可当，烧毁了伦敦无数建筑，伦敦的市中心被烧成了一片焦土。眼前的这场大火不会带来同样的灾难吧？

格蕾丝想起威廉·哈里森·安斯沃思在《曾经的圣保罗大教堂》里描写的可怕场景，如果灾难再次上演，伦敦就彻底毁了。想到这儿她不寒而栗，只怪自己不能像书里的主人公一样扑灭大火、拯救伦敦城。

这无尽的漫漫长夜，格蕾丝和斯托克斯先生一直在努力抢救可能的幸存者。她好像有用不完的劲儿，身体虽然疲惫不堪，但内心的绝望却又给了她源源不断的力量。

这一夜漫长得像过了一辈子，天终于亮了，持续了数小时的炸弹爆炸和燃烧弹投掷也终于告一段落，烧毁的建筑上浓烟滚滚，没有扑灭的大火还在噼里啪啦地兴风作浪。

格蕾丝身心俱疲，她一路朝着圣保罗大教堂的方向走去，她得去那里把斑斑接上。一路硝烟四起，她看不清教堂的轮廓，教堂不会也被炸了吧？她不禁打了个寒战。

格蕾丝屏住呼吸，心里默默祈祷，教堂可千万不要像帕特诺斯特广场一样成为轰炸的牺牲品啊。

忽然一阵大风吹来，余烬未灭的建筑和熊熊燃烧的火焰似乎都感受到了大风的寒意，烟雾翻滚着散开去，露出了一小片天空。格蕾丝终于看到了圣保罗大教堂的穹顶，依然完好无损。

三百年前的那场大火整整烧了三天，教堂最终轰然倒地。现在的教堂是后来重建的，它是伦敦人心中拯救灵魂的圣地。

它的屹立不倒成了宝贵的象征，它在地狱的熊熊烈火中安然无恙，这就证明正义一定会战胜邪恶。

圣保罗大教堂象征着英国人民的精神，战争杀戮毁不了他们，他们会自强不息、百折不挠。

“伦敦是打不垮的。”斯托克斯先生在格蕾丝身边用沙哑的声音说。眼前噩梦般的场景再次激发起斯托克斯先生的爱国热情，他嘴里念叨起政府自德军发动闪电战以来一直宣传的口号。

格蕾丝没想到斑斑还在原地，只是身上多了一个小毯子，正趴在教堂的长凳上呼呼大睡。格蕾丝用她那双被炭火熏黑的手抱起那团灰蓝色的小毛球，斑斑这才睁开它琥珀色的眼睛。

格蕾丝刚把它抱起来，小家伙就一下子依偎进她的怀里，小爪子紧紧扒着她的身体不肯松开。取回小猫，格蕾丝答应让斯托克斯先生送她回家，她本想说不用送，毕竟他也忙了一夜，应该回家好好睡一觉，但格蕾丝连跟斯托克斯先生争辩的力气也没有了。尽管疲惫不堪，尽管没有事先商量，两个人却不约而同绕道去了樾樱草山书店，看到它平安无事地立在原地，两人这才松了一口气。

格蕾丝心里很是欣慰，帕特诺斯特·罗大街那么多家书店都已被烧毁，但至少留下了他们这一家。

危险解除的警报已经响过了，埃文斯先生肯定也已回到了书店顶上的公寓。

不是所有人都这么幸运，在他们负责的伊斯灵顿辖区，很多人家的房顶都遭到了燃烧弹的袭击，还有很多房子不幸被炸弹击中，不过比起帕特诺斯特·罗大街的惨状，这里的损失只能算是小巫见大巫。

离开了熊熊大火的地狱，空气又凛冽了起来，吹得格蕾丝后背发冷。

到家了，斯托克斯先生冲格蕾丝点点头，转身往自己家克拉肯威尔大街的方向走去。还没等格蕾丝爬上门口的台阶，韦瑟福德夫人已经打开了房门。

“格蕾丝，”夫人捂着自己的脖子，紧张得喘不过气来，“感谢上帝，你没事，我的闺女，快进来，快进来。”

格蕾丝一点力气也没有了，勉强拖着两腿走完剩下的台阶进了家门。呼吸了好几个小时滚热的空气，她的嗓子火辣辣地疼，胸口好像被煤灰堵住了似的，呼吸非常困难。

“我听说特别惨，”韦瑟福德夫人关上房门，紧张地围着格蕾丝绕来绕去，“是吗？不，不用说了，从你身上我就能看出来，我可怜的孩子，感谢上帝你没事，回来就好。你想喝茶吗？还是想吃点什么？需要我帮你做什么吗？”她停止了一连串的发问，注意到格蕾丝怀里抱着什么东西。

外面天寒地冻，浓浓烟雾中仿佛夹着冰碴，格蕾丝一离开火势凶猛的伦敦市中心就给斑斑盖上了小毯子，生怕把它冻着。她把毯子掀开，露出睡眼惺忪的猫咪，它这一夜不得安宁，肯定是困了。

韦瑟福德夫人捂住嘴，一脸错愕：“这是……这是……”

韦瑟福德夫人静静地摸摸格蕾丝的脸，又拍了拍斑斑的头。“你是最后一只——”她哽咽了一下，“你是柯林救回来的最后一只小动物。”夫人突然反应过来，紧张地看着格蕾丝，“普里查德先生他？”

格蕾丝看着夫人，摇摇头。离开普里查德先生的书店时，她向救援人员准确描述了先生葬身的具体位置，希望他们能妥善安置他的尸身。“我希望您能收留斑斑，”格蕾丝声音沙哑，“它肯定是吓坏了，需要有人关爱才能缓过来。”

韦瑟福德夫人呼了一口气，颤抖着说：“我也觉得斑斑太可怜了。”说着，她从格蕾丝怀里接过裹着毯子的斑斑。

格蕾丝上楼洗了澡，浴室里被她弄得到处都是黑水，但她实在没力气收拾，想着先睡一觉等醒了再去收拾，可醒来后发现浴室已经被夫人清洗得一尘不染，弥漫着熟悉的石碳酸的味道。

格蕾丝下了楼，看到韦瑟福德夫人正在逗弄斑斑，她跟夫人道了谢，夫人朝她摆摆手。她看到斑斑正伸着脖子把脸蹭到韦瑟福德夫人的脸上，夫人很开心，猫咪也很满足。看到这一幕，格蕾丝心里多了些许安慰。

随便吃了点蔬菜和炖兔肉，格蕾丝又出了家门，她要赶去书店上班。生活还得继续，工作还得照做。

空气湿冷，打在脸上很痛，周围弥漫着烧焦的味道，又让格蕾丝想起昨晚的事。

“都怪你！”隔壁传来刺耳的声音。

格蕾丝顶着寒风眨了眨眼，说话的是内比斯特夫人，她呆呆地站在自家门前的围栏边，风衣上蹭满了炭灰，红着眼眶。

她仰着头，斜眼瞪着格蕾丝：“我刚刚去了我的书屋，烧得几乎什么也不剩了。”

格蕾丝可以想象那一幕肯定惨不忍睹，于是她转过身正对着内比斯特夫人，心里充满了对她的同情：“我很抱歉。”

“你确实应该道歉！”那女人扯着嗓子喊了一句。

格蕾丝早已习惯了内比斯特夫人的刻薄，但总觉得她这次话里有话：“您这话是什么意思？”

“昨天晚上是你执勤吧。”内比斯特夫人捏住手套的指尖部分，气哼哼地一根手指接一根手指地往下拽，“你简直就是个废物，要不是我家里有些存书，我现在已经一无所有了。一无所有，你明白吗？”她把手套扯下来，攥在手里继续道，“所有书店都毁了，怎么会这样？你们有不可推卸的责任！”

格蕾丝很想跟她争辩，告诉她自己出了多少力，很多志愿者也都加入了救火行动。她想告诉她，天上掉下来太多太多的燃烧弹，水管线也被炸断了，泰晤士河又正好赶上一年中水位最低的时期，诸如此类。但她有什么必要跟这个女人解释？昨天晚上所有人都倾尽全力，她不欠她任何解释。

格蕾丝怒从心头起，愤怒甚至驱走了严寒。

早上无线电的新闻报道已经说了，昨晚为了救火，全伦敦有十几位消防员牺牲，受伤人数更是高达二百多，不知又有多少家庭失去了宝贵的家人，从此要忍受思念的痛苦。

“昨晚那么多人为救火付出了生命，您还能活生生地站在这儿已经很幸运了，”格蕾丝毫不示弱，“要不，您也报名加入我们，我们现在正好缺人手。反正您也觉得我们没什么本事，不如亲自来试试。”

内比斯特夫人气得满脸通红：“你这无礼的丫头——”

格蕾丝没时间跟她多费口舌，没听她把话说完已经走下了台阶，她真怕再跟对方纠缠下去自己会忍不住过去给对方一记耳光。

格蕾丝吐着哈气加快脚步，没想到一走快顿时觉得肌肉酸痛，好在樱草山书店没多远就到了。

她不小心砰的一声关上了门。

埃文斯先生吓得抬起头：“班尼特小姐，你还好吧？”

“那个女人简直不可理喻。”格蕾丝忍无可忍，把对那女人的怨气一股脑地发泄了出来。

“这会儿店里没有客人，跟我说说到底怎么回事。”埃文斯先生走出柜台，习惯性地抱着肩膀，以前他的肚子很大，自从打仗以来人已经瘦了一大圈。

格蕾丝把刚刚内比斯特夫人的话学给了埃文斯先生，还给他讲了昨晚自己的经历，说到普里查德先生的死时她格外注意自己的语气。

埃文斯先生喘了声粗气，两眼茫然。“他总说躲在防空洞里没用，现在却落得这个下场。”他慢慢摇头继续道，“这个老家伙，可惜了。谢谢你收留了斑斑。”

“我想韦瑟福德夫人应该很开心能有斑斑做伴。”

埃文斯先生露出一丝微笑：“嗯，有了斑斑，她心情也能好点。说到内比斯特夫人……”

哪怕只是听到那个女人的名字，格蕾丝都气不打一处来。

“我想，”他慢条斯理地安慰格蕾丝道，“内比斯特夫人看到自己的书店没了肯定特别难过，所以见人就想发火，”埃文斯先生抱歉地歪歪头，“刚好你是她见到的第一个人。”

“她的话实在太难听了。”格蕾丝知道自己很任性，但那个女人也真不是什么好东西。

埃文斯先生扶了扶鼻子上的眼镜：“你最近是不是在看《圣诞颂歌》？”

格蕾丝点点头。

“你还记得书里埃比尼泽先生的不幸童年吗？童年的不幸对他产生了多么巨大的影响？设想一下，要是他的家业被一场大火烧毁，他会有何感受？”

内比斯特夫人倒真的和埃比尼泽·斯克鲁奇如出一辙，以前格蕾丝从来没这样想过问题，人在伤心无助时确实容易用愤怒掩饰心痛。

格蕾丝刚来书店上班的时候，埃文斯先生不也曾经试图用粗暴的言语掩饰他对女儿的思念吗？

谁知道内比斯特夫人经历过什么才让她变得如此刻薄呢？

格蕾丝从来没试过从这个角度思考问题。

“谢谢您，”她说，“我从来没这样想过。”

埃文斯先生慈祥地拍了拍格蕾丝的脸，父亲对女儿就应该是这样吧：“格蕾丝·班尼特，你是好样的。”

“那是因为您是个好老师。”

整整一天，格蕾丝都在琢磨埃文斯先生的话，这也让她开始重新审视舅舅的为人。人之初性本善，很多恶都是后天养成的，或许舅舅也经历过什么不幸，所以才会变得无情无义。

不知不觉间格蕾丝竟然对舅舅有了新的认识，她不再气愤，反而对他心生同情，他对自己的无情不是因为自己不好，而是因为他无法摆脱他内心的痛苦。

看着眼前的空书架，她心里琢磨出好多道理。架子是她前天收拾出来的，本来是想给从辛普·马歇尔书局订购的一批新书腾地方，但现在这批货永远也到不了了。

她突然冒出个想法。

“我在想……”格蕾丝脱口而出，“我们可不可以留出一小片区域，让帕特诺斯特·罗大街受灾的书店把书放在咱们这儿代卖？”

埃文斯先生正在一旁全神贯注地看书，听到这话他抬起头，从镜框上沿外困惑地看向她：“我没听明白你是什么意思。”

“很多书店虽然烧毁了，但或许他们还有库存，我们可以留出一个区域供他们把书放在咱们这里代卖，销售时我会做好记录，注明是谁家的书。”记账不成问题，她和埃文斯先生在这方面着实有一套。“这样一来，受灾的店主多少能有点收益，也可以清清他们的库存。”

“这事操作起来可不简单。”埃文斯先生有点闪烁其词。

“您是在质疑我的能力吗？”

“那倒没有，”埃文斯先生被逗笑了，“你需要多少架子，用就好了。”

当天下午埃文斯先生早早就让格蕾丝下班了，不知道她能和帕特诺斯特·罗大街的受灾书店谈成什么样。自从出版中心遭遇大火，这还是格蕾丝第一次去那儿，每经过一家烧毁的店铺，她心中的不安就增加一分，烟熏火燎的味道还没有散去，眼前的情景令她心情沉重。

19

帕特诺斯特·罗大街几乎被夷为平地，废墟中一息尚存的火焰还在吞吐着滚滚浓烟。昔日的繁华街道现在惨不忍睹，街道两边曾经林立的高楼都被炸成了碎石瓦砾，间或有几道残垣断壁孤零零地站着，墙上的窗子也已炸飞，留下几个四四方方的洞。

格蕾丝见到一位男士正在一堆废墟前踱来踱去，那原本是一家很讲究的店铺，招牌上闪光绿漆撰写的店名还清晰可见，曾经挂在橱窗里用报纸叠成的小鸟散落在一旁。格蕾丝朝那位先生走了过去："您是史密斯书店的老板吗？"

对方抬头看了她一眼，眼神空洞。自从做了空袭防御督察员的工作，自从德军对伦敦发起闪电战，这样麻木的表情对格蕾丝来说已是司空见惯。那人微微点点头，动作小到几乎看不出来。

"我记得史密斯书店特别漂亮，对您的损失我深表同情。"她特别注意自己的措辞，"我是霍希尔巷樱草山书店的店员，"这么多书店被毁不知要断送多少人的生计，想到这儿格蕾丝继续道，"我们书店愿意留出一些空间给受灾的书店，您可以……”格蕾丝觉得喉咙发紧，硬着头皮继续道，“如果您还有库存，可以拿到我们店里代卖，我们会把属于您的利润原数返还给您。”

她一边说一边把一张小卡片递给对方，上面写着樱草山书店的相关信息。

对方没说话，接过卡片看了一眼。

“我们非常遗憾，”格蕾丝恨自己没本事，恨自己身单力薄，“目前我们只能想到这个办法。”

“谢谢您。”那人轻声说，再次把目光转向眼前的废墟。

之后，格蕾丝又见到一位书店老板，跟对方说了同样的话，得到的也是同样麻木的回应。

或许，对他们来说，格蕾丝的帮助形同虚设，店里的书很可能已经烧得一本也不剩。

格蕾丝十分难过，她离开伦敦曾经的出版中心，走上回家的路。不知是因为疲惫还是难过，她觉得眼里像飞进了沙子，很疼。快到家时她突然想到至少有一家店铺她们可以帮上忙，那家老板的一些库存逃过了当晚的劫难。

没错，就是内比斯特夫人。

格蕾丝内心做着激烈的思想斗争，一边劝说自己要做正确的事，另一边又因为被对方的刻薄伤害过，所以想要以牙还牙。

以牙还牙？最终是这个词帮格蕾丝做了决定，她不允许自己变成如此尖刻之人，哪怕是对内比斯特夫人她也不能如此凉薄。

格蕾丝走到内比斯特夫人家门口，刚爬了一半台阶就听到身后传来熟悉的声音，“格蕾丝，你糊涂了吗？”是韦瑟福德夫人，“大白天的，你怎么还走错家门了呢？你真得好好睡一觉了。”

韦瑟福德夫人穿着灰绿色的服务队制服，应该是刚从那儿开完会回来。她面色绯红，眼里重新闪烁着生命之光。

格蕾丝走下台阶，跟夫人简要说明了自己去找内比斯特夫人的用意，韦瑟福德夫人挺挺后背，扩了扩胸。“那我跟你一起去，”格蕾丝刚想拒绝，韦瑟福德夫人就示意她不用说了，“我不可能让你自己面对那个不讲理的女人，你是一番好意，她可不见得领情。”

就这样，两人一起爬上内比斯特夫人家门口的台阶，敲响了门上的铜质门环。

那女人打开门，一脸冷漠，“你们走错了吧？”一副横眉冷对的表情，“找不着自己家了？”

“我们是专程来找您的。”格蕾丝回答。

“可以给我们泡点茶吗？”韦瑟福德夫人搓了搓冻得冰凉的手，直白地告诉了对方正确的待客之道，“我们都快冻死了。”

内比斯特夫人叹了口气，但还是把门大敞开：“那进来吧，我去烧壶水。”

她把二人带进客厅。一进门，格蕾丝就看到客厅里摆放着奢华的蓝丝绒沙发，像是新买的。房间的摆设十分讲究，像博物馆似的，陈列着大大小小的易碎展品，绝对谢绝触摸。所有物件都摆放得井然有序，客厅里除了新抛光的茶几还有很多工艺品，墙上挂着很多画像，画的应该是内比斯特夫人年轻的时候。

格蕾丝和韦瑟福德夫人非常拘谨，身体根本不敢往后靠，屁股也只是小心地坐在沙发垫的边缘，生怕在天鹅绒靠背上留下自己的痕迹。几分钟过后，内比斯特夫人端着一托盘茶具走了进来，茶杯是精美的骨瓷，阳光穿过后窗照在上面，晶莹透亮。

“你们找我有什么事？”内比斯特夫人终于开了口，“除了到我这儿教我待客之道，外加喝我的茶和糖，你们还有别的事吗？”

格蕾丝听了这话赶紧把手绕过盛方糖的小碗，直接拿起茶杯送到嘴边：“我们想在樱草山书店给您留个售卖空间，您可以把您的书拿过去我们帮您代卖，您的利润我们会如数返还，一分也不留，同时我们还会跟顾客说明白，告诉他们那是您店里的书。”

内比斯特夫人的眉毛挑得老高，开口问道：“你是认真的？”

“当然，”格蕾丝喝了一口茶，茶很淡，像是已经泡过一两泡的茶叶，倒是很适合招待她们这样的不速之客。

内比斯特夫人没想到格蕾丝竟愿意帮自己解燃眉之急，感动得流出了眼泪。不过，她赶紧把头转向一边感慨道：“这就是我的命，谁让我不爱我丈夫，我就是活该。”她一边说一边用手帕擦去眼角的泪。格蕾丝留意到她的手帕镶着蕾丝花边，更像是用作装饰的丝帕。“我当初之所以嫁给他，都是为了他的书店，我只想我父亲能对我刮目相看，能——”她突然回过神来，一脸猜忌地看着韦瑟福德夫人和格蕾丝，倒像是她们刺探了她的隐私，“你们明不明白？这一切都是老天在惩罚我。”

“你不要太把自己当回事了，你觉得上帝把整个伦敦炸成这样就是为了惩罚你的自私自利？”韦瑟福德夫人叹了口气，“内比斯特夫人，我希望你能想想清楚，现在有人愿意帮你东山再起，你一定要抓住机会。”

格蕾丝听到这话差点被茶水呛着。

内比斯特夫人果然不是善茬，气急败坏地说：“你们以为自己是谁呀，竟然跑到我家来教训我。”

“因为你需要有人跟你说这些话。”韦瑟福德夫人扔了半块方糖到茶杯里，“你应该向格蕾丝道歉，还应该感谢她对你的慷慨相助，至于接下来的这段日子，我觉得你可以跟我一起上孤儿院帮忙，可以读书给孩子们听。”

“孤儿院？”内比斯特夫人简直不敢相信自己的耳朵，“读书？”

“你之前不是一直在自己的店里办读书会吗？”

内比斯特夫人瞥了一眼格蕾丝，仰起头抽搭着鼻子说：“没错，不行吗？”

“反正你现在也没事可做，孤儿院的孩子又正好需要读书。”韦瑟福德夫人搅了搅茶水。

“嗯……”内比斯特夫人甩了甩头。

格蕾丝和韦瑟福德夫人满心期待地等着对方的答复。

内比斯特夫人慢悠悠地往自己的茶杯里加了一小块糖，翘着兰花指捏住茶杯纤细的手柄，端起茶杯喝了一小口，然后又把茶杯放在杯托上，杯子撞击杯托发出清脆的声响。她深吸了一口气。

“我愿意接受你的提议，班尼特小姐。”说话时她没抬头，一直盯着脚下柔软的豪华地毯，“谢谢你。”

“那孤儿院的事呢？”韦瑟福德夫人催促道。

内比斯特夫人抬起头，看着对方继续道：“等咱们喝完茶，我收拾一下就跟你走。”

韦瑟福德夫人露出胜利的喜悦，道了一句：“那太好了！”

岁月流转，转年到了 1941 年。韦瑟福德夫人和格蕾丝没搞什么新年活动，她们的事情很多，根本忙不过来。接下来的一个月，韦瑟福德夫人不再需要苦口婆心地劝内比斯特夫人跟她一起去孤儿院，对方已经越来越主动。樱草山书店的“内比斯特阅享书屋”专架反响也很好，这让内比斯特夫人很是欣慰。

樱草山书店代卖库存的书店并非内比斯特一家，帕特诺斯特·罗大街的店铺所剩无几，樱草山书店可以代卖的消息很快传遍了整条街，之后又有五家书店找上门请求代卖，其中就包括史密斯书店。格蕾丝特意用旧报纸折了很多小鸟用来装饰代卖的书架，至于下午的读书会，格蕾丝也会轮流朗读各家售卖的图书，当然也不会落下自家读物。慢慢地，书店的顾客越来越多，除了自家原本的客人，还吸引了其他书店的老主顾。

吉米照例每次都来听她读书，还带来了妹妹莎拉，现在他们兄妹二人被照顾得很好，吃穿无忧，这是韦瑟福德夫人最大的安慰。那些在地铁站听格蕾丝读书的人都跑来了店里，还带来了三五好友，其他书店的老板也都把自己的老主顾介绍到了这里。

代卖行为帮助的不仅是其他书店，樱草山书店无形中也成了受益者，要知道，如果没有其他店的加入，仅以樱草山自己的库存，书店应该开不了多久就得关门。辛普·马歇尔书局已经无法供货，另找一家供货商谈何容易，毕竟国家还在实施纸张限供的政策。再说了，有些客人即使是奔着别家书店来的，也会顺便买上一本樱草山的书。

格蕾丝在写给乔治的信中提到了帕特诺斯特·罗大街遭遇的不幸，跟他说现在樱草山书店成了全伦敦最受读者欢迎的地方，大家都喜欢聚在这儿与志同道合之人进行文学探讨。格蕾丝每次听到读者讨论文学，就会愈加思念乔治。每次讲起文学，乔治都会打开话匣子，滔滔不绝却扣人心弦。乔治在回信中说他也想到书店看看，还说下次回伦敦一定要去一趟书店，至于回伦敦的时间，他说可能就是几个月以后。

“我真想回一趟樱草山书店，回到那个我熟悉的地方。”他在信中写道，“在那里，不仅可以随时参与文学对话，还有一位漂亮的店员小姐用她那甜美的嗓音为你朗读故事。”

他的话让她心里暖暖的，不过，一想到要当着他的面读书给大家听，格蕾丝不禁有些紧张，这让她想起自己第一次在地铁站给大家读书的场景。

除了乔治的来信，薇芙的信也带给格蕾丝无限期待。薇芙在信里说几个月后她有可能调回伦敦，领导正在考虑派给她一项新任务，具体是什么信上不便细说。总之，格蕾丝隔着信纸都能感受到薇芙满满的活力，她真希望早日与好友重聚。

这一天上午，书店里少有地安静，埃文斯先生一边站在柜台边整理账目一边对格蕾丝说："你之前说我是好老师，"他放下手中的铅笔，抬头瞥了一眼格蕾丝继续道，"我想告诉你，我从你那儿也学了不少东西。"

格蕾丝向他投去疑惑的目光，拿了一本新书放在斯蒂芬斯书店代售区，把原来空出来的缝隙再次填满。

"你是一个有恻隐之心的姑娘，"他指了指那些代卖书架，"你总是倾尽所有帮助他人，空袭防御督察员的工作如此，这里的工作也是如此，你不仅帮了其他书店，还帮了那些听你读书的人。夜里在伦敦街头，你拯救的是人的性命，白天在书店，你拯救的是人的灵魂。"

听了埃文斯先生的夸奖格蕾丝羞红了脸。"您说得也太夸张啦！"她嘴上虽然反驳，但内心却感觉如沐春风。

格蕾丝看到埃文斯先生脸上的微笑，知道他一定看穿了自己的真实感受。

正在这时，内比斯特夫人推门走了进来，一如既往地引人注意。不过这次她像是换了个人，平时扎紧腰带的风衣和别在头上的精致小帽都不见了，取而代之的是暗绿色的妇女服务队的制服和帽子。

"班尼特小姐，快把你的眼神收起来，别好像没见过服务队制服似的。"内比斯特夫人大步流星走到自己的代卖书架前，舒服的平底鞋踩得地板嗵嗵地响。

格蕾丝没再说话，仔细打量着眼前的内比斯特夫人，不知道韦瑟福德夫人用了什么招数，竟然在这么短的时间使他判若两人。

“我刚刚整理完你家的账目，你想看看吗？”埃文斯先生举起账本准备递给内比斯特夫人。她每次来都会要求看账本，埃文斯先生已经习惯了。

“哦，不用了，”她云淡风轻地回答说，一边说一边从书架上拿下一本明黄色的儿童读物。“我来是为了找点适合孤儿院读的东西，他们那儿什么也没有。”她又挑了五本，跟埃文斯先生依次报了书名，“把这几本从我的库存里划掉吧，我要留给孩子们。”

埃文斯先生挑高了眉毛看着格蕾丝，脸上一副难以置信的表情。“好的，没问题。”他拿出铅笔把这几本书从账本上划了去。

“多谢了，埃文斯先生。”内比斯特夫人爽快地回应。

“你要感谢的人不是我。”他朝着格蕾丝努了努下巴。

内比斯特夫人在格蕾丝面前停下脚步，仔细打量着她，凌厉的五官忽然柔和起来，或许只有一瞬间，不过那就够了：“谢谢你，班尼特小姐，谢谢你为我所做的一切。”

说完，她又骄傲地昂起头，大步流星地离开了书店。

接下来的一个月过得特别快，格蕾丝每天都忙得团团转，书店越来越有名，她的读书会也越来越受欢迎。福伊尔书店为了吸引社会名流，继续为其提供难喝的茶水，而樱草山书店则因格蕾丝的读书会及会后讨论而声名大震。

韦瑟福德夫人每天都会穿着服务队的制服来参加读书会，她像长了一双慧眼，总能发现需要关爱的孤儿，一旦发现就会像老母鸡保护小鸡崽一样把他们保护起来。她又变回了过去那个精神矍铄的老太太，什么事也难不倒她，只是头上多了很多白发。格蕾丝最近一次看到韦瑟福德夫人面露难色是因为食品限购清单上又增加了果酱，她看到后颇为焦虑，念叨了一句：“下次又会增加什么呢？会是奶酪吗？”

敌军的轰炸没有任何缓和的意思，兵荒马乱的伦敦失去了往日的荣光，但即使烽火连天、满目疮痍，它还是日夜守护着自己的人民。马路上被炸出了很多大坑，卡车过不去就想办法绕行；家庭主妇排长队购买有限的配给食物，却总能想出办法用少得可怜的食材把家人喂饱；人们早上在门口取牛奶时总是会把门口的垃圾清扫干净。

生活仍在继续。

这个月的天气非常糟糕，几乎每天都浓雾弥漫，时而下点雪，时而结点冰，就是见不到太阳。然而，伦敦人民却爱上了这种可恶的天气，因为只要天气不好，敌人的轰炸计划就会受到干扰。

阴霾的天空似乎对德军也形成了威慑，他们不得不采用“偷袭逃跑”的新战术——顾名思义，就是飞过城市上空，漫无目的地投掷几枚炸弹后迅速撤离——这种随机进攻造成的财产损失通常都不太大，生命损失更是大幅减少。

格蕾丝一直与薇芙和乔治保持通信，邮政系统虽然还在工作，但书信往来明显不如从前通畅。没有真正的邮局，邮递员通常会在身边立块牌子，写上“这里是邮局”几个字，再在身前的台子上用空瓶代替烛台插上一根蜡烛就开始收信了。负责电报业务的小伙子们的情况更为窘迫，他们连张桌子都没有，只能穿着漂亮的制服穿街走巷，在脖子上挂一块纸板，告诉大家自己负责接收电报，而那些想发电报的人只能趴在那小伙子的背上把电报内容写好。

格蕾丝在空袭防御督察办的工作一如既往地辛苦，但明显不如从前危险了，飞机见得多了、炸弹炸得多了，恐惧的神经也随着麻木了起来。

每次空袭警报响起，格蕾丝和斯托克斯先生都十分从容，若没听到飞机的轰鸣或背靠背式高射炮的反击，他们就知道德军距离还很远，还不用着急。

四月，又到了种菜的季节，这回韦瑟福德夫人俨然成了专业人士，种植之前会先把园子标出不同的区域。现在，她不管做什么，斑斑都会紧随其后，称得上形影不离。夫人进园子种菜，斑斑自然也跟着，时不时在泥里打个滚。“格蕾丝，你不用担心，”韦瑟福德夫人种完整个园子后对格蕾丝说，“这次我没种莴苣。”

没过多久，地上就冒出了小芽。虽然总是下雨，但天气慢慢暖和了起来，书店也迎来了更多的顾客。可是这段时间，格蕾丝发现埃文斯先生的身体似乎出了状况。最开始一次是格蕾丝看到他从后面房间捧出来一个小箱子，那东西应该不沉，但埃文斯先生却一路踉跄，虽然只是拿到柜台这么短的距离，竟也累得呼哧带喘。格蕾丝上前问他的身体状况，他却摆摆手说自己没事。

过了几天，格蕾丝又在后面房间看到埃文斯先生脸色发青地捂着胸口，她坚持要送他去看医生，可那个倔老头就是不去。

四月刚刚过去一个星期，一天早上天气格外寒冷，每栋房子的屋顶都盖上了一层薄霜，像是筛了一层面粉在上面。格蕾丝走进书店，发现埃文斯先生靠在柜台上状态不对。

“埃文斯先生，您还好吧？”

他没抬头，痛苦地哼了一声，伸了一下左手。

格蕾丝推开门，大声向街上的行人求助，然后马上跑回店里，放下包，一边脱大衣一边绕到柜台后面。她虽然动作训练有素，心里却紧张得要命，这次救的不是别人，可是埃文斯先生啊。

她用手臂托着他的后背，让他的身体尽量后仰。“保持平静，均匀呼吸，”她语气和缓，像平时对待空袭中的受害者一样，但这次声音明显在发抖。

埃文斯先生四肢抽搐，大口喘着气，表情开始扭曲。老人一向坚强，遇到什么事都泰然自若，而眼下他却虚弱无力，甚至无法呼吸，格蕾丝难过得要死。内心的恐惧和慌乱像海浪一样向她袭来，稍有不慎就会将她吞噬。

埃文斯先生脸色惨白，嘴唇青紫，额头渗出了一层汗。他没有外伤，一定是身体内部出了问题，必须送他去看内科医生。要是外伤，格蕾丝还有点经验，但面对埃文斯先生的状况，她束手无策。

她觉得自己一点用也没有，内心充满了绝望，不知道怎样才能让埃文斯先生转危为安。

埃文斯先生抓住她的手，冰冷而潮湿，他痛苦地喊着格蕾丝的名字。

“您不会有事的。”格蕾丝语气坚定。

他怎么可能没事？她明知先生很难受，却无能为力。

先生身体突然僵直，眼睛睁得老大，眼珠突出，像是受到了惊吓。

“医务人员马上就到，”格蕾丝哽咽着说，“马上就到。”

人活着时眼睛里是有光的，待死神把人带走，那光也就暗了，像电池没电，手电筒便没了光亮。格蕾丝曾经目睹一位垂死的老妇人，看到她被倒塌的房子砸伤后眼里的光一点一点暗了下去。

埃文斯先生眼里一直有光，闪烁着智慧、冷幽默和仁慈，那光曾经如此鲜活，如此明亮，可如今却在渐渐熄灭。

“不，不要，”格蕾丝摇着头，胸口像压了一块巨石，喉咙疼得说不出话来。她把手放在埃文斯先生的手腕上，发现先生已经没有了脉搏，“不，您不能死啊。”

她小心翼翼地给先生翻了个身，让他面朝下趴在地毯上，又把他的胳膊往回收，让他两手的手背垫在额头下面。她不知道先生身体出了什么毛病，但过往的训练让她知道对刚断气的人如何施救。她把手掌放在先生的肩胛处慢慢按压，持续一个呼气的长度后再抓住对方的肘部按照呼吸节奏往后拉扯，强迫其做出吸气的动作，她反反复复，做了一次又一次，希望先生能恢复呼吸。

突然门上的铃铛响了，在这个痛苦的时候，格蕾丝觉得那铃铛声非常难听，很是刺耳。“有人需要帮助吗？”门口传来一个男人的声音。

“有，在这里！”格蕾丝大喊。

进来的人穿着一身西装，背着一个黑色皮包，头发乱蓬蓬的，眼睛下面有很重的黑眼圈。

格蕾丝训练有素地跟来者描述了先生病发的情况，一边讲一边重新审视自己对先生的感情，她爱这位老者，格蕾丝从小就失去了父亲，埃文斯先生就是她的父亲，可现在老人却要离她而去。

医生把手放在格蕾丝的肩膀上安慰她说，“你已经尽力了，你已经做得非常好。”他眉头紧锁道了句“我很遗憾”，格蕾丝看得出他的真诚，那句“遗憾”并非例行公事的敷衍。

遗憾。

面对这样的情况，遗憾是多么无力的表达。一个宝贵的生命消逝了，那曾是多么鲜活的存在，他是她的老师、朋友，他是她的父亲。

可是现在他走了，永远地走了。

遗憾，只是遗憾……

埃文斯先生被人抬走，书店里一下子安静下来，安静得令人窒息。战争开始以来，格蕾丝第一次提前关了店门，行尸走肉般走在回家的路上。

她推开家门，韦瑟福德夫人看到她的样子吓了一跳，“亲爱的，你的外套呢？”夫人顿时察觉出格蕾丝状态不对，“格蕾丝，你怎么了？是薇芙出事了吗？上帝啊，快告诉我不是薇芙。”

格蕾丝机械地摇摇头：“是埃文斯先生。”

韦瑟福德夫人的脸一下子垮了下来，面对又一个突如其来的噩耗，两个女人开始抱头痛哭。

即使痛苦，格蕾丝第二天还是照常开了书店的门，第三天、第四天，每天如此。顾客好心询问埃文斯先生的情况，格蕾丝看得出他们是真心为埃文斯先生的离开而难过，但他们的每次询问都像在格蕾丝的伤口上撒盐，都让她痛苦不堪。

因为伤心过度，格蕾丝觉得自己的脑子都慢了。每次打开店门，她多希望看到埃文斯先生站在柜台后面一边认真记账一边心不在焉地跟她打招呼，但是每次柜台后面都空空如也，让她再次心碎。

不管她多不愿意接受现实，不管她多不愿意相信真相，可埃文斯先生真的走了。

直到参加了埃文斯先生的葬礼，直到看到他的棺木下葬，格雷丝才真正接受现实。那天一直在下雨，好像老天也在哭泣，也不舍珀西瓦尔·埃文斯先生的离去。

格蕾丝每天下午还是照例举办读书会，但每次脑海里都会出现埃文斯先生的音容笑貌，仿佛他依然带着欣慰的表情、鼓励的眼神看着自己。每天傍晚关门闭店，她也照例把钱放进后面房间那个能上锁的匣子里，她不知道这笔钱该交给谁，不知道书店会交到什么人手里，或许先生有个什么亲戚，只是从未跟她提起过。

一个星期后她终于知道了答案。那天天气阴冷，下午的读书会结束后一位老人走到她跟前。

格蕾丝并没多想，很多新听众会后都会主动找她探讨书里的内容，或是问她有没有其他书可以推荐，她喜欢跟听众交流，但今天还不行，她内心的伤痛还没有平息，她害怕自己情绪失控。

“您是格蕾丝·班尼特小姐吗？”来人询问。

“是，请问您有什么事？”

“我是亨利·斯宾赛，是斯宾塞－克拉克事务所的律师，”他微笑地看着她继续道，“如果您方便，我想跟您谈点事。”

格蕾丝看了一眼韦瑟福德夫人，她就在附近，应该能听见他们的对话，夫人做了一个轰她走的手势，让她尽管去跟人家谈事，不用管自己。

格蕾丝示意那人跟着自己，两人来到后面房间。格蕾丝先是跟对方道了歉，说房间里太局促。可说实在的，这房间已经比原来宽敞了不少，没了辛普·马歇尔书局的供货渠道，原来的库存已经卖了很多，但即使如此，这里的空间还是狭小而逼仄。

“我很少亲自上门见客户，”斯宾塞先生说，“但埃文斯先生不只是我的客户，还是我的好朋友，所以我想亲自找您谈谈。”

格蕾丝喉咙隐隐作痛。

“您是知道的，埃文斯先生没有家人，”斯宾塞先生把手伸进口袋，拿出一串钥匙，“他把所有东西都留给了您，这家书店、上面的公寓，还有他的所有财产。”

格蕾丝不敢相信自己的耳朵：“我？”

“是的，班尼特小姐。据我所知，要不是您，樱草山书店也不会有今天的起色，埃文斯先生非常清楚这一点，只有您才能让书店更好地运转下去。”他把钥匙交到格蕾丝手里，让她在一份文件上签上名字，她拿起笔时手一直在发抖，留下了歪七扭八的笔迹。

斯宾塞先生一共给了她三把钥匙，一把是书店大门的，她认识，自己也有一把，但另外两把她不知道是开什么的，于是问道："这两把是什么钥匙？"

"这把大的是他楼上公寓的，另外一把我也不太清楚。"

他刚说完，格蕾丝忽然想到这有可能是埃文斯先生保险柜的钥匙。

她想起之前埃文斯先生给她看的那些宝贵的旧书，那些都是从纳粹铁蹄下拯救出来的宝贵财富。那才不过是几个月以前的事，现在想想却恍如隔世，不过又像发生在昨天，格蕾丝仿佛依然能听见他对自己以及对这个世界的谆谆教诲。

书店现在是她的了，她一定要加倍努力，一定要让樱草山书店发扬光大，不是为了自己，而是为了埃文斯先生。

20

格蕾丝合上手中的《奥德赛》，她以前常见埃文斯先生看这本书，于是决定在下午的读书会上读给大家听。

如果没有书店，格蕾丝不知道自己能不能熬过先生去世的头一个月。

好在还有书能分散她的注意力，她要继续卖书，继续办读书会。

“亲爱的，你还好吗？”说话的是史密斯维克夫人，她每次来书店时都戴着一串珍珠项链。她一边问一边伸手扶住格蕾丝的胳膊。

格蕾丝点点头，最近别人问她状况时她都这样回应：“谢谢您的关心，读他喜欢的书让我心里好过很多。”她说的是实话。

“我没想到那么老的一本书读起来竟然这么有趣。”史密斯维克夫人逗趣地冲她眨眨眼。

“我也没想到。”格蕾丝会心一笑，“埃文斯先生一直喜欢这些旧书，我很开心能在读书会上读他喜欢的作品。”

“继续读吧，我们都会来听的。”史密斯维克夫人语气中带着一份对格蕾丝的鼓励。

格蕾丝点头称谢，把书放到柜台里面，生怕跟其他书弄混了。这本书她是从埃文斯先生公寓房里的大书架上找来的。

先生肯定读了无数遍，书页的边缘都磨软了，封面的一角也凹了下去。翻到里面还有好几处墨迹，像是手指在上面停了太久留下的。这本书饱经沧桑，却弥足珍贵。

格蕾丝太忙了，她白天忙店里的事，晚上还得担任督察员，所以一直没时间整理埃文斯先生的公寓。最近这段时间，德军的空袭虽不如从前频繁，但督察员的工作并没有因此而轻松。她整日疲惫不堪，没有精力整理先生的物品，更别说把房间收拾出来搬进去住了。另外，她还想跟韦瑟福德夫人多住一段时间，觉得自己还没坚强到可以独当一面地生活。

身边有太多人离她而去。

真的太多了。

先是母亲，而后是柯林、普里查德先生，现在又是埃文斯先生，当然还有无数被德军轰炸的受害者。

短短几个月，她却面对了这么多生死。痛苦的情绪像涨潮的大海，冲击拍打着随时可能崩溃的堤坝。格蕾丝对付痛苦的方式就是拼命工作，越难过，她就越努力。

韦瑟福德夫人对她非常担心，总是说她太憔悴，所以不断给她喂食，希望她能多吃点。但格蕾丝一点胃口也没有，就连能让她想起乔治的伍尔顿馅饼她都提不起兴趣，韦瑟福德夫人好不容易弄来的鸡肉在她这儿也毫无用武之地。

终日面对不幸，房屋被毁、人员伤亡，她怎么可能有好的食欲？每当夜幕降临，整座城市笼罩在黑暗中时，食物也随之变得索然无味。唯一不变的是空袭警报，好像在提醒人们这样的局势还将一直持续，不知何时才是尽头。

这场战争不知要打到什么时候，难道要永远打下去吗？

格蕾丝在给薇芙和乔治的信中分别讲述了埃文斯的离世，不过之后给他们写信也不再像之前那么勤了，因为她不知道该写些什么，现实世界已经很沉重，何必要在信中重演一遍？她自己的痛苦又何必强加给自己所爱的人？

她坚持每周都重新布置橱窗，做些艺术相关的事或许可以缓解她内心的麻木。

突然，旁边多了一个熟悉的身影。

是内比斯特夫人。她仔细审视着摆放有序的图书和用画报折成的花朵。格蕾丝之所以摆上这些花是想迎合春天的主题，虽然春天天气阴沉，还总是细雨绵绵，但春天毕竟象征着希望。

“你又在重新布置橱窗了？”内比斯特夫人吸了一下鼻子，“这星期是不是已经是第二次了？”

格蕾丝耸了一下肩膀：“这或许能招揽更多顾客，对我们都有好处。”

内比斯特夫人敷衍着哼了一声，从服务队的上衣上扯下一根线头：“你要是把自己累死，我们可就都完了。”

格蕾丝听了这话苦笑了一声。

“我没跟你开玩笑，”内比斯特夫人语气冷淡，“班尼特小姐，我是认真的，不管你再怎么努力工作，埃文斯先生都回不来了。”

内比斯特夫人之前跟格蕾丝说过很多刺耳的话，但都没有这句扎心。

格蕾丝眼泪瞬间流了下来：“您没事就走吧。”

“以前你劝过我，今天轮到我来说你了。”内比斯特夫人语气温柔了些，“不管你信不信，埃文斯先生的死我也十分难过。”

她的话虽然听起来很扎心，但这么一个暴戾的女人竟突然对自己动了恻隐之心，这反倒加剧了格蕾丝内心的难过。

“我可以给你打打下手，每周过来帮你一两天，等你找到长期店员我再走。”内比斯特夫人叹了一口气，“但是，你绝不能再这样没日没夜干下去了。”

韦瑟福德夫人也跟格蕾丝说过同样的话，她突然想到内比斯特夫人突然的关心或许是受韦瑟福德夫人所托。

“是韦瑟福德夫人让您来跟我说这些的吗？”格蕾丝问对方。

内比斯特夫人哼了一声：“我又不瞎，自己有眼睛，你看看你都瘦成什么样子了？一股风就能把你吹倒。”

格蕾丝扭过脸，不想承认对方的话，内比斯特夫人没再说别的，转身离开了书店。

傍晚，格蕾丝走在回家的路上，心情很是沮丧，除了内比斯特夫人，韦瑟福德夫人已经派了很多人来劝自己不要继续拼命。她推开家门，想着今晚一定要跟这位忘年交把话说明白，告诉她不要四处找人劝自己了。

“格蕾丝，”韦瑟福德夫人低沉地喊着她的名字，“格蕾丝，是你吗？”格蕾丝听出来夫人在厨房，还听到她换了个宠溺的语气呼噜了一句，一定是斑斑在她身边打转。

韦瑟福德夫人推开厨房的门，“格蕾丝，你知道吗？”她痛苦地继续道，“奶酪终于被加进了食品限购清单，那可是奶酪啊！”她仰天感慨道。

“是您让内比斯特夫人来找我的吗？”格蕾丝问她，极力控制着自己心中的怒气。

韦瑟福德夫人哼了一声回应道：“我自己的私事从来不会去求那个女人。”

“那就是说您没有让她找我，没让她劝我别没日没夜地工作？”格蕾丝叉着腰，不太相信夫人的话。

没想到韦瑟福德夫人听到这话竟然笑了：“劝你？劝你，你能听吗？不过，不管你听不听，我还是要说，有一天你就会知道我的话没错。”韦瑟福德夫人一边说一边抱起斑斑，猫咪在夫人的下巴上蹭了两下。夫人透过斑斑那毛茸茸的小脑袋继续道：“我跟你保证，我没让任何人找过你，我自己说话都没用，让别人劝你有必要吗？”她迟疑片刻，“对了，我确实有一件事要跟你说。”

格蕾丝已经做好心理准备，肯定又是什么可怕的消息，最近这些日子她就没听过什么好消息。

“我已经想了很久，想要正式收养吉米和莎拉，”韦瑟福德夫人把斑斑放下，吹了吹下巴上粘着的猫毛，“我想问问你的意见，你介不介意我把他们接来跟咱们一起住？”

那两个孩子最近过得很好，每星期都能看到他们有新的起色。两人不仅每天都来读书会，还经常来家里串门，有时来吃晚餐，有时在园子里给夫人帮忙。他们让这栋房子又响起了久违的欢笑，听到两个孩子可以搬来同住，格蕾丝嘴角流露出一丝微笑。

“我就知道你不会反对，”韦瑟福德夫人也咧开了嘴，“我明天就跟他俩谈，看他俩是什么意见。”

格蕾丝点点头，上楼回了自己的房间。她每天都忙得脚打后脑勺，一回到家就已经累瘫了。这正是她想要的效果，这样一来，上床后她就没有精力胡思乱想，就不会被痛苦的记忆折磨得辗转反侧、无法入眠；这样一来，她就可以把自己交给黑暗，好好睡上一觉。

格蕾丝打开衣柜想把外套挂进去，却看见自己空袭防御督察员的制服，那是一套新的蓝色哔叽呢制服，男款是一身战斗服，女款是束腰上衣和裙子。她今晚不当班，所以不用穿。

格蕾丝强打着精神跟韦瑟福德夫人一起吃了晚饭，能买到的食材有限，夫人总是歉疚没办法做出什么花样，每顿饭都是培根、黄油，外加一点点奶酪或一块肉，东西少得可怜，因此一点也不能浪费。

饭后格蕾丝帮夫人收拾好餐具，随即两人便为去菲灵顿地铁站过夜做好了准备。虽说空袭的频率不如从前，但安全起见晚上还是尽早去地铁站比较稳妥。

若是等到空袭警报响了再去地铁站排队，那就剩不下什么好位置了。就这样，天刚黑她们就拎着大包小裹朝地铁站走去。格蕾丝抬头看了看天，本来多云的天气竟一下子放晴了，她顿时产生一种不祥的预感，浑身汗毛竖起。

今晚的月亮又变成了轰炸机的卫星。要知道，危难之时，云层越厚她们才越安全。

何况正赶上泰晤士河水退潮。

她心生恐惧，疲惫让她失去了沉稳的判断力。

她们进了地铁站，高抬腿迈过已经在站台安置好准备过夜的人，试着寻找能容下她们两人休息的地方。格蕾丝虽然筋疲力尽，但内心却无法平静。

若是放在平日，因为白天过于疲惫，一旦安置下来，不管周围人多大声讲话或是打鼾，她都能在几分钟内入睡，而且一睡就是一夜，连梦都不做。可是今晚，不知为何，可怕的记忆无数次打断她的睡眠，像是在她的脑子里放了一包石头，磕磕碰碰总是把她吵醒。

过了十一点，空袭开始，厚厚的土层似乎可以降低炸弹坠落划过夜空的分贝数，但随后的爆炸声却难逃任何人的耳朵。

先是炸弹的轰鸣，而后是背靠背式高射炮的反击，爆炸过后，硝烟四起，很多建筑被夷为平地。地铁站里也不安稳，天花板的泥灰一块一块被震落，搞得站里乌烟瘴气；灯光也忽明忽暗，好几次都彻底灭了，过了好一会儿才重新亮起来。

大家早已习惯了炸弹和高射炮的声音，但今晚头顶的战火似乎不同以往，损失肯定非常严重。

格蕾丝心头的恐惧攀升到了极点。

韦瑟福德夫人把大绿包拽到自己跟前，伸手进去来回摸索，格蕾丝知道她是在安抚里面的斑斑。按道理，地铁站不允许带宠物，但韦瑟福德夫人无论如何也不能把斑斑独自留在家里。斑斑也很通人性，每次来到这儿都十分安静地待在袋子里，第二天进了家门才会出来闹腾。

整整一夜，德军的杀戮没有片刻停息，直到天亮才算告一段落。格蕾丝心里不祥的预感愈发强烈，令她毛骨悚然。

肯定出事了。

她有预感。

她浑身不自在，像洪涝之前能感觉到空气中极不寻常的潮湿，格蕾丝冥冥中知道出事了。

危险解除的警报终于拉响，地铁站里的人排着长队往外走。格蕾丝站在人群中心急如焚，忍不住地来回跺脚。

人们排队往外走的速度越来越慢，等到自己走出来格蕾丝才知道其中的缘故。天空被火光映得通红，浓浓黑烟翻滚，大大小小的房子裂的裂、倒的倒，有的已被彻底炸毁。本来整齐成排的房子不知在哪儿突然就矮下去一块，像整排牙齿突兀地掉了一颗。

格蕾丝心跳加速，脚下也不由得越走越快，手心一直在冒汗。

“哦，格蕾丝，”韦瑟福德夫人倒吸了一口凉气，“太可怕了。”

格蕾丝朝着家的方向快走了几步，上气不接下气地拐过街角，迫不及待地想看看家里的情况。

韦瑟福德夫人跟在她身后气喘吁吁地说：“我抱着斑斑呢，跑不了你那么快。”

但是她的话格蕾丝根本没听见，她正忙着一栋一栋悉数着整条街的房子，她们家的房子还好，还平安无事地立在那儿，就连取代了白色、紫色牵牛花的番茄苗都安然无恙。

可她心里还是不踏实，她的预感应该不会错。

这么一想，心里更是凉了半截。

书店。

“您先回家！”格蕾丝冲着韦瑟福德夫人大喊了一声。

还没等到夫人问她去哪儿，她已经以冲刺的速度跑向霍希尔巷，身上还背着前一晚地铁站睡觉的行李。空气中弥漫的浓烟呛得她眼泪直流，嗓子也火烧火燎地疼，但她并未因此慢下脚步，路上着急回家的人都被她一一甩在了身后。

她对自己说，书店不会有事的，一定能挨过昨晚的空袭。埃文斯先生那么信任她，把书店交给了她，她怎么怎么可以让书店出事。

可是距离书店越近，她心里越是不安。

终于来到了霍希尔巷，她停下脚步，眼前的一切让她知道了内心不安的理由。

巷子里余烬未灭，书店旁边的建筑已被炸成一堆废墟，樱草山书店虽然还在，但也受到了严重的波及。

书店的窗玻璃已被炸飞，附近人行道上散落着纸张，书店大门也已不知去向，店里一片狼藉。抬头看看，书店的房顶也被掀起了一块，墙头还燃着火苗，万幸的是建筑的主体还在。

格蕾丝的心皱巴成了一团，除了恐惧还是恐惧。她站在门口，一动不动，一阵风吹过，吹动她的裙角，卷起一股热浪，把附近火苗的灰烬吹了过来。

看来书店得关门了。

她心里唯一的寄托也被毁了。

格蕾丝告诉自己必须做点什么，她朝着破乱的书店走过去，手里的铺盖卷掉在地上也不自知。周围的火还在噼里啪啦地烧，脚下的碎玻璃嘎吱嘎吱地响，除此之外就是她急促的呼吸。

她本来还想着里面的情况或许没那么糟，但进去一看，这点希望也成了泡影。樱草山书店，那是她花了多少心思的地方，那是埃文斯先生毕生的心血，那是她好不容易才打造起来的阅读家园。

格蕾丝努力调整呼吸，痛苦在她体内蔓延，灼烧着她的内脏。玻璃碎片和尘土之间滚过来一朵画报折成的小花，停在她的脚边，那是她用来点缀橱窗的装饰。她弯腰把它捡起来，指尖捏着纸做的花茎，摸上去冰冰凉凉，粉色的花瓣跟前一天她刚折好时一样，一尘不染。

她必须继续往里走，不管里面是什么情况，她都要亲自面对。

她已经做了最坏的打算，心想只要保险柜里埃文斯先生的藏书没事就好。

她走进书店，穿过狼藉，避免踩踏掉落的图书，希望它们还有救。

尽管内心一片茫然，格蕾丝却还在琢磨如何区分地上图书的归属，她忽然后知后觉地想起自己给每本书都盖上了所属书店的印章，多亏之前做了如此周详的工作。

但前期工作做得再细又有何用？现在，她的书店跟之前帕特诺斯特·罗大街的那些书店遭遇了同样的命运，未来的日子该何去何从，她彻底失去了方向。

想到这儿，泪水扑簌簌地从脸上滚落，那么多人把希望寄托在她身上，可她现在却已走投无路。

书店最里面的房间，门也已经没了，曾经的金属小桌被砸成了一堆烂铁堆在墙角。好在保险柜还镶在墙上，她用尽全部力气拉开旁边柜子的抽屉，从里面拿出手电筒，在手电的光亮下，她屏住呼吸，颤颤巍巍地打开保险柜。

埃文斯先生生前最在乎的就是他收藏的这些旧书，那是他留给这个世界的宝贵财富。

保险柜的门执拗地慢慢开启，格蕾丝终于松了一口气。那些从希特勒焚书命令下拯救出来的图书再次躲过一劫，都平平安安地躺在保险柜里，厚厚的金属柜门把它们保护得很好。

她想把它们拿出来，带回布里顿的家，但转念一想，或许还是放在这个铁柜子里更安全。她刚想锁上柜门，突然看到柜门处翘起的一张纸。

是一个信封。

信封夹在两本德语书的中间，一角翘了出来。她把信封抽出来，看到信封上埃文斯先生用斜体写着她的名字。

她紧张得喘不过气来。

打开信封，格蕾丝从里面抽出一封打印好的信，工工整整、规规矩矩。

敬启者：

我写这封信是要向您举荐格蕾丝·班尼特小姐。过去六个月，她一直在我的樱草山书店工作，任职期间把我杂乱无序的店铺改造成了一个精致优雅的书店，大幅提升了书店的声誉和销售业绩。

班尼特小姐为人谦逊有礼、蕙质兰心、乐于助人。

不雇用她，您就是个十足的傻子，而我让她离开，简直比您要蠢一万倍。

没人能像她一样把我的书店打理得如此井井有条，就连我自己都做不到。

此致

敬礼

珀西瓦尔·埃文斯

格蕾丝读罢早已泣不成声，她仿佛听得见埃文斯读这封信的声音和语气，尤其读到最后这句。

“没人能像她一样把我的书店打理得如此井井有条。”

可眼前的狼藉怎么解释？我彻底辜负了先生的信任。格蕾丝把信放回信封，小心翼翼地锁上保险柜的门。

如果书店关门，太多人会对她失望，包括那些在这儿代销库存的书店和来这儿找寻希望的顾客，当然还有她自己和埃文斯先生。

她觉得生活彻底失去了希望。

21

事已至此，现在唯一能做的就是在废墟中寻找有用的东西，尽量把损失降到最低。为了省电，格蕾丝关掉手电，走出了小黑屋回到书店前面，她一路小心翼翼，生怕踩到地上的书。

店里一片狼藉，散落在地上的书、碎玻璃、书架的板子，每样东西上都蒙着一层尘土。

门口突然出现了一个纤细的身影，她本能地躲进暗处，后悔没把督察员的哨子带在身上。

空袭过后，受灾的店铺或人家常会遭遇打砸抢，房子被毁，剩下为数不多的财产还被别人抢走，对房主来说简直是雪上加霜。虽然大部分打家劫舍之人听到有人大声呼救会被吓跑，但也不乏少数穷凶极恶的狂徒。

“您有什么事？”格蕾丝语气强硬，希望对方能望而却步。

人影没有动。

她两手紧紧攥着手电，盘算着实在不行可以趁其不备用手电砸他的脑袋。

“班尼特小姐？”答话的是斯托克斯先生，“是你吗？”

格蕾丝长舒了一口气，走到开阔的地方。

昨天下班前，她照例拉了电闸，现在想来，多亏她有这个习惯，否则书店或许已经被烧没了。要想看清书店的实际损失，她得把电闸打开借助灯光才行。

斯托克斯先生踮脚朝她走过来，也生怕踩到地上的书。“别人跟我说书店被炸了，”他环顾四周，皱着眉头说，“我很难过。”

格蕾丝问他：“您家里还好吧？”

他点点头：“但很多人家都被炸了，昨晚的损失和伤亡非常严重，据说全伦敦至少有一千人死亡，愿上帝让他们安息，受伤人数至少有两千，火势直到现在还未得到控制。”他抬起头，眯起眼睛想看清书店的情况，“书店还在，或许我们能抢救出一些有价值的东西。”

斯托克斯先生语气中透着一线希望，格蕾丝却不像他那么乐观。

“斯托克斯先生，谢谢您赶过来。”她感激地看着他，忽然意识到几个月的出生入死已经把二人变成了朋友。他们一起经历枪林弹雨，一起见证生死，一起救死扶伤，怎么可能不成为朋友？

格蕾丝俯身捡起脚下的一本书，封皮撕开了，书页不再平整。她又捡起来三本，抖掉上面残留的玻璃渣子，之后又想办法把它们展平。

她站在那儿一点一点地收拾，斯托克斯先生高挑起眉毛问道：“你不会想自己收拾这里的残局吧？”

格蕾丝看着眼前的一片狼藉，地上的书破烂不堪，书架也都散了架，标注历史区域的贴纸板只剩一个角还粘在架子上，蒙了一层尘土，晃里晃荡地吊在那儿。

她转身看到斯托克斯先生朝自己敬了个军礼。“斯托克斯前来报到，我来解决供电问题。”说完，他放下敬礼的手，“这可不是一个人能干完的活儿。”

“您都这么说了，我还怎么拒绝？”

“你的确不能拒绝。”他笑着回应。

两个人忙了整整一上午，眼看着就到了下午。图书的破损程度没有想象的那么严重，书店的房顶虽然被炸掉一部分，但楼上的公寓房还平安无事，依然可以充当临时仓库存储一些东西。

现在想想，多亏自己没时间收拾埃文斯先生的公寓，多亏自己还跟韦瑟福德夫人住在一起。

格蕾丝和斯托克斯先生把地上的碎玻璃清理干净后又把散了架的书架扔到门口等着最后统一处理。后来，斯托克斯先生出去买了点茶和炸鱼薯条，两人快速垫补了几口。

格蕾丝虽然昨晚睡得一点也不踏实，但多少还算睡了一会儿，否则根本没有力气收拾眼前的烂摊子。她裙子上落了一层尘土，两手也满是污垢。

终于收拾得差不多了，格蕾丝望着地中间堆着的书，书脊朝着不同方向，没有类别划分，不知书店归属，要想把它们整理出来着实要费一番力气。看书店眼下的窘境，需要费力气的又何止这一堆书？

格蕾丝回想起自己第一天来这儿上班的情形，当时店里就是这么乱。只是，那时候店里还有埃文斯先生。

激动的情绪冲击着格蕾丝的心，让她不知所措。往事历历在目，她也不知道自己是想哭还是想笑。

“我们还是挽回了不少损失。”斯托克斯先生鼓励她说。

“怎么回事？”

格蕾丝听到一个熟悉的声音，转头一看是季德林夫人。格蕾丝看了一眼手表，原来已经快到下午读书会的时间了，这也就是说，大家会陆续赶来，接下来的几分钟，书店至少会聚集几十人。

季德林夫人跑到格蕾丝跟前，瞪大了眼睛，完全不敢相信眼前的一切。“太遗憾了，这可是您的心血啊，您为书店付出了那么多。”

夫人的同情让格蕾丝很是感动，但同时也加剧了她的心痛。

“我会整理好的。”格蕾丝说这话时并不太有底气。

不过，千万不要忘记，她可是个英国人，经过战火的洗礼，现在甚至成了不折不扣的伦敦人。伦敦人是打不垮的。

季德林夫人之后又陆续来了几个客人，每个人都被眼前的场景惊得目瞪口呆。

斯托克斯先生捏了一下格蕾丝的肩膀。

“斯托克斯先生，谢谢您来帮忙。”格蕾丝露出感激的笑容。

“我可以继续留下来帮你。”他态度慷慨，但格蕾丝看到他面色憔悴，黑眼圈非常重。即使如此，他还是不忍离去。

“斯托克斯先生，您快回家吧，剩下的交给我。”说话的是韦瑟福德夫人。

斯托克斯先生顺从地笑了笑，他知道跟韦瑟福德夫人争辩永远也不会赢，于是便又朝格蕾丝敬了个军礼，随后便离开了书店。他太累了，肯定回到家就会倒头大睡。

“格蕾丝，我的孩子！”韦瑟福德夫人挽起格蕾丝的胳膊。

格蕾丝知道夫人是好意，但此时自己实在太脆弱，真怕一头趴进夫人怀里失控地大哭起来。

不可以，她苦笑着摇摇头。

韦瑟福德夫人也并非一直强势，偶尔也知道给人留余地，这次她就非常体恤格蕾丝的心情，心领神会地低下头，走上通往二层的旋转楼梯，吉米和莎拉正在那儿瞪大眼睛等着她。

格蕾丝把手伸进塞着防毒面具的手提包，拿出那本她最近正在朗读的《简·爱》

“班尼特小姐，今天不用读书了。”季德林夫人说。

这反倒坚定了格蕾丝的决心。母亲活着时就常告诉她：“越是在艰难时刻，越是要变得坚强。”

格蕾丝记住了母亲的话，她告诉自己一定要让书店东山再起。

有朝一日。

她一定能想出办法。

格蕾丝走到每次读书都会坐着的第三级台阶，用手扒拉出一块干净的地方。史密斯维克夫人递过来一个手帕，格蕾丝微笑着向她表示感谢。

台阶离窗子很近，所以即使不开手电也能借着外面的光线看清书上的字。于是，格蕾丝坐下来，看了一眼围在她面前的朋友，每个人脸上都写着不安，格蕾丝意识到此时自己应该说点什么。

可是说什么呢？说她不知道多久才能让书店恢复原貌吗？空袭还会继续，书店残留的部分最终也可能会被带走，没了屋顶的书店甚至经不起一场大雨的洗礼。

命运之神好像听到了她的担心，透过破碎的窗户，她听到外面轰隆隆地响起了雷声，暴风雨真的来了。

绝望像潮水一样向她袭来，好像誓要将她卷入无底的深渊。

“感谢各位的到来。”她语气中透着迟疑和不安。《简·爱》放在膝上，是这本书把大家聚到了这里，是这本书让大家团结起来共同面对战争和危险。简·爱是个有勇气的姑娘，她敢于正视命运，我也要跟她一样，我也要鼓起勇气。格蕾丝希望自己能像书里的主人公一样坚强。

“大家都看到了，樱草山书店昨晚遭遇了轰炸。昨晚，伦敦很多家庭都遭遇了类似的不幸。”格蕾丝双手合十放在书上，“我现在没办法告诉大家书店什么时候才能恢复原貌，我自己也不知道——”她哽咽了一下，不过迅速清清嗓子继续道，“我也不知道书店还能不能继续开下去。”

她抬头看着所有熟悉的面庞，每个人她都认识，那边几位教授总爱凑在一起讨论哲学，而像季德林夫人这样独守空房的家庭主妇只是想从书中找寻安慰，还有那些参与救援任务的男人们，除了酒精他们还需要别的东西来安慰受伤的心灵，当然还有吉米和紧紧靠在哥哥身边的莎拉，他们被韦瑟福德夫人照顾得很好。透过夫人担心的表情，格蕾丝更加清楚地认识到书店的惨状。

夫人朝格蕾丝默默点点头，这让格蕾丝想起了埃文斯先生，以前他也总是像这样给自己无声的鼓励。

“感谢大家一直以来对樱草山书店的支持，”格蕾丝继续道，“是阅读让我们走到了一起，我们喜欢书里的故事，喜欢跟着书中的人物一起冒险，这让我们暂时忘记战乱的生活，让我们知道活着就有希望。”

远处再次传来隆隆的雷鸣，声音比之前更响了。

几个听众抬头看看外面，内心的担忧溢于言表。屋顶缺了一块，仅靠二层地板挡雨恐怕起不了多大作用。

格蕾丝注意到其中一个人是杰克，就是那个自打第一次读书会就每次都来的粗犷汉子，他扭头对旁边两人说了句什么，那二人也抬头看了看屋顶，眉头紧锁，恐怕跟杰克有着同样的忧虑。

“即使没有樱草山书店……”格蕾丝捧起《简·爱》继续道，“也请大家记住，我们永远都有书籍为伴，我们永远不要丧失生活的勇气和希望。”

每张脸庞都面色凝重，像是在出席一场葬礼，其中一位女士竟然拿出手帕擦拭起眼角的泪水。

书店估计开不下去了，大家肯定都这么想。

他们想得没错。

头顶雷声滚滚，杰克和旁边两个人默默站起身走了出去。

“我会把《简·爱》给大家读完。”格蕾丝指了指书中夹着的书签，书签的位置说明《简·爱》的故事已经读了大半。“读完这本书——”

“请您一定要继续读下去！”后排有人喊了一句。

“您这儿已经是伦敦最后一家书店了。”另一个年轻的声音补充道。

说话的是吉米。

韦瑟福德夫人把手放在吉米肩头，抿着嘴唇，格蕾丝看到夫人已经热泪盈眶。

格蕾丝摇摇头：“我们肯定不会是最后一家，”她心里想着福伊尔书店应该会一直开下去。据传言，福伊尔这家六层的二手书店为了自保，竟然在房顶铺了整整一层希特勒的《我的奋斗》，祈祷这样可以躲过德军的轰炸。这一做法似乎还真的奏效了，书店除了有一次门口被炸了个大坑外，迄今为止都算太平，从未耽误过营业。

战事吃紧，能像福伊尔这样已经很幸运了。

“不过我也知道，樱草山书店仅有我们一家。”说到这里格蕾丝再次哽咽，她赶紧低下头翻开手里的书，再不开口她或许会丧失朗读的勇气，“还剩几章，咱们现在就开始吧。”

格蕾丝很快沉浸在简的故事里，感受着简的痛苦，醉心于简的力量和勇气。她本打算只读两章的，结果一口气就读了三章，她知道自己必须停下来。

可是她不想停，她想一直读下去。简离开桑菲尔德后面对风餐露宿的生活表现出了巨大的勇气，这让格蕾丝既感动又敬佩，她想继续沉浸在人物的命运中，不想面对现实中自己的困境。

但她不能一意孤行，下面的听众还有自己的事情要做，她必须停下来。

带着万般无奈，她放下手里的书，发现外面已经下起了雨。要不了多久，雨水就会渗入墙面造成无法挽回的损失。

樱草山书店即将停业，她为之倾尽心血、付出一切的书店很快将化为乌有。

格蕾丝透过破损的窗户看到外面来了几个人，领头的是杰克。他走进书店，一双大手还是拘谨地捏着自己的帽子："很抱歉错过了您的读书会。"

其他几个人也跟了进来，手里举着手电，沿着墙面和棚顶看了看房屋破损的情况，然后凑在一起低声商量起来。

他们来这儿是——

"我回去找我的同事去了，"杰克解释说，"我们这就帮您把屋顶修好。"

"您说什么？"她低声问，不敢相信自己的耳朵，自己一定是听错了，他真的是来——

"我们这就帮您把屋顶修好。"杰克一边说一边招呼人开始行动。

其中一个人先是在漏风的窗口处罩上一块防水布，而后三下五除二将其钉在窗框上。没了外面的光线，房间一下子暗了下来。

"我们很快就能把书店修好，到时候您就可以接着办读书会了。"杰克眨眨眼继续道，"这些家伙还没听过您的读书会，现在可感兴趣了。"

格蕾丝笑出了声，笑中带着哭腔，只是她不愿承认。"他们想听什么书尽管告诉我，我一定满足。"

"他们就等着您这句话呢。"他转身跟自己的手下交代了一些注意事项，然后又转回头对格蕾丝说，“班尼特小姐，您先回去歇着，书店就交给我们。您放心，我们会轮流值班，不会给坏人可乘之机，就算晚上我们也会留人把守。”

“杰克，”格蕾丝感激得说不出话来，真是患难见真情，“谢谢您。”简单的三个字却代表了她对杰克无限的感激和赞赏。

韦瑟福德夫人走过来，搂着格蕾丝的肩膀把她带回了家，回家后又为她做了一顿热乎乎的晚饭，最后看她上床才算放下心来。

这一天的大起大落搅扰着格蕾丝的思绪，可她实在太累了，疲惫啃噬着她的骨髓，她很快进入了梦乡。

醒来后，格蕾丝透过遮光窗帘的边缘看到外面天光暗淡，还在下雨。她觉得自己嘴巴很干，像战时店家卖的蛋糕，干巴巴毫无口感。脑袋也晕乎乎的，充斥着很多模糊记忆。格蕾丝几个月前曾跟薇芙在格罗夫纳酒店喝过法兰西 75，可即使刚喝完酒那会儿脑袋都不像现在这么迷糊，她真的是累坏了。

可是，她蓦地又记起了发生的一切：书店被炸，斯托克斯先生帮她收拾残局，自己在废墟中给顾客朋友读书，杰克带来一帮人帮她修理屋顶。

她赶紧从床上下来，快速穿好衣服。她得去书店看看，看他们修到了什么程度，如果进展不顺，至少应该先在屋顶苫上一块防水布，千万不要让雨水渗进埃文斯先生的公寓。

她收拾妥当，走下楼梯看到韦瑟福德夫人正抱着斑斑坐在客厅。

“我还在想你到底能睡到什么时候。”夫人一边摩挲着猫咪的后脑勺一边笑着说。斑斑似乎非常享受，连眼睛都懒得睁一下。“昨晚一整晚都没空袭，总算是让你睡了个好觉。”

“一晚上？”格蕾丝吓了一跳。

“是啊，亲爱的，你从昨天下午回来一直睡到现在。”韦瑟福德夫人抬起头，“这样挺好，你本就该好好休息一下，杰克说得一点没错。他真是个可爱的小伙子，还说让你放心把书店交给他——”

“书店。”格蕾丝一边念叨一边往门口走。

“你先吃点东西再出门！”韦瑟福德夫人大声说。

可格蕾丝已经跑了出去，一路狂奔到了樱草山书店。站在店门前，她整个人呆若木鸡，本来以为屋顶会盖上一块苫布，但是并没有。

屋顶破损的地方铺着一块石板。

虽然形状有点奇怪，跟整个建筑的风格不是很搭，但却非常结实，足够遮风避雨。所有窗子的外面都罩上了防雨布，钉在窗框上绷得紧紧的，像一张张鼓皮。

就连被炮火熏黑的外墙也已粉刷一新。

轰炸仿佛根本没有发生一样。格蕾丝迈进大门——哦，对了，大门！

书店的新门有明显切割的痕迹，应该是根据书店门框的尺寸做过切割，刚刷上去的黑色油漆让它看起来十分精致。格蕾丝扭了一下稍有凹痕的黄铜门把手，推开门走进书店。

头顶再次响起熟悉的铃铛声。

店内的一切让她眼前一亮。

书架虽是拼凑起来的，高的高、矮的矮，有的颜色还不一致，但都规规矩矩地靠墙立着，地中间摆的是拯救出来的完好书架，不仅被擦拭得一尘不染，还整整齐齐摆上了书，标志书籍门类的纸板也被端端正正地贴了回去，就连宣传板也被挂回了原处。

这简直是奇迹，短短一天时间，一切都超出了格蕾丝的想象。

好多参加读书会的人都在这儿帮忙，每个人都开心地看着她笑，格蕾丝不知道他们忙了多久，但每个人脸上都分明写着疲惫。

“我……”格蕾丝激动得说不出话，平复了一会儿继续道，“这都是你们做的？”

“我们昨天一夜没睡，今天又干了大半天，”季德林夫人回答说，“我们命真好，昨晚竟然一次空袭也没有。”

“还没有都弄完，”史密斯维克夫人习惯性地摸着自己的珍珠项链歉疚地说，“不过我们一定会尽快整理好。”

“您已经很厉害了，史密斯维克夫人。”杰克真诚地点头称赞。

夫人满脸笑容，眼角挤出了深深的皱纹。

“这简直不可思议！”格蕾丝深吸了一口气，她无法相信自己的书店竟然这么快就可以恢复营业。

“我们手头材料有限，只能东拼西凑。”杰克扫视一周，打量着整个书店，“不过，现在至少又是个完整的书店了，只要德国鬼子不再扔炸弹，这里就可以正常营业。”

“我真的无以为报。”格蕾丝捂着胸口，激动得心都要跳出来了。

“大家都是主动来帮忙的，每个人都想出一份力。”杰克朝着大伙儿点点头。

杰克说完退后一步，小莎拉走到格蕾丝面前。她穿着一件蓝白色的波点裙，那是韦瑟福德夫人用薇芙的废布料给小莎拉做的新裙子。

小莎拉深吸了一口气，像小演员一样大声背诵起来：“您每天给我们读书，我们不仅在听故事，更是在寻找心灵的家园。”她慢慢地道出最后一个字，吉米朝她竖起了大拇指。小莎拉骄傲地扭了一下小屁股，而后又深吸一口气看着格蕾丝的眼睛继续道：“在我们心目中，您不仅是个朗读者，更是一位真正的英雄。”

听了莎拉的话，格蕾丝不知该说什么好，心里除了感激还是感激。

杰克再次走过来：“班尼特小姐，您救过我的命，如果不是来听您的读书会，我早就葬身大理石拱门地铁站了。”

还没等格蕾丝做出反应，杰克已经后退一步向格蕾丝深鞠了一躬。接下来，季德林夫人站到了格蕾丝对面：“您第一次在书店见到我时是我人生的至暗时刻，是您给我带来了光明，让我重新有了前进的方向。谢谢您。”

她下去后吉米走了上来：“要是没有您和韦瑟福德夫人的慷慨相助，我和莎拉现在肯定还沦落街头。你们在我们最困难的时候向我们伸出了援手，要是没有你们，我们不可能过上衣食无忧的生活。”

“还给了我们一个家，”莎拉害羞地站在哥哥身边补充道，“谢谢您。”

“这真是太好了，”格蕾丝特别开心，看来孩子们已经答应搬来与她和韦瑟福德夫人同住。

兄妹俩手牵着手走到一旁，史密斯维克夫人接着走上前来，“我的汤米在战争中牺牲了，我的小唐纳德也未能幸免，”她低头向后瞥了一眼，然后继续道，“您不知道，您也是我的救命恩人。”她的声音很低，格蕾丝几乎听不清她在说什么，“是您让我知道，即使被敌人夺走了最宝贵的东西——哪怕是家人，我仍然可以结识新的朋友，找到新的希望。”

就这样，大家轮流走上前来跟格蕾丝道谢：其中有一位男士，爆炸时伤了大腿，是格蕾丝帮他包扎的伤口，还给他讲了《基督山伯爵》分散他的注意力；还有一位教授，他一心想找志同道合的人研究学术，终于在樱草山书店得偿所愿；还有一位书店老板，在帕特诺斯特·罗大街遭遇轰炸时失去了一切，是樱草山书店让他重新燃起了生的希望；甚至还有内比斯特夫人，她对自己以往过分的言行跟格蕾丝郑重道歉，对格蕾丝为她所做的一切表示衷心的感谢。

最后走过来的是韦瑟福德夫人，她虽然脸上带着笑容，眼里却闪着泪光。“格蕾丝·班尼特，谢谢你救了我，柯林走的时候我万念俱灰，是你提醒我活下去的意义和价值，还为我指明了方向。”她说着瞥了一眼吉米和莎拉，看到小莎拉正满脸幸福地朝她挥舞小手，“在这世上，我敢说没有人比我更了解你的母亲，我想告诉你——你是她的骄傲，你是一个勇敢、坚强、善解人意的好姑娘。”

她抱住格蕾丝，“你也是我的骄傲，我亲爱的孩子。”她低声说。

两人紧紧抱在一起，过了很久才分开。格蕾丝发现杰克原来一直站在她身边，两手插在工装口袋里：“抱歉打扰了，不过我们有件事需要征求您的意见。”

格蕾丝摇摇头，她从没想过这世上会有这么多人爱她，有这么多人愿意为书店出力，有这么多人想让她重整旗鼓。她跟着杰克走出门，门口另外两个穿着工装服的人正等着她发表意见，格蕾丝看到他们身上蹭了很多油漆，眼睛里透着疲惫，两人共同举着一块木板。

“我们知道书店的名字是樱草山书店，”杰克开口说，“但我们觉得鉴于现在的局势，或许这个名字更合适。”

他点头示意那两个人把木板翻过来，格蕾丝看到原来这是一幅新漆好的招牌，上面写着“伦敦最后一家书店”。

格蕾丝开心地笑了，她的心被友爱、真情、欢乐包围得暖暖的，这个名字太合适了，埃文斯先生一定也会喜欢。

“太棒了，”她说，“不过我可不可以稍作修改？”

杰克好奇地挑起眉毛，季德林夫人已经准备好一桶油漆和刷子等在一旁。格蕾丝接过刷子，用花体在店名下面写了一行精致的小字——欢迎各位光临。

“写得太好了，格蕾丝！”韦瑟福德夫人兴奋地在旁边鼓掌。

“稍等——还差一点，”吉米跑上前拿起刷子，先是蘸了点油漆，而后在招牌上比画了几下。他转过身，先是挡住招牌，看到大家都很急切才咧着嘴让到一边。

吉米在“欢迎各位光临”后面加上了“除了希特勒”几个字。字迹虽然潦草，但态度却很坚决。

大家把新招牌挂到店门上方，每个人都欢欣鼓舞。

莎拉拽了拽格蕾丝的裙子。

“怎么啦，小可爱？”格蕾丝问莎拉。

莎拉抬起头，用她那双碧绿的眼睛带着恳求的眼神看着她：“您现在可以读书了吗？”

其实，这样看着格蕾丝的不仅莎拉一人，格蕾丝扫视一圈，每个人都用期待的眼神看着她，疲惫却迫切。

“荣幸之至。”格蕾丝把大家请进刚刷好的黑漆大门，“女士们，先生们，欢迎大家来到伦敦最后一家书店。”

大家先是一阵欢呼雀跃，等到每个人都落了座，格蕾丝便照例坐在旋转楼梯的第三级台阶上。她犹豫了一下，看着下面一张张熟悉的脸庞，是他们帮助书店重整旗鼓，更是他们帮助她重新燃起对生活的希望。她的目光扫过历史典籍区，以前埃文斯先生总是窝在那儿听自己读书。在那一刻，她感觉到埃文斯先生并没走，依然坐在那儿守护着自己。

格蕾丝笑中带泪地翻开手里的书，认真地朗读起来，所有人都跟随她一起进入了一个没有硝烟的世界。人生总是会有痛苦和无奈，甚至会有无法遏制的恐惧，但我们要明白，无论遭遇什么困难，我们始终都要有面对挑战的勇气。

哪怕是在战火纷飞的年代，只要我们有不屈的精神，只要有爱，只要我们还能从书中读到力量和胜利，生活就会充满希望。

后记

1946 年 6 月

菲灵顿地铁站挤满了战士和老百姓，战士们个个身着军装，老百姓则都穿上了自己最好的衣裳。可伦敦已经连续很多年限制布匹供应，所以所谓最好的衣裳也看不出有多好。格蕾丝也不例外，穿了一条点缀着白色小花的蓝色连衣裙，裙摆处已经磨得褪了色。

格蕾丝很少离开书店，她实在太忙了。虽然“伦敦最后一家书店”的名字让人一想起来就觉得温暖，但她还是把书店的名字改成了更为正式的“埃文斯 – 班尼特书店”，几个大字写在天青色的招牌上，就挂在书店大门的正上方。战争期间，书店一直客流不断，大部分客人都和格蕾丝成了朋友。可今天这个日子太重要了，她再忙也不能错过，于是便交代吉米帮她看着书店，自己提前赶了过来。

吉米已经成了一名出色的店员，乐于帮助客人不说，也跟格蕾丝一样对阅读产生了如饥似渴的热情，总喜欢躲在书架后面拿着一本书爱不释手。格蕾丝每次看他这样都会想起埃文斯先生，即使他因为看书耽误了书店的工作，格蕾丝也毫无怨言地由他去了。

格蕾丝看了一眼手表，差五分三点。阳光下，手表的表针呈现出青灰色，表针是夜明的，在她做督察员执勤的日子里曾伴她度过无数个空袭的夜晚。

樱草山书店被炸毁的那晚是德军对伦敦实施闪电进攻的最后一晚。那以后才有了埃文斯－班尼特书店的涅槃重生，这倒是像极了命运的安排。当然，接下来的四年，伦敦依旧时不时遭遇轰炸，直到上个月即1945年的5月8日战争才最终结束。

庆祝活动热闹非凡，情侣们在大街上纵情舞蹈，人们拉高裤脚和裙摆在喷泉里嬉闹，杂货商拿出储备已久的存货向人们兜售糖和培根，邻居们聚在一起享受久违的盛宴。曾经用来搜索敌机的探照灯现在都打在了天上，在云朵间欢快地舞动、流转。

格蕾丝和韦瑟福德夫人带着吉米和莎拉跟随群情激奋的民众去了白厅，现场聆听了丘吉尔首相宣布德国战败的演讲。雍容华贵的女王和亲王现身于白金汉宫的阳台，向全国表达了他们对伟大人民的赞赏和对宝贵胜利的骄傲。当看到公主本人也穿着义勇军后备役的军装时，格蕾丝禁不住激动地大声欢呼。

英国果然撑住了，成了英雄国度。

坐在地铁站的格蕾丝再次低头看了一眼手表，马上就三点了，站台上的人越聚越多，每个人都翘首以盼、望穿秋水。

出征的士兵被慢慢送回了家乡，第一批回来的大都是女兵。战争终于结束，不再需要她们在前方出生入死。但好像并非所有人都盼着回家，薇芙就是其中一位：工作已经成了她生活的全部，她愿为之付出一切。

过去四年，薇芙去了首支负责发射高射炮的男女混合部队，一直驻扎在伦敦东区，与同队其他几个女兵住在一起。

战争结束，她收到可以回家的通知，于是便给格蕾丝发了一封电报，简单说了自己什么时候抵达菲灵顿，希望她能去接自己。

薇芙终于要回家了。

电报虽然很短，但格蕾丝一眼就能看出薇芙的心态，她不愿离开部队。之前，薇芙好几次来了又走，两人也见过几次面，可她从来没让格蕾丝去车站接过她，这次战争结束了却一反常态。

火车终于靠站，车门嗞的一声打开，战士们陆续从车上下来，纷纷投入亲人的怀抱。薇芙虽然穿着军装，在人群中依然十分显眼，她那红色的秀发和灿烂的微笑，走到哪都能成功吸引别人的目光。很多东西都不会改变，哪怕过了六年。

格蕾丝喊着薇芙的名字，薇芙激动跑动过来，久别重逢的两人便紧紧抱在一起。

“你还好吧？”格蕾丝问薇芙。

薇芙深吸一口气，点点头抿着嘴。虽然她极力想表现出开心，但格蕾丝从她的嘴角读出了一丝失望。

周围人声鼎沸：有人来接的沉浸在重聚的欢乐里，没有人接的则步履匆匆地往家赶。

“我在部队表现得很好，真的。”薇芙说。

格蕾丝紧紧抱着好朋友：“当然，你是最棒的。”

“我们都很棒，”薇芙扛起背包，拉起格蕾丝的手继续道，“你会想念做空袭防御督察员的日子吗？”

“那时候真的很刺激。”格蕾丝回答说。当然和平最是难能可贵，可她也难免常常怀念那段日子。过去几年，空气中始终弥漫着惊险和刺激，让人每天早上一醒来就会感谢命运保佑自己多活了一天。当时不觉得，现在想想，心里确实有种怅然若失的感觉。

“斯托克斯先生几乎每天都去书店，所以我根本没机会想念他。”格蕾丝笑靥如花，“不过现在晚上终于能睡好觉了，这一点我还是很开心的。”

“嗯，未来我们的人生还会迎来新的冒险。”薇芙总是这样，每次心情一不好她就会展望未来。她注意到一位跟她擦身而过的战士，臂膀宽厚，胸前别着多枚闪亮的勋章，“或许，到时候还能找到一位才子佳人？”

“再开上一家商店。”格蕾丝捏了一下好朋友的手，逗得薇芙哈哈大笑。

“对了，你的书店怎么样？”

格蕾丝的思绪回到自己的书店。书店很好，窗明几净，虽然书架还是用东拼西凑的木头钉起来的，却摆放得井井有条。战争期间开始的读书会，战争结束后仍在继续，所有顾客都成了亲密无间的朋友。她曾经帮助过的两位失去书店的老板又把书店开了起来，为了表达对格蕾丝的感激，双双为伦敦最后一家书店留了一个代卖专区。

她非常喜欢现在的埃文斯－班尼特书店。

“真的有这么好吗？”薇芙笑着问，“好到一想起来就笑得合不拢嘴？”

格蕾丝拥着薇芙上了扶梯：“对，真的有这么好。”

这是两人第二次一起乘坐菲灵顿地铁站的扶梯，第一次还是她们初来伦敦的时候。那时候，英国还没有打仗，她们俩离开老家德雷顿初来乍到，哪承想日后会过上枪林弹雨的生活，那时候，格蕾丝还不知道自己会爱上读书。

回想起德雷顿乏味的生活，她们真觉得恍如隔世。

战争结束的那几天格蕾丝给舅舅贺拉斯写了封信，问他家里是否安好，她还在信中说很想念他们。若是放在以前，她打死也不会这么做，那何异于自取其辱，但现在她不会这么想了，她知道这就是埃文斯先生所说的恻隐之心。

后来舅舅也给她回信了，表达方式还是简单粗暴。他说家里很好，邀请她有空回去看看，这已经大大超出了格蕾丝的预期。

她之所以能跟舅舅和好全要感谢埃文斯先生，但她需要感谢埃文斯先生的事何止这一件，还有太多、太多。

格蕾丝和薇芙出了车站，一路聊着天朝韦瑟福德夫人家走。薇芙将住在原来她和格蕾丝同住的房间，而格蕾丝则已搬去了书店上面的公寓。只可惜公寓房间太小，放不下两张床，两个好朋友只得暂时分开。终于到了布里顿大街，薇芙抓起格蕾丝的手，绽放出光彩照人的笑容。

拐过街角，两人开始一溜小跑，像两个无忧无虑的孩子，一直跑上夫人家的台阶，跑到镶着黄铜门环的绿门前。薇芙推开门，韦瑟福德夫人和莎拉正激动地等着薇芙回家，莎拉还特意用画报做了个欢迎回家的横幅，韦瑟福德夫人则用平时攒下来的糖和面粉做了一个大蛋糕。

接下来的几个星期，格蕾丝和薇芙没事就聚在一起，讲述彼此过去几年的经历。现在不用服军役，也不用做督察员，二人终于有时间去电影院看电影，去咖啡馆喝咖啡，到了晚上也可以去剧院看戏，当然还可以去爵士夜总会跳舞。

不过，格蕾丝心里始终放不下书店。孩子们都从乡下回来了，前线的战士也已重返伦敦，店里的常客又带来了新面孔，她见到了好友的家人，见到了他们的丈夫、妻子和孩子。

吉米跟格蕾丝一样，也喜欢朗读，所以书店每星期六下午就安排了一个小时的儿童读书会，负责朗读的就是吉米。就是在这样一个星期六的午后，季德林夫人带着她的女儿来到书店，那是一个棕色头发的小可爱，小小年纪却很懂礼貌，一双炯炯有神的大眼睛跟她妈妈一模一样。

格蕾丝从未见季德林夫人笑得如此开心，小姑娘的一举一动都会引来妈妈宠溺的眼神，流露出永恒不变的母爱。季德林夫人盼着自己的丈夫也能早日回来，盼着一家可以团聚，这样的日子应该很快就会到来。

八月一个星期六的午后，阳光明媚，格蕾丝终于得了闲，客人们都在认真听吉米讲故事，于是她走到明亮的窗边，捧起一本《琥珀》靠在墙边坐好，轻轻将手中的书翻开。

扑面而来的还是那熟悉的墨香。她开始聚精会神地阅读这个全新的故事，很快便沉浸在了小说的世界里，连门上的铃铛响都没听见。

“没想到一个读书的人会这么美，”耳边传来浑厚而熟悉的声音，“直到我见到了你。”

格蕾丝一下抬起头，书从她的手中滑落。“乔治！”

他站在门口，离她只有几步之遥，穿着笔挺的皇家空军军装，一如既往地英俊潇洒，手里竟然捧着一颗紫甘蓝。“抱歉，鲜花还是很少，到处种的都是圆白菜。”

“那是因为你没有利兹酒店的门路。”她朝他跑过去，他把她拥入怀中，手里的紫甘蓝扑通一声滚落在地。

多年战事，聚少离多，但鸿雁传书却让他们的心越走越近。

“你这次回来是不是就不再走了？”她凝视着他的眼睛问道。她怎么看他都看不够，她把自己的手塞进他的手中，想用他的温度证明这一切不是梦，证明他真真切切地站在自己面前。

“嗯，不走了。”他抚摸着她的面庞，“我们永远也不用分开了。”

她闭上眼睛，把头靠在他的胸前，又一次闻到他身上干净好闻的味道，又一次听到自己脸颊蹭在他羊毛制服上的嚓嚓声响。

“你不想问问我给你带了什么礼物吗？”他声音低沉浑厚，她甚至能感到他说话时胸口的震动。

她惊讶地抬起头："有你就够了，我还能奢求礼物吗？"

"怎么不能？"他咧开嘴，把手伸进口袋，"难道你都不想看一眼？"他用手在空中比画了一下，满心欢喜地扬起眉毛。

她站直身体，开心地拍起手。他们俩每次见面都会送彼此一本书，这已经成了他们的保留项目，他送给她的大都是被无数战士传阅了不知多少遍的旧书，但里面的故事却总是令她爱不释手。

"我怎么可能两手空空地回来见你。"他拿出一本绿色封皮的小书。

书很小，比她的手掌大不了多少。

"这是一本美国出版的书，专门为前线的战士设计，大小适中，刚好可以装进军装口袋。"还没等她开口，他已解答了她心中的疑惑，"很聪明的设计，是吧？"

"没错，"她把它拿在手中，看到封面上印着明黄色的书名，"《了不起的盖茨比》？"她说。封面的左下角还有一个黑色的圆圈，里面写着"军人版"几个字。

"所有美国人都对这本书赞不绝口。"

"你还没看过吗？"她惊讶地问他。

"我不想自己读，想体验一下听埃文斯－班尼特书店的老板娘读书是什么感觉。"他拉起她的手，两人一起捧着那本《了不起的盖茨比》。

"好的，没问题，我这就安排上。"格蕾丝笑成了一朵花，"我忘了自己有没有正式感谢过你了。"

他不解地挑起眉，那模样简直跟加里·格兰特一样迷人，"为什么要感谢我？"

"因为是你让我爱上了读书啊。"她欣慰地打量着她的书店。

他皱起眉，一脸严肃："不是我，是你自己。格蕾丝，是你发掘了自己读书的热情。"

听了他的话，她挺了挺胸脯，感觉内心充满了力量。她知道，让她爱上阅读的除了乔治和他送给自己的那本破旧的《基督山伯爵》，还有埃文斯先生和樱草山书店的一切，包括那些听她读书的人。在战争的至暗时刻，是书里的故事给他们带来了安慰、友爱和欢笑。战争甚至成了她爱上读书的催化剂，战争中，阅读为她提供了逃避的港湾，让她可以在痛苦和恐惧之余体验人生的美好。

是文学把所有人凝聚在了一起，让她对阅读的热爱变得更加真实，让她渴望将所有的心血都交付给埃文斯－班尼特书店——也正是许多老顾客口中的“伦敦最后一家书店”。

致谢

我一直渴望撰写一部关于“二战”的小说，这部书之所以能够问世，我首先要感谢我的编辑彼得·约瑟夫（Peter Hoseph）及他的助理格蕾丝·托尔里（Grace Towery），还有我的经纪人劳拉·布拉德福德（Laura Bradford），是你们帮我实现了我多年的愿望。

我要感谢伊丽莎·奈特（Eliza Knight），感谢你一直以来对我的支持，能与你在写作事业上共同进步是我人生最美好的经历。我要感谢翠西·埃姆罗（Tracy Emro）和她的母亲，感谢你们帮我把控进度，我要感谢玛里埃莱娜·布朗（Mariellena Brown）和我的母亲杰妮特·卡斯米尔斯基（Janet Kazmierski），感谢你们花时间和精力为我做测试阅读。

我要诚挚地感谢我的家人：首先是我的爱人约翰·索玛尔（John Somar），感谢你一路与我休戚与共，要不是你关键时刻挺身而出，照顾咱们的孩子，我根本没办法按时交稿。我要感谢我的宝贝女儿们，你们是我最忠实的粉丝，你们对我作品的喜爱给了我无限的动力。我还要感谢我的父母，你们总说我是你们的骄傲，但我要说，在我成长的路上，你们给了太多太多的关爱。

最后，我要感谢所有读者，如果没有你们的支持，就不会有我的梦想成真，谢谢你们。